Yasmina Khadra

Yasmina Khadra, de son vrai nom Mohammed Moulessehoul, est né en 1955 dans le Sahara algérien. Il est aujourd'hui connu et salué dans le monde entier où ses romans, notamment *À quoi rêvent les loups*, *L'écrivain*, *L'imposture des mots*, *Cousine K* sont traduits dans 32 pays. *Les Hirondelles de Kaboul* et *L'attentat* sont les deux premiers volumes d'une trilogie consacrée au dialogue de sourds qui oppose l'Orient et l'Occident et qui s'achève avec la parution des *Sirènes de Bagdad* (Julliard, 2006).

L'attentat a reçu le prix des libraires 2006, le prix Tropiques 2006, le Grand Prix des lectrices *Côté Femme*, le prix littéraire des lycéens et apprentis de Bourgogne ainsi que le prix des lecteurs du *Télégramme* et est actuellement en cours d'adaptation cinématographique aux États-Unis.

Le prix Nobel J.M. Coetzee voit en cet écrivain prolifique un romancier de premier ordre.

L'ÉCRIVAIN

DU MÊME AUTEUR
CHEZ POCKET

YASMINA KHADRA

L'ÉCRIVAIN

JULLIARD

Le papier de cet ouvrage est composé de fibres naturelles, renouvelables, recyclables
et fabriquées à partir de bois provenant de forêts plantées et cultivées durablement pour
la fabrication du papier.

© Éditions Julliard, Paris, 2001

ISBN : 978-2-266-11881-1

Aux cadets,
avec toute mon affection.

De mes torts, je n'ai pas de regrets. De mes joies, aucun mérite. L'Histoire n'aura que l'âge de mes souvenirs, et l'éternité, la fausseté de mon sommeil.

SID ALI
À quoi rêvent les loups

Il avait plu durant la nuit, et le soleil levant, encore tâtonnant, faisait fumer les vergers. C'était un matin identique aux précédents, presque aussi primitif qu'un sillon de labour. La brume se dispersait à travers la colline, semblable à une escouade de fantômes battant en retraite devant l'avancée du jour. Le monde s'éveillait dans le gazouillis des oiseaux et le crissement des feuilles mortes qui s'agrippaient au pied des arbres, comme si elles refusaient d'être *déportées* par le vent. Çà et là, des chaumières agitaient des écharpes blafardes par-dessus leur cheminée ; on aurait dit qu'elles nous faisaient des signes d'adieu. Je regardais le ciel renoncer à ses étoiles, les sentiers lécher leurs ornières, la montagne, au diable vauvert, se voiler la face derrière la grisaille ; je regardais la buée transpirer sur la vitre, boursouflant d'ecchymoses le reflet de mon visage. Mes yeux pouvaient toujours s'accrocher aux cyprès, aux tertres, aux rivières, aux ponts, aux palissades, ils ne les *empêcheraient* pas de s'éloigner. Les yeux n'ont que leurs larmes à retenir…

Nous avions quitté Oran depuis plus d'une heure, et pas une fois les lèvres de mon père n'avaient frémi. En ce matin d'automne 1964, tandis que la Peugeot grasseyait sur les routes éprouvantes de Tlemcen, il conduisait en silence, la nuque roide, le geste machinal. Mon père se taisait ainsi lorsqu'il était malheureux. Sa figure s'obscurcissait telle une retenue d'eau au passage d'un nuage. Dès qu'il se repliait sur lui-même, son univers s'entoilait de pénombre. Il devenait impossible de le situer.

D'habitude, il trouvait immanquablement une pantomime pour me faire pouffer, car mon rire retentissait en lui comme un chant de cascade, rafraîchissait ses humeurs et fouettait son ego d'une eau lustrale.

J'étais *sa* fierté.

Il m'aimait à perdre la raison.

Je crois bien qu'il m'a aimé par-dessus tout.

Nous étions très proches l'un de l'autre. Quand il allait travailler, il me manquait ; lorsqu'il rentrait, il se dépêchait de me sauter dessus et me rouait de coups affectueux avec un bonheur tel que je mesurais pleinement à quel point il devait languir de moi sitôt que j'avais le dos tourné…

Je l'aimais autant qu'il m'aimait. Lever mes yeux sur lui était une sublimation. Appuyé sur sa canne, il boitait à cause d'une balle dans le genou. Pour moi, il paradait. Il était le plus beau des hommes et me paraissait tellement grand que souvent je le prenais pour Dieu…

Pourquoi m'emmenait-il si loin de son bonheur ?

À chaque fois que son regard se posait sur moi, il se rétractait derechef. Je le devinais à deux doigts de faire demi-tour pour me ramener *chez nous*. Ses mains étreignant le volant trahissaient la bataille qu'il se livrait en son for intérieur, l'incertitude qui le tourmentait avec l'entêtement d'un cas de conscience. Il aurait dû être content pourtant : il m'emmenait à l'école des cadets, un collège prestigieux où l'on dispensait la meilleure éducation et la meilleure formation, où l'on allait faire de moi un futur officier, un grand meneur de troupes et, pourquoi pas, un seigneur de guerre et un héros…

Sur la banquette arrière, mon petit cousin Kader dormait, terrassé par les interminables virages qui se contorsionnaient au milieu des vignes et des mamelons. Au loin, deux bergers avaient allumé un feu de bivouac. Accroupis, ils présentaient leurs paumes aux braises du bûcher. En contrebas, juste là où naissait la plaine, un cheval s'enfuyait, pourchassé par trois chiens faméliques dont les jappements ricochaient sur le talus avant de se laisser broyer par le vrombissement de la Peugeot. De mon côté, il me semblait que je m'amenuisais dans mon costume flambant neuf, acheté la veille dans une boutique de luxe, rue d'Arzew… J'avais juste neuf ans, et suffisamment d'intuition pour pressentir que les lendemains ne ressembleraient jamais plus aux jours d'avant.

La bourgade de Bensekrane traversa mon désarroi aussi vite qu'une flammerole. Le temps d'entrevoir des paysans attablés autour d'une échoppe, et de nouveau les collines furonculeuses, la prostration des arbres, le tortillement des virages qui arrachait aux pneus de la voiture des râles incongrus. Devant moi, le poste de radio boudait dans un mutisme délétère. Hier seulement, pendant que mon père me promenait à travers les artères de Choupot, il crachotait des chansons orientales. Mon père avait pris le pli d'allumer la radio avant de mettre le moteur en marche. Il traquait les informations, guettait les sketches de Bou Bagra, entrait en transe en tombant sur Dalida interprétant *Ya Mustapha*. C'était un homme de bruit et de fantasia, capable de s'esclaffer jusque dans les chambres mortuaires. En lui faisant prendre conscience de sa finitude, la guerre lui a fait surtout découvrir la portée de sa chance. Il *s'en était sorti* sain et sauf et était décidé à croquer la vie avec la voracité des miraculés.

Ce jour-là, il avait démarré sans un regard pour la radio.

Il avait la tête ailleurs.

Un moment, sa main a quitté le levier de vitesses pour s'approcher de mon genou. Elle s'était prise à deux fois avant de hasarder une petite tape sur ma cuisse ; une tape imperceptible, confuse de ne pouvoir s'attarder là où elle était censée me réconforter.

— On te gâte trop, me reprochait ma mère. On ne tirera rien de bon de toi, *ici*. Tu ne sais plus où se trouve ton école, tu es tout le temps absent, la tête dans les nuages. En plus, tu fumes en cachette. Inutile de mentir, j'ai trouvé une cigarette dans ton cartable. Estime-toi heureux que je n'en aie soufflé mot à ton père. Il t'aurait écorché vif.

Il m'aurait tiré l'oreille. Pas plus.

Il m'avait giflé une seule fois. À Casablanca. J'étais allé sur la falaise contempler l'océan. Sans rien dire à personne. Il m'avait cherché partout, ameutant le quartier en entier. Le soir, à mon retour, je l'ai trouvé debout devant la maison, livide, fou d'inquiétude. Sa main a devancé son soulagement. Je n'ai pas pleuré. Il m'a pris dans ses bras et c'est lui qui a sangloté dans mes cheveux.

Jamais plus il ne lèvera la main sur moi.

Si je devais mettre un visage sur l'émoi, il aurait indiscutablement celui de mon père. Cela est valable pour l'infortune aussi. Mon père avait le don de ne forcer la main à la chance que pour la laisser lui filer stupidement entre les doigts.

C'était un grand perdant.

I

Les murailles d'El Mechouar

*Et demain, qu'apportera demain au chien
sagace qui enfouit les os dans le sable sans
trace tandis qu'il suit les pèlerins vers la
ville sainte ?*

KHALIL GIBRAN
Le Prophète

1.

Mon père ne nous accompagna pas à l'école d'El Mechouar. À peine les premières ruelles de Tlemcen franchies, sa raideur fléchit et sa conduite devint nerveuse. Il se mit à pester après les piétons, à serrer de près les automobilistes, les commissures de la bouche subitement effervescentes de sécrétion blanchâtre. Quelque chose venait de rompre en lui, entraînant dans ses éboulis la contenance derrière laquelle il s'évertuait à occulter ses lézardes. Mon père soignait ses apparences à cause d'une enfance malheureuse. C'est lui qui m'avait appris à ne pas prendre la bonne humeur pour argent comptant, que, souvent, parce qu'il sonnait faux, le rire partait en éclats pour faire diversion.

Sur la banquette arrière, mon cousin se frottait les yeux. Il demanda où nous étions et n'eut droit qu'à un grognement. La voiture négocia plusieurs venelles grouillantes de badauds avant de s'arrêter devant un immeuble trapu et sale. Le sergent Kerzaz nous accueillit sur le palier, échangea une forte poignée de main avec mon père et nous invita à entrer dans son appartement. Mon cousin et moi fûmes installés autour d'une table naine sur laquelle un repas nous attendait : de la salade, un carafon d'eau et une soupière remplie d'une daube épaisse dont les senteurs dissuadèrent aussitôt mon appétit. Mon père préféra discuter avec le sergent dans le vestibule. Son ombre décrivait sur le mur des mouvements embarrassés. Il parlait à voix basse. Le sergent nous tournait le dos. Il hochait la tête en répétant : « Bien, mon lieutenant. » Au bout d'un entretien sommaire et feutré, la porte grinça avant de se refermer doucement. Le sergent revint sur nous, la figure inexpressive. « Mangez vite, dit-il. Il faut être à l'heure. » Je m'étais déporté sur le côté pour voir si mon père était encore là. Il n'y avait personne dans le vestibule. Il était parti sur la pointe des pieds. Sans même nous embrasser. Moi, j'aurais juste aimé qu'il me parlât un instant, les mains solidement posées sur mes épaules, où qu'il fourrageât dans mes cheveux en soutenant mon regard. Ce n'était pas assez pour me réconforter, mais cela aurait, peut-être, suffi à me consoler, l'espace d'un sourire, d'une séparation qui tenait aussi bien de la rupture que de l'écartèlement.

Le sergent Kerzaz était un homme pressé. En un tournemain, il enfila son treillis, cira ses bottes et nous invita à le suivre. Ni Kader ni moi n'avions eu le temps, encore moins le courage, de toucher à un croûton. Nous lui emboîtâmes le pas en silence, contraints de nous dépêcher pour le rattraper. Originaire du Grand Sud, notre guide marchait très vite, comme tous les hommes du désert. Au bout de quelques ruelles, nous nous surprîmes en train de lui courir après. Pas une fois il ne s'était retourné vers nous. Il se contentait d'allonger sa foulée, les épaules voûtées et la mine impénétrable. Autour de nous, les gens vaquaient à leurs occupations dans un carrousel chaotique. Les étals des marchands ambulants étaient assaillis par des femmes voilées et des paysans enturbannés. Conjugué aux vociférations des mioches, le cri des boutiquiers conférait au marché l'allégresse d'une fête foraine. Une chaleur sans excès embaumait son monde dans une étreinte si affectueuse qu'on l'aurait dit humaine. On se serait cru au printemps. C'était un beau jour pour gambader. Le sergent Kerzaz, lui, se voulait inattentif à la liesse alentour. Il fonçait à travers les échancrures de la cohue, impassible, presque blasé. Sur un square, une bande de gamins malmenait un ballon en chiffon au milieu d'une clameur cristalline. Ils jouaient ferme pour se rapprocher des buts adverses, se meurtrissaient le tibia dans des cafouillages hystériques, libérant leur joie explosive dès qu'un dribble envoyait valdinguer l'adversaire ou qu'un tir faisait mouche. Sans m'en rendre compte, je m'arrêtai pour assister au match. « On va être en retard », me rappela le sergent en continuant son chemin. Mon cousin dut me tirer par le bras pour m'éveiller à moi-même. Ce fut comme s'il m'arrachait à un rêve merveilleux. Je le repoussai avec hargne, agacé par son geste malencontreux. L'envie de rebrousser chemin et de disparaître dans la foule canonnait ma poitrine. Je voulais retourner auprès de ma mère, retrouver mes petites habitudes, mes voisins et mes amis. Le sergent revint à contrecœur sur ses pas. Sa main se referma sèchement autour de mon poignet. D'une secousse, il m'ébranla de la tête aux pieds et me traîna jusque devant le portail en fer d'une gigantesque forteresse aux murailles surélevées tapissées de lierre. Deux soldats en faction nous ouvrirent un portillon forgé à même le portail, échangèrent des salamalecs avec le sergent et nous ignorèrent. En me retournant, je vis le portail se refermer inexorablement sur les immeubles, les voitures, les gens et les bruits ; quelque chose me dit que le monde extérieur qui s'effaçait ainsi sous mes yeux m'effaçait, moi aussi ; qu'une page venait d'être arbitrairement tournée à jamais. J'étais si désemparé que j'avais sursauté lorsque le soldat rabattit le loquet.

Nous remontâmes une piste bordée de part et d'autre de bâtisses vieillottes et rabougries. Leurs tuiles fanées, leur toit défoncé par endroits, leurs fenêtres hagardes ainsi que leur façade d'une blancheur traumatisante me dépaysaient déjà. Les individus qui rôdaient çà et là, les uns dans des blouses délavées, les autres en tenue de combat, ne ressemblaient pas aux gens qui peuplaient mon quartier, à Oran. Ils paraissaient préoccupés ou renfrognés, se déplaçaient sans se défaire de leur moue accablante, ne se saluaient même pas. Seul un caporal ventripotent, son ceinturon à la main, déblatérait après un groupe de prisonniers reconnaissables à leur uniforme débraillé et à leur crâne rasé. Ces derniers s'adonnaient à une corvée de secteur ; ils ramassaient les détritus à mains nues pour les déverser dans une brouette geignarde qu'un autre détenu, malingre et fébrile, peinait à pousser sur le sol cailouteux. Plus loin, nous débouchâmes sur une immense cour encadrée de platanes colossaux. Là, des gamins sanglés dans une tunique glauque paradaient. Ils portaient tous des bérets, mais pas les mêmes chaussures. Certains arboraient des souliers bas, d'autres des pataugas. Compartimentés en trois pelotons, ils marchaient au pas, les bras cisaillant la cadence, le dos rigide et le menton haut. En face du dispositif, érigé sur une dalle, un vieil adjudant-chef donnait la mesure à tue-tête, l'œil à l'affût de la moindre fausse manœuvre, le juron foudroyant. En nous voyant arriver, il chargea un subordonné de poursuivre la conduite du défilé, sauta à terre et vint à notre rencontre. Je fus stupéfait quand, arrivé à notre hauteur, il sortit une prothèse dentaire de sa poche pour la placer dans sa bouche. Il s'essuya les lèvres sur le revers de sa main, nous dévisagea, mon cousin et moi, puis demanda au sergent si nous étions bien les fils du lieutenant Hadj. Le sergent acquiesça.

— Je les attendais dans la matinée, mais bon. Tu vas leur montrer leurs lits où ils pourront se reposer. À l'heure qu'il est, le coiffeur n'est pas libre. Ils vont rester avec les nouvelles recrues. Demain, ils passeront sous la tondeuse, ensuite sous la douche. Nous n'avons pas encore perçu de nouvelles tenues. Ils garderont leurs effets vestimentaires personnels jusqu'à nouvel ordre.

— Bien, chef.

Le vieil adjudant-chef nous sourit en s'abstenant d'esquisser un quelconque geste affable dans notre direction. Il était petit et vif, le visage noiraud et émacié, ratatiné par les maquis. Il paraissait flotter dans sa vareuse, mais on le sentait implacable, d'une énergie à toute épreuve. Avant de retourner traquer ses pelotons, il retira son dentier et le remit dans sa poche. Sa bouche s'affaissa avec une désolation telle que j'en ai frémi.

Le sergent nous conduisit dans l'immeuble qui surplombait la cour scolaire, un édifice écaillé et hideux, large d'une centaine de mètres. On y accédait par une porte efflanquée qui donnait sur un long corridor exigu, sans éclairage et puant l'urine. Au rez-de-chaussée, il y avait les classes où étaient rangés des tables et des bancs. Sur les murs d'un gris déconcertant, des gravures, représentant des scènes inspirées des fables de La Fontaine, battaient de l'aile. Au-dessus de l'estrade, punaisée au beau milieu du tableau, pendait une coiffure en carton surmontée de deux oreilles d'âne censée couronner, l'espace d'un cours, le cancre de la journée... Le sergent grimpa au premier étage, vérifiant au passage la gravité des fissures relevées sur la rampe et attirant notre attention sur les marches incertaines de l'escalier. Débouchant sur une grande salle qu'éclairait une fenêtre rudimentaire, il nous désigna deux sommiers vacants et commença dare-dare par nous montrer comment utiliser les draps et les couvertures de façon à réussir un « lit carré », conformément aux usages en vigueur dans les casernes. Il étala une première couverture sur le matelas, avec infiniment de délicatesse, ensuite la paire de draps qu'il lissa avec une précaution exagérée puis coucha la deuxième couverture dont il rentra les bords sous le matelas, ajusta l'oreiller, redressa habilement le pourtour du couchage et recula pour contempler son ouvrage. « Il faut que votre lit ressemble à une caisse de munitions, insista-t-il, avec des coins bien droits et une surface aussi plate qu'une planche, le drap supérieur tourné vers l'extérieur exactement de cette manière. Je vous préviens que si le moindre faux pli est relevé, le moniteur flanquera tout par terre et vous bottera le derrière jusqu'à ce que vous parveniez à lui présenter un couchage parfaitement raboté. » Mon cousin hochait la tête, loin de mesurer la rigueur des consignes. Moi, je voulais rentrer chez moi sans tarder.

Le sergent nous fit faire le tour de *notre* territoire, nous montra le foyer sans nous expliquer en quoi il consistait car il était fermé, délimita notre secteur puisque, au-delà de certaines frontières, nous risquions de nous égarer dans le cantonnement des soldats, ce qui était catégoriquement inacceptable. Il nous instruisit sur les différentes conduites à tenir au cas où l'on s'isolait, à qui s'adresser lorsque quelque chose ne tournait pas rond, comment reconnaître un moniteur afin de ne pas se fier au premier venu. Vers la fin de l'après-midi, il nous raccompagna dans une courette où des garçons en civil se morfondaient. C'étaient de nouvelles recrues arrivées quelques jours avant nous. La majorité d'entre eux étaient des orphelins de la guerre, parfois sans famille et sans nom patronymique, surpris errant sur les routes ou bien réfugiés chez des voisins trop miséreux pour les prendre en charge. Certains portaient des haillons et avaient des escarres aux pieds. D'autres les cheveux hirsutes, les yeux chassieux et de remuantes limaces au bout du nez. Mais tous avaient dans le regard une perplexité douloureuse, comme s'ils s'attendaient à recevoir le ciel sur la tête. Fortement intrigué par nos habits, l'un d'eux s'approcha de nous pour nous observer de plus près. Sa main boursouflée de gerçures caressa ma veste, s'attarda sur sa coupe ; il recula d'un pas et déclara, d'une voix ébahie, qu'il croyait les costumes destinés exclusivement aux adultes et que, hormis l'administrateur français qui gérait son village durant la guerre, il n'avait pas vu un seul Arabe affublé de cette façon, encore moins des gamins. Un adolescent lui dit que nous étions probablement des fils de bourgeois. L'autre retourna à sa place et ne nous quitta plus des yeux, incapable de se résoudre à l'idée que des enfants de riches puissent tomber si bas. Le sergent Kerzaz se retira en nous promettant de revenir le lendemain. Nous le regardâmes s'éloigner, pris au dépourvu. Au moment où il disparut derrière un muret, mon cousin se laissa choir par terre, se prit la tête dans les genoux et se mit à pleurer et à réclamer sa mère. Je ne pouvais ni m'asseoir à côté de lui ni lui parler. J'avais trop de chagrin pour m'occuper de lui...

Un coup de sifflet retentit au loin. Un garçon en uniforme nous annonça que c'était l'heure du dîner. Les nouvelles recrues partirent souper.

— Va avec eux, recommandai-je à Kader.

— Et toi ?

— Je n'ai pas faim.

— Tu veux que je t'apporte un morceau de pain avec moi ?

— Ce n'est pas la peine.

Kader n'insista pas. Il se dépêcha de rattraper les autres.

Je me retrouvai seul. Le soleil se couchait déjà, en catimini, comme s'il cherchait, à son tour, à me fausser compagnie. Je pris place sur une dalle et tournai le dos à l'esplanade, aux tintements des fourchettes qui s'élevèrent bientôt du réfectoire. Mes épaules ployèrent, pesèrent sur mon être. J'avais l'impression que mon âme s'engourdissait. Lentement, pour apaiser la faim et le vertige qui me gagnaient, j'enfonçai mes poings dans le creux de mon ventre et fis face à la nuit...

Une année auparavant, mon père nous avait offert une cure à Bouhanifia, une station thermale à quelques kilomètres de Mascara. Le matin, je descendais à la rivière voir nager les vacanciers. Ils se dressaient au haut d'un rocher, pareils à de jeunes idoles, poussaient des cris de guerre et sautaient dans le vide. J'étais fasciné par les superbes plongeons qu'ils improvisaient en fonction de leur témérité. Un soir, alors que je rêvassais sur la berge désertée, un homme s'était approché de moi. Il devait avoir une trentaine d'années et paraissait courtois et bienveillant. Il m'avait désigné un arbre surplombant l'oued et invité à lui montrer ce que j'avais dans les tripes. Je lui avais dit que je ne savais pas nager. Il m'avait promis de veiller sur moi, qu'il ne m'arriverait rien. Il avait tellement insisté que j'avais fini par grimper sur la branche. L'eau fangeuse, clapotante, trois mètres plus bas, me terrifiait, mais le sourire cordial de l'inconnu eut le dessus. J'avais fermé les yeux et sauté. Au bout de quelques barbotages désespérés, et ne voyant rien venir, j'avais commencé à paniquer. L'homme était resté accroupi sur le talus, les bras autour des genoux ; il souriait en me regardant me noyer. Jamais je n'oublierai son visage serein, ses yeux amusés par ma détresse. Plus mes cris s'affolaient et plus son sourire se prononçait. J'avais compris qu'il ne se porterait pas à mon secours. L'eau se refermait autour de moi, m'aspirait dans un tourbillon vertigineux. À l'instant où j'allais couler, l'homme s'était relevé et avait regagné la colline comme si de rien n'était. Alerté par mes cris, mon cousin Homaïna, qui passait par hasard par là, avait eu juste le temps de me retenir par la main.

Ce jour-là, à l'école des cadets, la nuit étendant sa chape noire par-dessus ma tête me rappelait l'oued en train de m'aspirer, ravivait l'ampleur de ma solitude. De nouveau la panique s'empara de moi ; je me sentais sombrer, je me sentais mourir…

Un soldat souffla dans un clairon l'extinction des feux. Chacun de ses mugissements me traversait de part et d'autre comme une estocade.

— Ne reste pas là, petit, me conseilla-t-il en rangeant son instrument sous le bras. Rejoins tes camarades au dortoir et tâche de bien te couvrir. La nuit s'annonce fraîche.

Je partageais la chambrée avec une vingtaine d'enfants au sommeil agité. Rescapés des massacres, leurs cauchemars n'en finissaient pas de les rattraper au détour du moindre assoupissement. Certains pleuraient, les poings dans la bouche. Les autres hurlaient un instant et se rendormaient profondément. Mais ce n'était pas cela qui me tenait éveillé. Je pensais à ma mère, à mes frères et sœurs, à mon quartier, à l'épicier du coin, à mon chien Rex, aux bruits familiers et à mes cache-tampon. Des heures durant, je n'arrêtais pas de fixer la fenêtre. Dehors, le ciel fourmillait d'étoiles, et la lune, perlant au bout d'une branche, cherchait à me persuader que l'arbre s'enrhumait...

— J'ai horreur de me répéter. Quand je dis debout, tout le monde se met au garde-à-vous au pied de son lit avant que j'aie fini de gueuler.

D'un coup, il y eut un séisme. Je réalisai vaguement qu'un souffle fulgurant me catapultait quelque part. Le plafond tournoya et je me retrouvai la figure contre le carrelage, à moitié assommé, enseveli sous mon matelas. Une paire de brodequins grotesques s'immobilisa contre mon nez. Un soldat s'accroupit pour me montrer son faciès grimaçant de colère :

— Tu te crois toujours chez ta bonne petite maman chérie, morveux ? Sors de là fissa si tu ne tiens pas à ce que je te fiche ma godasse au cul.

Il se releva en hurlant après les autres cadets, puis quitta la chambrée telle une bourrasque. Mon cousin vint à mon secours. Il poussa sur le côté le lit métallique qui m'écrasait, retira le matelas et m'aida à sortir de sous les « décombres ». Autour de moi, mes camarades de chambrée finissaient de plier leurs couvertures, indifférents.

— Que s'est-il passé ? demandai-je à Kader.

— Le soldat a renversé ton lit.

— Ce type est mauvais, m'expliqua un garçon replet. Quand il tape dans ses mains, personne ne doit traîner dans ses draps. Celui qui s'attarde à renifler son oreiller a droit à la culbute.

— Je ne savais pas.

— Eh bien, tu le sais maintenant. À ta place, je ferais mieux de me rhabiller au lieu de poser des questions. Le rassemblement est dans cinq minutes.

Il faisait encore nuit lorsque le clairon sonna le rassemblement. Les cadets se ruèrent vers les escaliers, déferlèrent les marches et coururent se mettre en rangs serrés dans la cour où les moniteurs les attendaient de pied ferme. Ne sachant où aller, je me frayais une place dans un peloton. Rapidement, des bras me bousculèrent de toutes parts et m'éjectèrent hors du carré. Je m'aperçus que chacun avait une place précise et que personne n'était prêt à la céder. Un caporal me repéra. Du doigt, il m'orienta sur un coin où mon cousin et une dizaine de nou-

velles recrues me rejoignirent. Tout de suite ton-
nèrent les ordres : « Repos, fixe ! Alignement...
On ne bouge plus. Toi, le numéro 53, arrête de
gigoter sinon je t'arrache la peau des fesses avec
la boucle de ma ceinture... Vérification des effec-
tifs... » Les moniteurs comptèrent leurs rangs,
redressant une nuque par-ci, apostrophant un récalcitrant par-là, et se mirent à hurler, les uns après
les autres : « Cours préparatoire, présents !...
CE 1, présents !... CE 2, présents !... CM 1, présents !... CM 2, présents ! » Aucune absence
n'étant signalée, l'adjudant-chef frappa dans ses
mains. Les pelotons se mirent à sautiller sur place,
le genou pédalant à hauteur des poitrines ; ensuite,
en file indienne, rangée par rangée, les élèves se
hâtèrent vers le réfectoire où des bols de café
fumants, accompagnés de tranches de pain beur-
rées, furent avalés avant que j'aie fini de me situer
dans le mouvement d'ensemble.

Après le petit déjeuner, le sergent Kerzaz nous
conduisit, mon petit cousin et moi, dans un trou à
rat aménagé en salon de coiffure. Un homme
enserré dans un tablier godaillé m'installa dans un
fauteuil, face à une glace poussiéreuse, et se mit
à me tondre à partir de la nuque jusque sur le front
en fredonnant un air andalou. Son accent sifflant
et son teint marmoréen trahissaient en lui le Tlem-
cénien de souche, aussi dénué d'émotion qu'un
berger tondant un mouton. Il avait les cheveux gri-
sonnants articulés autour d'une mèche de zazou,
un profil tranchant et une bouche déformée par de
grandes dents jaunâtres à travers lesquelles filtrait

une haleine avariée. Il semblait nourrir, pour sa tondeuse, autant de passion qu'un sculpteur pour son burin ; le reste – ses maladresses, les gémissements qu'elles m'arrachaient – ne l'atteignait guère. Il était seulement agacé par mes sursauts. Chaque fois qu'une morsure m'obligeait à me déporter sur le côté, il me rajustait d'une taloche qui se voulait à la fois vigoureuse et autoritaire. De toute évidence, il ne supportait pas les mioches. Au bout d'un va-et-vient expéditif, mon crâne présenta rapidement l'aspect d'un galet. Je ne me reconnaissais plus. J'avais complètement changé de tête. Le coiffeur m'ôta la serviette, sans se donner la peine de brosser les boulettes de cheveux sur mes épaules, m'extirpa de la chaise et fit signe à Kader de prendre ma place. Mon cousin resta cloué sur le banc, affligé par ma boule à zéro. Il commença par refuser des mains, puis il se cramponna à son siège et tenta de résister au bras du sergent. Le coiffeur le saisit par le collet, comme s'il s'agissait d'un balluchon, l'entassa sur le fauteuil d'une main ferme pendant que, de l'autre, il se hâta de lui dégarnir la tempe. Au sortir du salon, Kader et moi nous dévisageâmes avec chagrin, ensuite nous éclatâmes lui en sanglots et moi de rire. Nous avions l'air de deux petits bouts de forçats qui s'apprêtaient à rejoindre leur bagne. Le sergent Kerzaz ne jugea pas nécessaire de nous consoler. Quelque part, au tréfonds de ses prunelles, il nous plaignait, mais ne nous l'avoua pas. Il n'avait pas d'enfants, lui, et devait ignorer comment s'y prendre. Mon cousin finit par essuyer ses larmes. Timidement d'abord, il passa une main craintive sur son cuir chevelu, ne rencontra qu'une boule hérissée de minuscules poils piquants. Je lui adressai une grimace, dans l'espoir de l'amuser. Il fit la moue et, à son tour et à mon grand soulagement, il s'esclaffa en rejetant la tête en arrière, le doigt tendu vers la pierre ponce ornant mon cou. « Tu ressembles à un djinn », me dit-il. « Toi aussi », lui signalai-je. Ensuite, la main dans la main, nous avons suivi le sergent aux douches, probablement pour nous débarrasser de ce qui faisait de nous, deux jours auparavant, des enfants comme les autres.

L'après-midi, on nous rassembla dans une courette, avec les nouvelles recrues ; on porta nos nom et prénom sur un registre, on nous aligna par ordre de taille, les petits devant, et on nous *numérota*.

— À partir d'aujourd'hui, vous déclinerez votre matricule à la place de votre identité, nous enseigna un adjudant, un grand échalas aux dents couronnées d'or qui n'arrêtait pas de triturer le cordon de son sifflet en nous surveillant de guingois. Finis les patronymes et les sobriquets. Finis les vacheries et les chichis. Désormais, vous êtes des soldats et vous vous conduirez comme tels. Nombre d'entre vous n'ont pas de famille, ni de maison ni de repères. Ceux-là n'ont plus de soucis. Ils trouveront auprès de leurs moniteurs ce que la guerre leur a confisqué. Notre établissement veillera à ce qu'ils ne manquent de rien. Cela est valable pour les autres. Vous êtes tous sur un même pied d'égalité, les riches et les pauvres, les bédouins et les citadins, les orphelins et les fils de militaires. Nous n'avantagerons personne au détriment de ses camarades. En contrepartie, nous exigeons de vous de la discipline, une obéissance exemplaire et une droiture inflexible. Ici, nous formons des hommes, de vrais hommes, braves et dignes de la nation algérienne, la nation des un million et demi de martyrs qui ne reposeront en paix que lorsque nous leur aurons prouvé que leur sacrifice est le plus probant des investissements.

Mon cousin fut baptisé *matricule 122*, moi *129*.

Deux jours après, on nous distribua une tunique vert bouteille, un béret, des gilets de corps, des brodequins pour les grands pieds et des sandales en caoutchouc pour les petites pointures. En allant nous contempler au fond d'une glace murale, nous découvrîmes d'adorables petits soldats de plomb en train de s'exercer à tonitruer leur numéro d'identification en portant la main à la tempe dans des saluts impeccables. Nous étions *matricule 19, matricule 43, matricule 72, matricule 120*, et rien de plus. Nous avions cessé d'exister pour nous-mêmes... Nous étions devenus des cadets, c'est-à-dire les enfants adoptifs de l'Armée et de la Révolution.

2.

J'ignore si j'ai souffert outre mesure de ma captivité. J'étais un enfant. Pour moi, la vie était ainsi. Si des adultes n'y pouvaient pas grand-chose, qu'en serait-il pour un mioche ? Il me fallait vivre avec. Mon âge et mon mètre trente étaient des excuses recevables. J'avais le droit de baisser les bras.

Quelques semaines avaient suffi pour me rappeler à l'ordre.

Je n'éprouvais plus le besoin d'aller bouder le grand portail ; j'avais cessé d'attendre que les hautes murailles de la forteresse s'effondrent pour me restituer ma liberté. À force de voir les autres cadets créer leur propre monde, taper dans des ballons en chiffons en vociférant, je m'étais mis progressivement à me prêter à leurs jeux. Cela ne servait à rien de s'isoler, de s'attendrir sur son sort. Les immenses platanes n'avaient que leur silence à me consacrer. Je pouvais me triturer les doigts des heures durant, dans un coin oublié, je pouvais implorer les saints du pays en entier, le clairon finissait immanquablement par me rattraper. Je devais ranger en catastrophe mes prières et courir réintégrer mon peloton où je n'avais pas intérêt à me faire répéter les ordres qui fusaient de tous les côtés.

Mon cousin Kader s'était adapté plus vite. À sept ans, c'est plus facile, je présume. Il avait déjà sa place dans une petite équipe de football et se révélait un excellent gardien de but. Je le revois encore détournant des tirs à bout portant, bondissant sur un ballon au milieu d'un cafouillage, leste, vigilant et d'une étonnante pugnacité. De mon côté, je préférais la compagnie de Moumen, un sacré petit bonhomme originaire de Perrégaux, dodu, presque bedonnant, les narines aussi larges que le sourire. Il me fascinait avec ses histoires rocambolesques à travers lesquelles il n'arrêtait pas de se porter au secours de sa dulcinée qu'un ogre rugissant enlevait au gré de ses sautes d'humeur. C'étaient des moments palpitants. Moumen supplantait nos princes vaillants. Nous étions une dizaine de mouflets à le retrouver après le souper, sur le perron du dortoir, pour savourer un nouvel épisode de ses élucubrations qui débutaient et se terminaient toujours de la même façon sans jamais nous lasser. Nous nous surprenions à trembler pour notre héros tandis qu'il sautait sur sa mule blanche, le cimeterre en avant, et fonçait dans la forêt noire à la recherche de sa bien-aimée. Lorsqu'il parvenait enfin à coincer l'effroyable ravisseur, nous le suppliions de le décapiter sans procès et sans tarder. Moumen avait douze ans ; les exubérances de son imaginaire furent absolument nécessaires à mon *insertion*. Je devins son meilleur ami. Il se chargea de remplacer ma mère, ses contes près de la cheminée, là-bas dans *notre* maison…

Mon Dieu ! qu'elle était loin, notre maison…

Nous habitions au 6, rue Aristide-Briand, à Choupot, un quartier tranquille d'Oran. Notre villa était spacieuse, inondée de lumière. Mes frères et moi jouions aux Indiens. Une plume dans les cheveux, la figure balafrée à coups de bâton de rouge à lèvres, je me prenais pour le roi des Sioux. Nous avions un garage qui nous servait de banque à l'occasion d'un casse inspiré d'un film de série B ; une basse-cour où l'on élevait des poules, des oies, des canards et des dindes car ma mère, Bédouine romantique, déployait sa campagne partout où elle s'installait, au grand dam de mon père qui tentait vainement de la convertir aux mœurs citadines. Par-dessus la courette, que gardaient deux citronniers enchevêtrés, la treille se ramifiait jusque dans la rue. En été, d'imposantes grappes de muscat transformaient l'endroit en mât de cocagne. Les galopins et les passants n'avaient qu'à se hisser sur la pointe des pieds pour se servir. Il y en avait à profusion. On en donnait aux voisins, aux visiteurs, aux mendiants ; avec ce qu'il en restait, ma mère réussissait des confitures à nous fondre le palais…

Je ne comprenais pas ce qu'il m'arrivait.

J'étais si heureux, *chez nous*.

Avant, je ne m'en rendais pas compte, je n'y

prêtais pas attention. À El Mechouar, tout se reconstituait, jusqu'aux infimes détails : les jalousies fulminantes de mon frère Houari, nos empoignades chroniques ; l'affection de mon chien Rex ; le boutiquier du coin constamment sur le qui-vive à cause des esprits frappeurs écumant ses bonbonnières ; les accès de colère du facteur quand il nous découvrait à ses trousses en train de le singer ; la bedaine hilarante du gardien de la paix ; Négus, un vieux trimardeur écervelé qui nous montrait son sexe phénoménal pour deux misérables sous et son derrière pour un croûton – tout me manquait, m'échappait, me conjurait.

Je ne comprenais surtout pas pourquoi je devais vivre parmi des orphelins, moi qui avais un père influent, une mère qui m'adorait et une famille nombreuse…

L'école des cadets était une école primaire semblable aux autres, avec le même programme pédagogique en vigueur à l'échelle nationale ; l'enseignement était dispensé par des civils, sauf que l'administration relevait de l'armée et que l'encadrement était confié à des sous-officiers qualifiés de « moniteurs ». Kader fut inscrit au cours préparatoire, moi en CE 1. Ma classe accueillait une vingtaine d'élèves dont l'âge ballottait entre huit et quatorze ans. Nous sortions de la guerre, et il arrivait fréquemment à de jeunes adolescents de partager la même classe avec de tout petits garçons. Nous faisions face à un tableau antédiluvien sur lequel l'éponge laissait d'indélébiles traînées décolorées. Mon voisin de pupitre répondait au matricule 118. Un sacré numéro. Rescapé des faubourgs de Boudghane, il me dépassait de quelques années et d'une bonne tête au front proéminent. C'est lui qui m'avait proposé de m'asseoir à son banc. Il me disait qu'il appréciait ma proximité, qu'on allait, à coup sûr, devenir de très bons amis. Je n'y voyais pas d'inconvénient. 118 était amusant, frondeur et irrésistible. En revanche, il détestait les bûcheurs, et je n'en étais pas un. Le problème est qu'il ne me rendait jamais les objets que je lui prêtais ; pire : il me chipait mon taillecrayon, ma gomme, mes morceaux de craie, mon porte-plume et, des fois, mes boutons en cuivre pour me les échanger de force contre mon goûter. J'avais beau le surveiller, tenir mes affaires hors de sa portée ; à la moindre distraction, quelque chose dans ma trousse manquait à l'appel. Poussé à bout, il m'avait fallu traiter avec lui. Aux poings. Il m'arrangea le portrait avant que j'aie levé ma garde. Le moniteur cherchera longuement à connaître celui qui m'avait poché l'œil. Il n'obtiendra rien de moi. 118 m'en resta redevable plusieurs semaines. Puis, sans crier gare, il se remit à me détrousser. C'était sans doute plus fort que lui.

Notre professeur de musique s'appelait M. Point. En plus du solfège, il nous enseignait d'autres matières. C'était un vieux Français, petit et sec. Ses cheveux ébouriffés et ses moustaches chenues rissolées par la nicotine lui conféraient les traits d'un savant de bande dessinée. Il nous appelait « messieurs » et nous vouvoyait, ce qui avait une connotation bizarre au sein d'une enceinte militaire. Pendant longtemps, nous l'avions soupçonné de chercher à nous piéger. Nous avions tort. Il était effectivement sincère et attentionné, extrêmement courtois. Il n'est pas resté longtemps parmi nous, ou alors j'ai oublié. Je me souviens qu'il était fauché comme les blés à cause d'une situation de solde non régularisée ; de sa pipe greffée au coin de sa bouche, de son odeur de fumeur invétéré qui empuantissait la pièce, le couloir, l'immeuble entier. N'usant de sa baguette que pour réclamer le silence, il ne nous chargeait point. Avec lui, on pouvait s'assoupir au beau milieu d'un cours sans offenser les dieux. Il disait à qui voulait l'entendre qu'un enfant, qu'il soit soldat ou forçat, est un *enfant tout court*, qu'il a besoin de s'essouffler et de faire des bêtises, que ce n'est pas raisonnable de le traiter en adulte. C'était quelqu'un de sensé, fermement dégoûté mais sobre. Il arrivait tous les matins renfrogné, un peu perdu dans sa veste de safari qu'il portait hiver comme été, et mettait plus de temps à défaire les sangles de son cartable qu'un louchon à introduire un fil par le chas d'une aiguille. Des fois, un livre ou un cahier lui échappait des mains. Il ne le ramassait jamais avant la fin de séance, tant les efforts supplémentaires, en particulier ceux qu'il n'avait pas prévus, le répugnaient. Aussi nous intéressait-il, sans trop insister, au papier à musique, au clavier des clarinettes, au dessin quelquefois, aux fables de La Fontaine et à nous-mêmes...

Notre second instituteur, un Algérien, était différent. Pour un lapsus ou un gloussement, il transformait la classe en salle de gymnastique, sommant tout le monde de se coucher à plat ventre et d'exécuter vingt pompes en bonne et due forme. C'était un grand quadragénaire au crâne massif surmonté d'un fez. Il portait invariablement un trois-pièces à fines rayures grises, la chaîne de la montre en exergue sur le gilet. Son arabe châtié et sa morgue hypertrophiée rappelaient un intellectuel bourgeois de l'Égypte ottomane. Je n'ai pas retenu son nom cependant, je revois encore son visage laiteux incrusté de deux yeux pers capables de déceler nos plus intimes pensées. D'un nationalisme vertigineux, il tremblait comme une feuille au lever des couleurs et se jurait de faire de nous d'authentiques génies pour que nous puissions ériger une Algérie de lumière dans le concert des nations…

Les moniteurs n'étaient pas mauvais. Malgré la sévérité qu'ils affichaient, ils compatissaient à notre infortune. Chaque cadet portait la sienne en bandoulière, parfois crucifiée sur son front ; cela crevait les yeux que, sous l'uniforme cendré du petit soldat, une âme se consumait en secret. Mais c'était se conformer aux valeurs fondamentales militaires que de garder ses peines pour soi. Donc, ni les moniteurs ni leurs protégés n'avaient intérêt à remuer le couteau dans la plaie. Et c'était mieux ainsi.

Notre adjudant-chef, Sy Tayeb, était de cet avis, même quand il lui arrivait d'oublier son dentier sur l'oreille d'un élève. Irascible, il flambait plus vite qu'une mèche, s'emparait de son gourdin et déclenchait de véritables sinistres dans les rangs. On aurait dit un furet lâché dans un poulailler. L'adjudant Bahous, lui, était le sous-officier classique, fier et sophistiqué. On l'admirait plus qu'on ne le craignait. Le sifflet aux aguets, il veillait sur nous comme sur la prunelle de ses yeux. Preux fils du Sahara, il avait hérité de sa tribu le sens du devoir et de la loyauté ; et aussi un goût prononcé pour le folklore. À ses heures perdues, il nous chantait *Ya ghorbati* (« Mon exil »), une chanson écrite par lui. Son accent sudiste et sa voix nasillarde, que Moumem imitait à la perfection, nous tordaient de rire. De son côté, le fantomatique sergent Kerzaz avait du mal à transcender son ombre ; il subissait nos diableries avec une stupéfiante longanimité. Le directeur du groupement élèves s'appelait Midas, un sous-lieutenant tassé, ardent et rouquin comme une torche. Sa voix rauque, qui semblait surgir d'un canon, nous tétanisait à des lieues à la ronde. Si, par malheur, notre nez échouait dans la tenaille de ses doigts, on ne le récupérerait qu'à moitié. Il avait la gifle foudroyante, le coup de pied au cul ajusté, mais sa prédilection, c'était l'exercice de la *falaqa*. Il en raffolait. Assisté par Rabah, un grand gaillard de cadet dont la tâche consistait à immobiliser les pieds du supplicié entre ses cuisses, Midas vérifiait d'abord la propreté des orteils du « chenapan » avant d'abattre dessus son martinet. Le châtiment devait se dérouler sur la cour scolaire, à l'heure du rassemblement. Pour que tout le monde y assistât. Midas insistait là-dessus. Mon premier spectacle m'avait été offert par le matricule 53, un diablotin de Palikao. Il avait crevé les pneus du Volvo venu nous chercher pour l'excursion. Un bus dépêché d'Oran. Midas avait failli s'arracher les cheveux. Une excursion gâchée à cause d'une étourderie ; c'était inadmissible. Matricule 53 eut droit à quarante coups de cravache, dont chacun l'ébranlait telle une décharge d'électrode. Au bout d'une vingtaine de contorsions, le malheureux n'en pouvait plus. Ses sursauts s'espacèrent, ses cris s'essoufflèrent ; à un moment, ses larmes ne répondaient plus à ses gémissements. Matricule 53 rejoignit ses camarades à quatre pattes et se passa de l'usage de ses pieds pendant plusieurs jours.

Les rares caporaux, qui suppléaient par intermittence l'encadrement, s'impliquaient sans états d'âme. On ne pouvait ni les émouvoir ni les soudoyer. C'était peine perdue. À la moindre peccadille, ils nous attrapaient par la nuque pour relever nos matricules cousus en rouge sur le col de nos vestons. Comme ils ne savaient ni lire ni écrire, ils se contentaient de *dessiner* les chiffres et nous signalaient sur-le-champ à la direction. Nous ne leur en tenions pas rigueur. Ils étaient enquiquinants, mais corrects.

Pourtant, il y en avait un qui abusait de ses *attributs* : le sergent Ferrah. La casquette inclinée à la manière des maquereaux, la bouche ordurière, il était d'un sadisme terrifiant. Certains cadets en urinaient dans leur culotte. C'était un homme aigri, exécrable. Il détestait tout le monde, les officiers en particulier. En apprenant que j'étais le fils d'un « gradé », il s'en donna à cœur joie. Des semaines durant, il m'a réveillé à trois heures du matin et m'a obligé à cirer les bottes de mes camarades de chambrée dans le noir ; et malheur à moi si le cuir présentait le plus petit grain de poussière. Le jour, il me persécutait, me mettait au garde-à-vous jusqu'à tomber dans les pommes ou me faisait ramper. J'ai connu l'enfer avec lui. Toutes les nuits, je priais le Seigneur de le muter le plus loin possible, de l'écarter de mon chemin. Et un soir, le sergent Ferrah rentra soûl et provoqua un tapage inouï. Il fut mis aux arrêts. Le lendemain, il déserta les rangs pour de bon ; sa disparition eut l'effet d'une éclaircie sur l'ensemble des cadets… Vingt ans plus tard, dans un café à Maghnia, un homme altéré m'a abordé :

— Vous ne vous rappelez pas de moi, mon lieutenant ?

J'ai reposé ma tasse pour le considérer un instant, juste un petit instant :

— Si, monsieur Ferrah.

Il a hoché la tête, les yeux par terre. Je lui ai payé un café et un soda et je suis sorti dans la rue. Il n'a plus jamais essayé de m'approcher.

Le dimanche, hormis les « sans-famille » qui avaient depuis des lustres tourné le dos aux contes de fées, les autres cadets étaient saisis d'une intense fébrilité. Par bandes inégales, ils essaimaient çà et là dans la cour, le cœur aux abois, les yeux rivés sur le bâtiment administratif qu'ornait un haut-parleur enroué. C'était le jour de la visite parentale ; le jour le plus long, le plus éprouvant... À partir de neuf heures, le nom des premiers bienheureux retentissait dans le crachotement du micro, effarouchant la nuée de pigeons juchés sur les toits. Ceux qui se reconnaissaient au milieu des bruits de friture se ruaient vers le « parloir », les prunelles éclatées d'une joie horrible. Quelquefois la main d'un ami tentait de les retenir un instant, histoire de les taquiner. La réaction était si violente que des amarres auraient rompu... Aucune force ne peut retenir un enfant qui court retrouver sa famille. Surtout lorsqu'il *sait* que les retrouvailles ne durent que l'espace d'une accolade.

À chaque nom tonitrué, mon cousin sautait au plafond, sûr qu'il s'agissait du nôtre. Je lui esquissais une moue navrée. Il se décrochait, inconsolable :

— Ils ne viendront donc jamais ?

Cela faisait deux mois que nous languissions d'une silhouette chérie, et les *nôtres* nous ignoraient. Mon cousin refusait de l'admettre. Je ne savais quoi lui dire. Je souffrais autant que lui, mais j'étais l'aîné ; je me devais de tenir le coup, de lui prouver que j'étais là...

À la fin des visites, quand le grand portail se refermait sur nos ultimes vœux, les bienheureux nous revenaient abattus, la mine défaite, plus peinés que jamais. Au réfectoire, à midi, les tables garnies comme à la fête ne minimisaient pas l'ampleur des consternations. Seuls les « sans-famille » se régalaient ostensiblement, prenant ainsi une courte revanche sur leur statut d'anonymes. Les autres, les bienheureux de la matinée et les moins chanceux, n'osaient toucher ni aux tartres fruitées ni aux boissons gazeuses. Ils avaient la gorge si nouée qu'une cuillerée de soupe les aurait étranglés. Le lendemain et les jours d'après se prolongeaient dans de sourdes furies.

La veille du dimanche suivant, on effaçait tout et on recommençait depuis le début : le petit déjeuner ingurgité d'un trait, on investissait la cour en silence. Et vogue la galère !

À l'usure, les bienheureux commencèrent à manifester moins d'empressement à rejoindre le « parloir ». Les moments de bonheur qui fondent plus vite qu'une brioche ne les galvanisaient plus. Un parent qui s'en va occasionne plus de dégâts qu'un parent qui s'oublie. Mais pour ceux qui, comme Kader et moi, attendaient misérablement leur tour de rejoindre le « parloir », quitte à en pâtir le restant de leur vie, cela valait toutes les peines de la terre.

Mon cousin et moi comptions sur nos doigts les jours et les nuits qui nous séparaient du dimanche 4, puis du dimanche 11, puis du dimanche 18, et ainsi de suite. Plus le haut-parleur boudait notre nom, plus nous nous obstinions à compter, et à compter encore et encore, avec frénésie ensuite, avec une jubilation corrosive sans cesse grandissante ; la jubilation douloureuse de deux mioches se culpabilisant tellement de n'avoir pas su mériter l'intérêt de leur famille qu'ils s'interdisaient de se ménager.

Et au moment où je m'y attendais le moins, un après-midi, le sergent Kerzaz m'intercepta à la sortie des classes :

— Ton père est ici, m'annonça-t-il d'un ton monocorde.

— Ah, fis-je sans enthousiasme.

J'étais mal en point. Mes pieds gelaient dans mes sandales en caoutchouc. En cette fin de novembre, le froid fut rude. Les effets vestimentaires promis par la Bulgarie tardaient à arriver, et nos habits d'été ne nous protégeaient pas. L'école, naissante, manquait d'équipement et de moyens financiers. Les classes et les dortoirs sans chauffage évoquaient des chambres froides. De rares cadets, les plus grands de taille, dénichaient, au fond des sinistres magasins d'habillement, de vieux manteaux de prisonniers de guerre, grotesques et malodorants, frappés d'épais numéros blancs sur le dos. Le reste se serrait dans des chandails pour adultes, et claquait des dents du matin à la nuit tombée.

Mon cousin Kader avait attrapé une méchante bronchite. Je n'étais pas autorisé à lui rendre visite à l'infirmerie. Moi aussi, je toussais à m'arracher la glotte. Et je n'étais pas le seul. Des gerçures noirâtres me rongeaient les poings ; mes doigts n'en finissaient pas de s'engourdir sous mes aisselles. La visite de mon père tombait mal. Cela m'ennuyait de n'avoir à lui proposer que l'image d'une loque, lui qui aimait tant les choses saines.

Le sergent me pria de me moucher et de me défaire de cette mine indigne d'un soldat. Il me releva le menton, rajusta mon col et m'indiqua le chemin.

Mon père discutait avec le lieutenant Midas dans la cour. Tous les deux m'observaient tandis que j'essayais de rectifier ma démarche molestée par mes pieds transis.

— Tiens-toi droit, me souffla Kerzaz dans le creux de la nuque. Montre-lui ce que nous t'avons appris.

Au pas de course, les poings à hauteur de la poitrine, je m'approchai des deux officiers, freinai à six coudées d'eux – comme nous l'avaient enseigné nos instructeurs – et les saluai militairement. Mon père souriait. À son tour, avec une certaine désinvolture, il claqua des talons et me rendit les honneurs. On se serait cru à la parade. Je m'attendais à le voir me bondir dessus, m'enlacer, m'avouer combien je lui manquais. D'habitude, il mettait un genou à terre et m'ouvrait les bras qui me paraissaient plus vastes que le ciel. Et moi, en courant me blottir contre lui, je me perdais dans les nuages…

Ce jour-là, il se contentait de sourire, les lèvres en avant pour signifier au lieutenant Midas qu'il avait fait du beau travail.

— Tu n'as rien oublié ? me reprocha Midas.

Derrière les deux hommes, le sergent Kerzaz tentait discrètement de me rappeler les usages en vigueur. Ils me revinrent en bloc. De nouveau, je

portai ma main à ma tempe dans un salut régle-
mentaire et hurlai à l'adresse de mon père :

— Cadet Moulessehoul Mohammed, matricule
129, à vos ordres, monsieur l'officier.

— Bien, grogna Midas. Maintenant, tu peux
baisser le bras.

Je baissai le bras, et restai au garde-à-vous. « Un
cadet reste au garde-à-vous tant qu'on ne lui dit
pas repos, vitupérait le sergent Ferrah en cinglant
nos figures avec son ceinturon clouté. Et au garde-
à-vous, on ne bronche pas, quoi qu'il advienne.
Compris ? – Oui, chef ! – Qu'est-ce qu'il fait, un
cadet au garde-à-vous, après une morsure de ser-
pent ou une piqûre de guêpe ? – Il ne bouge pas,
chef ! – Je n'ai pas entendu. – Il ne bouge pas,
chef. – Bien… Un cadet au garde-à-vous ne parle
que si on l'y autorise ; ne tend jamais, le premier,
la main à un supérieur, quels que soient les liens
de parenté qui les unissent. »

Mon père garda sa main à son niveau. Il me
dévisagea sommairement, ne remarqua pas ma
pâleur, ne s'attarda sur rien…

— Bon, dit Midas, je vous laisse causer entre
gentlemen.

— Ce n'est pas la peine, fit mon père. Il est
entre de bonnes mains et ça me suffit. Je ne suis
ici que dans le cadre d'une mission. Il faut que je
sois de retour, à Oran, avant seize heures.

— J'espère que tu as au moins le temps de
prendre un thé dans mon bureau.

— Bien sûr, avec plaisir.

Et ils s'éloignèrent.

Le plus simplement du monde.

Je n'arrivai pas à en croire mes yeux.

À partir de ce jour-là, jamais – au grand jamais – je n'ai réussi à dire « papa » à mon père. Non pas que je l'en aie jugé indigne, mais quelque chose, que je ne m'explique pas aujourd'hui encore, s'était définitivement contracté dans ma gorge et empêchait le vocable le plus chéri des enfants de sucrer mon palais. Il me restera tel un caillot en travers de la gorge, ensuite il retournera dans les oubliettes de mon for intérieur avant de se désintégrer à travers mon être. Nulle part, ni dans mes chairs ni dans mes esprits, je ne lui retrouverai de trace ou de place.

3.

La nouvelle nous prit au dépourvu : on partait en vacances !

Personne ne s'y attendait.

L'adjudant Bahous nous l'annonça pendant le dîner, nous coupant net l'appétit. Un immense brouhaha se propagea à travers le réfectoire, aussi prompt qu'un feu de paille. Les louches tambourinèrent sur les gamelles, les poings martelèrent les tables en fer, les bancs se renversèrent dans des fracas assourdissants ; on se serait cru dans un pénitencier mutin. L'appel au calme des moniteurs se perdit dans le charivari. Jugeant l'endroit trop exigu pour contenir leur joie, les premiers cadets évacuèrent le réfectoire ; la réaction en chaîne entraîna les autres dans des carrousels dissonants, endiablés. La liesse se répandit dans la cour scolaire qui prit rapidement des allures de place d'armes. Les yeux révulsés, la gorge déployée, on riait, on chantait, on dansait, on se congratulait, sous le regard morne des « sans-famille » et perplexe de nos benjamins dont l'âge n'excédait pas les six ans et qui festoyaient avec les autres sans vraiment réaliser ce qui se passait.

Après avoir gambadé son soûl et hurlé jusqu'à extinction de voix, mon cousin Kader se résolut enfin à me rejoindre au dortoir où je m'étais retiré, pour demander de quoi il retournait au juste.

— Nous partons en permission, lui dis-je.

— J'ai entendu, mais ça veut dire quoi ?

— Que nous rentrons chez nous.

— Vrai de vrai ?

— Ben, je ne vois pas pourquoi l'adjudant Bahous nous mentirait.

— Alors c'est fini ?

— Qu'est-ce qui est fini, Kader ?

— La vie ici.

C'était ce que j'avais redouté : il n'avait pas compris tout à fait.

— Nous partons juste en permission, lui expliquai-je.

Il fronça les sourcils.

Je l'invitai à s'asseoir sur le bord de mon lit, lui posai mes mains sur les épaules. Je le prenais toujours ainsi lorsque j'avais des choses « sérieuses » à lui dire. Je le sentis fléchir sous mes doigts. Il avait soudain peur de ce que j'allais lui révéler et regrettait presque d'être venu me consulter.

— Tu ne vas pas me dire que nous allons revenir *ici*, gémit-il.

— C'est la vérité.

Les os de sa nuque saillirent pendant que son menton cherchait un point d'appui dans le creux de sa gorge. Après un soupir, il murmura : « Mince alors ! » et regagna son lit, au bout de la chambrée. Je le regardai, impuissant, s'allonger tout habillé sur son matelas et ramener les couvertures sur lui. Je n'ai pas osé le déranger.

Le jour du départ en vacances, vers onze heures, la plupart des permissionnaires étaient partis. Kader et moi commencions à nous inquiéter. Nous n'allions tout de même pas revivre les épreuves insoutenables des visites parentales ! Pétrifiés au pied d'un platane, nous nous émiettions aux crachotements du haut-parleur. Je ne pense pas avoir détesté autre chose plus fort que ce haut-parleur de malheur. C'était si pénible que Kader préférait se boucher les oreilles et lire sur mon visage si l'appel nous concernait. À midi pile, notre nom retentit dans le silence. Nous mîmes une éternité à nous demander s'il ne s'agissait pas d'un ricochet d'écho que notre imagination aurait travesti.

— Vous êtes sourds ou quoi ? nous cria le sergent Kerzaz.

Il n'eut pas le temps de nous le répéter.

L'éclair ne nous aurait pas rattrapés.

Mon père nous attendait au « parloir ». Il n'était pas seul. Un cadet se tenait près de lui, un certain Jelloul que je rencontrais ici et là en train de soliloquer ; un garçon troublant, tantôt se défonçant comme un forcené, tantôt seul et décontenancé. Mon père ne fit pas attention à notre salut. Toutefois, il consentit à nous embrasser. L'accolade qu'il réserva à mon cousin était plus appuyée que celle qu'il m'avait accordée. Cela ne m'avait pas échappé, mais c'était surtout la présence de Jelloul qui m'intriguait.

— Il part avec nous, nous déclara mon père. C'est un « sans-famille ». La direction m'a sollicité. J'ai accepté de le prendre. J'espère que vous allez l'aider à passer d'excellentes vacances parmi nous, à la maison.

Le retour au bercail fut un événement. La Peugeot de mon père fut prise d'assaut dès qu'elle s'arrêta à l'intérieur de notre maison. Ma mère dévala le perron telle une boule de neige, arracha la portière et m'engloutit dans ses bras tandis que tante Milouda lançait ses youyous à travers le voisinage. L'ensemble de la famille était là, mes cousins de Béchar et mes cousines de Victor-Hugo. Mon oncle Ahmed empêcha les autres de s'approcher de Kader, *son* gamin. Il tenait d'abord à le contempler. Les mains sur les hanches, rappelant un coq posant devant son poussin, il trémulait de fierté.

— Qu'est-ce que je vous disais ? lança-t-il au bout d'une puissante inspiration. N'est-ce pas qu'ils sont à croquer ?

Ensuite, il couva son fils et le garda pour lui tout seul. Je cherchai mes frères et sœur dans la mêlée, n'entrevit qu'Abdeslam dans le vestibule, les yeux ronds de bonheur. Jelloul eut droit aux mêmes égards. Il passa d'une poitrine à l'autre sans avoir le temps de reprendre son souffle. On nous bouscula vers le salon où un repas gargantuesque nous attendait. Nous étions trop heureux pour l'honorer. Mon petit frère Houari parvint à

54

se frayer un passage jusqu'à moi. Les sourcils bas et les lèvres boudeuses, il considéra mon superbe uniforme cendré orné de douze boutons dorés, ma casquette sur mesure et mes bottillons scintillants, se retourna vers mon père pour exiger séance tenante la même tenue. On essaya de lui expliquer ; il refusa d'entendre et libéra d'un jet ce cri d'enfant gâté qui me faisait sortir de mes gonds et qui, ce jour-là, m'attendrit et souleva l'hilarité générale.

Après la fièvre des retrouvailles, ma mère me conduisit dans sa chambre voir son dernier-né. C'était une fille, prénommée Saliha. Elle remuait au fond de son berceau, les pattes s'amusant avec un bout de rideau. D'une main hésitante, je lui caressai le minois. Elle sursauta, suspendit ses frétillements, se retourna vers moi. Ses yeux de petite chose me dévisagèrent curieusement puis, à mon grand ravissement, elle me gratifia de son plus beau sourire. J'étais de nouveau parmi les *miens*.

Il y eut deux fausses notes, en ce premier jour de vacances. La première, d'apprendre que mon chien Rex était mort. La seconde – somme toute anodine mais qui, néanmoins, devait avoir son importance, sans cela elle ne se serait pas gravée dans ma mémoire —, une maladresse. Nous étions à table en train de dîner. Houari salivait en convoitant une magnifique poire trônant au milieu du panier de fruits. Ma mère, qui devina le manège, le somma de la laisser pour moi :

— Fais honneur à ton frère aîné, lui cria-t-elle. Il est notre hôte, rappelle-toi.

Notre *hôte* ?

Je n'avais pas apprécié cette déférence.

Le lendemain, mon père me *convoqua*. Il était au salon, assis dans un fauteuil, en train d'essuyer ses lunettes avec du papier pelure. Je cognai du doigt sur la porte ouverte et me mis au garde-à-vous.

— Tu n'es pas obligé, tu sais, me dit-il.

Je passai à la position repos, les jambes écartées et les mains derrière le dos. Machinalement.

Il sourit :

— Approche-toi.

Comme je ne bougeai pas, il se leva et vint me serrer contre lui.

— Ne m'en veux pas, fiston. C'est pour ton bien.

— Je ne t'en veux pas.

Il se recula pour me dévisager.

— Tu devrais te nourrir davantage.

— Tu trouves que j'ai maigri ?

— Peut-être.

Il me glissa un billet de banque dans la poche.

— Merci, lui dis-je.

— De rien, fiston. Puis, se ressaisissant, il tapa dans ses mains et me cria : qu'est-ce qu'on va faire de notre journée, caporal ? C'est toi qui décides. Je me tiens à ton entière disposition.

— C'est comme tu voudras.

— Tu n'as pas une petite idée.

— Non.

— Tu me fais confiance ?

— Oui.

56

— Qu'à cela ne tienne. Suivez le guide.

Il nous entassa, Jelloul, Houari, Abdeslam, Kader, Homaïna, mon petit frère Saïd et moi dans sa voiture et nous emmena faire un tour en ville. La radio braillait à tue-tête. Mon père était d'excellente humeur. Houari, qui avait insisté pour s'asseoir devant, se retournait pour nous infliger ses grimaces. En mon absence, il était devenu le chouchou de la famille et tenait à le rester. C'était un beau jour de fin d'année, au ciel vierge et au soleil trop miséricordieux pour la saison. Jelloul était sidéré par les immeubles gigantesques, les enseignes au néon bigarrant le fronton des boutiques, les vitrines scintillantes comme la caverne d'Ali Baba. Né dans un douar enclavé, durement malmené par la guerre, il découvrait Oran, la plus belle ville du pays. Il n'arrêtait pas de me bourrer le flanc à coups de coude, impressionné aussi par les foules qui déambulaient le long des avenues et le slalom vertigineux des automobiles. Mon père nous paya des beignets dans un square puis nous invita au jardin public voir les animaux sauvages. Nous rentrâmes à la tombée de la nuit, heureux et totalement épuisés.

La première semaine se passa dans une sorte de frénésie. Les parents continuaient de se succéder à la maison, tous curieux de voir de quoi avaient l'air les petits soldats d'El Mechouar. Les uns étaient attendris, les autres plutôt réticents. Ces derniers laissaient entendre que ce n'était pas une bonne idée de confisquer à des mioches ce qu'ils ont de plus beau : leur enfance ; de leur forger, à leur insu, un destin pour lequel ils n'étaient pas obligatoirement faits. Ma mère haussait les épaules. Pour elle, c'étaient des envieux. Mon jeune oncle Driss, lui, était ravi. Zazou de vingt ans, lecteur insatiable de romans policiers, il nous offrait tous les soirs des places au cinéma. Parfois, il nous priait d'enfiler nos uniformes et nous sortait en ville pour en mettre plein la vue aux filles. Les demoiselles ne résistaient pas à notre charme. En matière de séduction, nous nous avérâmes être des hameçons performants. Ensuite, les choses s'atténuèrent. Chacun retourna vaquer à ses occupations, et nous pûmes enfin disposer de notre temps. Kader préféra rester parmi les siens. Je m'occupai de Jelloul. Avec mon argent de poche, je le trimbalai partout, lui faisant découvrir le front de mer, les grandes tours, le port, le stade, les vieux quartiers, le mausolée de Sidi El Houari, les bains maures. Plus il était content, plus cela me stimulait. Nous nous levions de bonne heure, sifflions notre petit déjeuner et foncions à la conquête d'El Bahia. Je connaissais la ville jusque dans ses intimes replis. Jelloul n'en revenait pas. Il était aux anges, s'intéressait à tout, voulait en savoir plus, infatigable et avide de découvertes. Je crois qu'il m'a adoré pour les merveilleux moments que je lui procurais. Il n'arrêtait pas de m'embrasser et de me remercier de ma disponibilité car je ne lui refusais rien. Même exténué, j'avais invariablement ce souffle supplémentaire pour le conduire où il voulait, à n'importe quel moment de la journée. Son bonheur m'insufflait un sentiment de plénitude. J'étais heureux de le rendre heureux. J'étais fier de moi aussi. Et un jour, je rencontrai d'anciens camarades de classe sur un terrain vague. Ils étaient en train de chasser le chardonneret. Une casserole pleine de glu fabriquée à partir de biberons fondus, ils dissimulaient adroitement leurs pièges dans les buissons et guettaient le passage des oiseaux. Miséreux et livrés à eux-mêmes, ils faisaient de cette occupation leur hypothétique fonds de commerce. Il y avait Redouane, le fils du cordonnier ; Abbas, dont le père était un handicapé ; un garçon qui répondait au curieux sobriquet de Zit-Zit, et Berretcha, irréductible partisan de l'école buissonnière, qui ne croyait pas plus aux bienfaits des études qu'aux promesses d'un jour faste. Ce dernier habitait un taudis, non loin de chez nous, au milieu d'une meute de frères et sœurs disparates. Son père, alcoolique notoire, passait son temps à hanter les geôles des commissariats de la ville. Sa mère, une robuste amazone au visage constellé de tatouages verts, vendait de la friperie à Medine Jedida où, souvent, la police lui faisait des misères. Berretcha n'arrivait pas à se creuser un terrier parmi les siens. À l'école, il dormait. Ne supportant plus d'essuyer l'ire des instituteurs, il jeta sa gourme par-dessus l'épaule et opta pour une vie errante. La toison tourbillonnante, les narines pelées à force de se moucher, il apprit à découcher puis à se passer de sa famille ; d'ailleurs qui s'en souciait ? Il vivotait de petites commissions qu'il glanait çà et là, parfois de mendicité. Je le surprenais régulièrement sur le pas de

notre porte à téter des mégots fripés ou à s'abreu-
ver de liqueurs aux émanations bizarroïdes.
Comme il était drôle et désintéressé, je l'invitais,
de temps à autre, à passer la nuit dans la buande-
rie. Il m'était resté redevable et n'hésitait pas à
me céder, pour une bouchée de pain, les bibelots
qu'il réussissait à récupérer au fond des poubelles.

Berretcha était ravi de me revoir. Il renonça
momentanément à ses pièges pour me prouver que
je lui avais manqué et se proposa de partager son
misérable casse-croûte avec mon hôte et moi.

— C'est vrai que tu es dans l'armée ? Quand
je l'ai appris, j'ai pas voulu croire. J'ai dit que
Mohammed est tombé sur la tête. S'enrôler dans
les bataillons, à son âge, quelle idée ? Jusqu'à
maintenant, ça ne m'entre pas là-dedans. Des fois,
quand je passe devant ta maison, je pense à toi.
Je t'assure que je me fais du mouron. Je dis que
Mohammed est trop jeune, qu'il pourra pas disputer sa ration aux grands gaillards des bataillons.
Un ancien bidasse m'a raconté. C'est pas du
gâteau, la vie en caserne. Lui-même, qui est costaud et malin, il a fini par sauter le mur. Et moi,
pendant qu'il me racontait ses malheurs, je me
disais, bon sang ! quelle mouche a piqué mon
copain, qui est gentil et tout, pour se foutre dans
un guêpier pareil. Sincèrement, tu es dans
l'armée ?

— C'est vrai.

Il se frappa le front du plat de la main d'un air
catastrophé, tira sur le col de son tricot pour
s'aérer, visiblement navré par ce qu'il m'arrivait.

— Et ça te plaît ?

— Ce n'est pas comme à la maison.

— Moi, je suis pas bien à la maison. Je ne suis bien nulle part. Mais de là à m'engager dans les bataillons, pas question. Je ne suis pas fou. J'ai les jetons rien que de m'imaginer dans une caserne, entouré de types qui cognent comme des brutes et lapent dans ta gamelle comme si tout leur était permis... On t'a donné une arme et tout ?

— Pas encore.

— Quelle idée ! Faut être fortiche pour faire ce que tu as fait. Vraiment, ça ne m'entre toujours pas dans la tête... Et qui c'est, ton copain ? Lui aussi est un bidasse ?

— Il s'appelle Jelloul. C'est un orphelin de la guerre. Il passe ses vacances avec nous.

Jelloul frémit. Son visage, un moment épanoui, s'assombrit. Je remarquai son changement d'attitude, sans comprendre et sans m'attarder dessus. C'était un garçon déroutant, à la sensibilité écorchée. Je m'étais un petit peu habitué à ses volte-face généralement sans conséquence alarmante. Quand nous fûmes seuls, son poing s'abattit brusquement sur ma figure, m'envoyant à terre. Surpris, je n'eus pas le temps d'éviter ses coups de pied. Il s'acharna sur moi, en grognant de hargne, et ne s'arrêta de cogner qu'au bout d'une terrible raclée qui me laissa à moitié sonné.

— Est-ce que je t'ai dit, moi, que mon père était mort ?

— Je croyais...

— Est-ce que je te l'ai dit ?

— Non.

— Alors, qu'est-ce qui t'a pris de parler à ma place. Parce que tes parents m'hébergent pour les vacances, tu penses que tu as tous les droits sur moi ?

— Je te jure que je n'ai pas pensé à mal.

— Ce n'est pas une mauviette comme toi qui me ferait mal. Je n'ai jamais dit que mon père était mort. Il faisait nuit. Le village était assiégé. Personne ne comprenait ce qui se passait. Alors, chacun s'est enfui de son côté, tu comprends ? Chacun cherchait à se mettre à l'abri... J'ai jamais retrouvé mon chemin pour rentrer chez moi. Et mon père, je suis certain qu'il est encore en train de me chercher. Et il va me retrouver... Je suis son garçon, et il sait ce que ça signifie. Il ne supporterait jamais que son fils soit élevé par d'autres, *lui*...

Il s'était éloigné d'un pas dédaigneux vers la maison de Kader.

Il ne me le pardonnera jamais et fera avorter toutes mes tentatives de réconciliation avec lui.

Boudé par Jelloul, je me retrouvai seul. D'un coup, tout me désolait. Les vacances cessèrent de me faire courir. Je me repliai sur moi-même et m'isolai. Petit à petit, je réalisai ce qui se déroulait autour de moi. Je remarquai que le courant ne passait toujours pas entre mes parents. Les scènes de ménage d'autrefois s'étaient apaisées, mais le malentendu était encore là, sourd, persistant, de plus en plus grave. Ma mère reprochait à son conjoint sa passion pour les femmes avec lesquel-

62

les il s'affichait sans vergogne. Mon père regrettait que son épouse se complaise dans son univers rural, qu'elle demeure une sacrée bonne mule de paysanne plus préoccupée par l'éclat d'une tenture que par celui de ses propres joues. Il avait essayé de la moderniser, de l'intéresser à la coquetterie, au raffinement, sans succès. La Bédouine s'accrochait à ses rituels, se désintéressait de ses apparences, s'obstinait à n'être qu'une mère aux petits soins avec ses enfants et une ménagère hors pair. C'est vrai qu'elle mijotait des plats renversants, qu'elle tenait son intérieur aussi propre qu'un bloc opératoire, mais elle se tuait à la tâche et se flétrissait inexorablement. Mon père avait toujours rêvé d'épouser une femme émancipée, sachant s'habiller à l'occidentale et se poudrer le nez avec talent. Avant la guerre, alors qu'il exerçait en qualité d'infirmier vacataire auprès du dispensaire de Kenadsa, il avait l'œil sur Denise Ernest, une Française dont le rire chantant l'envoûtait. Ils étaient amoureux l'un de l'autre et nourrissaient des intentions heureuses. Grand-père en avait décidé autrement. Mon père bayait aux corneilles, sur la barkhane, quand on était venu lui annoncer qu'il se mariait : « Va te débarbouiller, veinard. On t'a dégotté une épouse. » C'était aussi simple que cela. Mon père ne fit la connaissance de la compagne de sa vie que pendant la nuit des noces. Ils ne s'étaient jamais vus auparavant. Dans la lumière fluette du quinquet, elle l'avait cru aveugle, et lui teigneuse. Ils apprirent à se connaître, puis à s'aimer si fort qu'ils se jurèrent de ne plus se quitter ; même une fois Là-Haut, ils se chercheraient. Ma naissance scella leur serment nuptial. Ce fut le plus beau jour de leur vie. Une vie simple, petite mais digne. Ils étaient pauvres, lui prince déchu et elle nomade fatiguée, et n'avaient pour ambition que d'élever leurs enfants dans la décence relative de ceux qui n'ont pas renoncé à tout. Durant la guerre, ils se soutinrent avec courage et abnégation. Les absences fréquentes, loin d'émietter leur amour, le consolidèrent pierre par pierre, comme une citadelle. Mon père n'avait pas assez d'instruction cependant, les lettres qu'il envoyait à ma mère, analphabète, débordaient d'affections aussi enfantines que pures ; c'étaient des cartes postales représentant invariablement un jeune couple ou deux jeunes amants émerveillés se tenant la main au fond d'un cœur aux couleurs d'arc-en-ciel. Ma mère en garda une précieusement, longtemps après la *blessure*, dans un coffret matelassé de soie pourpre, au milieu de minuscules flacons de parfum, de coquillages et de joyaux de fantaisie… une carte que j'égarerai stupidement plus tard en profanant le sanctuaire de ses soupirs.

J'avais le pressentiment que les choses se compliquaient, que cette histoire d'école des cadets n'était qu'une étape dans les projets que mon père était en train d'échafauder en secret. Moi à la maison, il n'aurait pas osé aller plus loin. Il *m'aimait*. Il lui fallait absolument m'éloigner, s'habituer à mon absence. Déjà en 1963, il avait pris une deuxième épouse ; une charmante dame de Tlemcen, gracieuse et élégante, qui médusait les badauds dans la rue. Ils avaient emménagé au troisième étage d'un immeuble sans originalité, près de Médine Jedida. Mais j'étais là, *entre* eux. Au bout de trois mois, mon père renvoya sa vestale chez elle et me ramena à la maison. Ma mère ne lui en tint pas rigueur et ne fit rien, non plus, pour le séduire. Les querelles reprirent de plus belle. C'est ainsi qu'au cours d'une scène exécrable, où les insultes dominaient les fracas de vaisselle, je fus amené à sortir dans la nuit acheter cette fameuse cigarette que ma mère trouvera dans mon cartable. Je voulais fumer à mourir.

— À quoi penses-tu ?

Ma mère se tenait derrière moi, sur la terrasse, un panier de linge essoré contre la hanche.

— À rien.

— Tu ne pensais à rien peut-être, mais tu faisais sûrement quelque chose.

— Je ne faisais rien non plus. J'aime être seul.

— Pour fumer en cachette.

— Je ne fume pas, maman.

Elle fureta autour de moi avant de me dévisager.

— Fais-moi sentir ton haleine pour voir.

— Maman…

Elle leva la main libre en signe d'apaisement et n'insista pas. Elle entreprit d'étendre son linge, sur la pointe des pieds, car elle était petite de taille. Je la laissai étaler trois ou quatre draps et m'enquis :

— Il est mort comment, Rex ?

— Bof, on meurt bien un jour.

— A-t-il souffert ?

— Que non. Il ne montrait aucun signe préoc-cupant. Il s'était assoupi un soir et ne s'est plus réveillé.

— Tu penses que c'est à cause de moi ?

Elle suspendit ses gestes un instant, étonnée par mes propos puis, renversant la tête dans un rire claquant et bref, elle reprit son étendage.

— Où vas-tu chercher des sottises pareilles ? Le chagrin, c'est pour les humains. Les bêtes n'ont pas que ça à faire.

Elle revint vers moi. Ses petites mains abîmées par les servitudes ménagères s'emparèrent des miennes, avec délicatesse.

— Je ne me fais pas de souci pour toi, mon grand. Mon âme est tranquille de ce côté. J'ignore comment ça se passe là-bas où tu es, mais c'est pour ton bien. Ce n'est pas de gaieté de cœur que j'ai accepté de te laisser partir. Il y avait un choix à faire. Ici, tu n'avais aucune chance d'échapper à la dérive. Tu te cachais dans la cheminée pour ne pas te rendre à l'école. Tu avais tout le temps la tête ailleurs. Ton père te gâtait. Moi, j'avais d'autres chats à fouetter et pas une minute à te consacrer. Non, ici, tu ne donnerais rien de bon. Tu finirais comme tes camarades que je croise dans les souks à proposer leurs services de porte-faix.

Sans me lâcher les mains, elle s'assit à même le sol et me força de m'accroupir. Ses yeux brillaient de tendresse et d'espoir. Nous n'étions pas très proches l'un de l'autre. À Kenadsa, c'était tante Bahria qui me couvait. Elle m'avait aimé comme c'est rarement possible. Avant de mourir, suite à une longue maladie, elle avait dit que même au paradis, elle languirait de moi. À Oran, tante Milouda me gâtait. J'étais tout pour elle, et elle ne permettait à personne de me contrarier. Entre ma mère et moi, cela se passait de façon ordinaire. Nous nous aimions, et c'est tout. Nos liens n'avaient pas besoin d'extravagances pour s'étayer. Elle était ma mère ; j'étais son garçon ; point. Je n'avais pas de souci à me faire quant à l'espace qu'elle me réservait en son cœur ; et comme à chaque fois devant un acquis irréfutable, je la négligeais un peu pour me rabattre sur ma tante qui, elle, ne se gênait pas de me placer par-dessus tous, ce qui me donnait la satisfaction d'avoir couru deux lièvres à la fois et de les avoir attrapés.

— Est-ce que je te l'ai déjà raconté ?

— Raconté quoi ?

— C'était à Meknès, un jour de marché. Une femme me suivait d'étal en étal, obstinément. Elle te dévorait des yeux. Un moment, je l'avais prise pour une voleuse d'enfant. Ce n'était pas une voyante non plus, ni une mendiante puisqu'elle avait repoussé mes sous. Elle m'avait juste demandé la permission de te regarder de plus près. Son doigt t'a relevé le menton. Avec infiniment de précaution. Elle m'a dit : « Ce garçon sera quelque chose d'exceptionnel. » C'était peut-être une folle, mais je l'ai crue. Je la crois aujourd'hui encore. C'est pour cela que je suis tranquille. Tu es un béni, mon grand. Là où tu iras, ce sera vert devant et derrière toi.

4.

Le retour à l'école des cadets fut atroce. J'avais passé une nuit blanche. Le voyage fut terrible. Je me maudissais à chaque virage. Cette fois, je savais à quoi m'en tenir. Les réveils en sursaut, le mugissement apocalyptique du clairon, le rassemblement au pas de course, la vie chronométrée pesaient sur mon âme telle une enclume. Élevé dans une liberté relative, je ne pouvais me faire à l'idée de moisir au milieu d'une forteresse vampirisante qui me paraissait aussi exiguë qu'une nasse, moi qui aimais tant errer au gré de mes rêveries, me retirer au fond d'une encoignure et m'y oublier car j'étais un garçon solitaire. À l'école des cadets, impossible de s'isoler sans être interpellé par un moniteur. J'avais le sentiment qu'on m'épiait, traquait. Je détestais manger quand je n'avais pas faim, dormir sans en éprouver le besoin, trembler tous les matins de peur que mon lit ne fût pas absolument carré, ne pas avoir le droit de me couvrir quand j'avais froid, ne pas avoir le droit de rouspéter quand j'en avais envie. C'était une vie insipide, plus proche de l'élevage que de l'éducation ; l'apprentissage par excellence du renoncement. Rien ne me motivait, sinon la nécessité de me confondre aux autres, d'éviter de me faire remarquer. Et ce haut-parleur de malheur, pourquoi transformait-il mes dimanches en jours d'abjuration ?

La même année, mon père se maria pour la troisième fois. Avec une émigrée presque adolescente. N'ayant pas été mis au courant, je fus abasourdi de la trouver à la maison pendant les vacances d'été. Mon père ne daigna pas nous présenter. C'est mon oncle Ahmed qui s'en était chargé. Avec un rire déplacé. L'entretien n'avait pas duré longtemps. Les mots n'arrivaient pas. Ce sont des moments fâcheux, d'une grave impudence. Il n'était pas question, pour elle ni pour moi, de jouer la comédie. J'étais un proscrit. Elle était une intruse. Nos mondes étaient aux antipodes l'un de l'autre. En plus, elle rougissait dès que son regard craintif trébuchait contre le mien. J'ignorais si je devais l'aimer ou la haïr. Je m'étais abstenu de lui témoigner un quelconque intérêt. Je me souviens, mon père parti à la caserne, elle se recroquevillait sur le perron et se prenait la tête à deux mains. Elle était désespérée, et fut répudiée juste après la rentrée scolaire.

Houari nous rejoignit à El Mechouar en septembre 1965. De toute évidence, mon père lui avait fait miroiter des perspectives mirobolantes. À peine débarqué, il demanda après la piscine, le zoo, le manège et autres attrape-nigauds. En s'apercevant qu'on lui avait menti, il pleura les premières semaines, puis il fit bon cœur contre mauvaise fortune et rentra dans les rangs.

À trois, on reconstituait cette famille qui s'était débarrassée de nous. J'étais l'aîné ; ils étaient mes rejetons. D'une sagesse précoce – et inévitable, assurément – je m'appliquai à m'acquitter de mes obligations d'aîné. Mes protégés avaient confiance en mes jugements ; ils m'obéissaient avec une touchante docilité. J'approuvai le choix de Kader quant à son inscription à la chorale de l'école, orientai Houari sur des activités sportives. Pour ma part, ma silhouette frêle n'intéressa pas la section Football. J'optai alors pour une occupation moins virile : la contemplation des oiseaux.

Entre-temps, Jelloul nous quitta. Ses parents avaient fini par le retrouver. Je n'ai jamais vu un enfant aussi fou de joie. J'avais cru pouvoir profiter de son bonheur pour me réconcilier avec lui. Il rejeta mon offre et se dépêcha de rattraper le temps perdu sans m'adresser la parole, sans même me regarder.

Les jours de classe se suivaient et se ressemblaient. Ils s'encordaient en une fastidieuse kyrielle de déjà-vu, inextricable et frustrante. Je m'ennuyais, la tête sempiternellement tournée vers la fenêtre, à contempler le même arbre, le même pan du ciel, la même partie de la cour déserte et grise. Un oiseau en cage, voilà ce que j'étais. Un oiseau interdit, aux ailes rognées, quasiment empaillé, figé sur son perchoir, avec le sentiment d'être aussi minuscule qu'un grain de millet, aussi vulnérable qu'une cible en carton. Ne pouvant m'envoler à l'air libre, je me laissais aller. Je négligeais mes devoirs, ne participais pas aux cours, m'embrouillais quand le doigt de l'instituteur me désignait. Les « au coin ! » et les coups de baguette sur les doigts n'y remédièrent aucunement. À l'usure, l'instituteur cessa de m'importuner. Je n'étais pas une tête de mule, encore moins une tête brûlée. Je me rencognais dans mon exil, ne manifestant ni hostilité ni rancœur. Je n'en voulais à personne. Je voulais être seul, ne demandais rien, n'exigeais rien. Je connaissais mes limites, en faisais des remparts derrière lesquels je tentais de me retrancher. Le monde alentour ne me concernait plus. Pire, il m'effrayait. On comprit que j'avais de la peine, à l'instar de mes camarades, et l'on pensa qu'il s'agissait d'une mauvaise passe et que tout allait rentrer dans l'ordre. Les choses ne s'arrangèrent pas ; elles n'y étaient pas obligées. Elles ne dépendaient pas de nos sautes d'humeur, ne se conformaient pas à nos vœux les plus pieux, n'avaient pas de comptes à rendre. Elles relevaient du destin, c'est-à-dire d'une crue programmée qui n'était pas censée s'attarder sur les catastrophes qu'elle occasionnait. Depuis la nuit des temps, contre vents et marées – ou, peut-être, en les attelant à son char en guise de chevaux de bataille –, le monde se déroule de la sorte, sans complaisance et sans scrupules, obéissant strictement à la force tranquille de sa propre logique. Ses coups ne sont pas fortuits, ni ses excès arbitraires ; quelque part il peaufine laborieusement une certaine moralité, et heureux le misérable qui la décèlerait. Il n'y a pas doute : il a ses hauts et ses bas, ses moments de peine et ses moments de joie ; il a ses raisons qui m'échappaient parce qu'elles ne faisaient pas cas du tort qu'elles me causaient, et que je ne remettais pas en question. Qui étais-je pour remettre en question l'accomplissement de la fatalité ? D'un autre côté, fallait-il s'insurger contre un malheur qui n'arrive pas qu'aux autres ? Si oui, au nom de quoi ? J'étais petit à l'époque. Je ne crois pas avoir validé les choses avec philosophie, mais je les ai acceptées en vrac, sans me rebiffer. Mon chagrin ne m'autorisait pas à soulever d'objection. Ne me proposait pas d'alternative. Il faut savoir tolérer ce qu'on ne peut empêcher. Surtout quand on a moins de douze ans. Un enfant, *ce n'est jamais qu'un enfant*. Il est contraint de s'adapter. Toute sa chance réside dans sa capacité d'accommodation. Et il n'en a qu'une. Une seule et unique chance. Infime et non renouvelable. Mon instinct de survie me tenait lieu de sagesse. Je m'accrochais. Le *Petit Chose*, qui s'amenuisait en moi, refusait de s'étioler tout à fait. Il était amoché, grièvement esquinté, pourtant il tenait bon. Une vie, c'est une histoire. Et une histoire n'est pas forcément un conte de fées. Elle est quelque chose qui arrive à quelqu'un, qui le conçoit ou le déçoit, le fait ou le défait, souveraine et immuable, intransigeante et inexorable. Ce qui importe, c'est ce qu'on en tire, pas ce qu'on y laisse.

Le samedi soir, on avait cinéma ; de rares films obscurs en version française dont on assimilait vaguement les tenants et aboutissants, l'inépuisable série de *Fury, l'étalon noir* qui m'horripilait ou bien – et là, j'en raffolais – les mésaventures de Laurel et Hardy et les tribulations de Charlie Chaplin que Moumen imitait avec une épatante pertinence. Par moments, en marge de ma déprime, probablement grâce à cet *instinct de survie*, je me découvrais de timides tendances aux pitreries, mais cela ne durait que le temps d'une pause. Bientôt le clairon annonçait l'extinction des feux ; on devait ramener la couverture sur la figure et faire le mort. Les moniteurs passaient dans les chambrées, vérifiaient si les instructions étaient observées à la lettre, juraient de mater les petits malins.

La plupart des cadets ignoraient tout du cinéma avant d'atterrir au Mechouar. La séance de projection s'opérait, en fonction de la nature du film, tantôt dans un mutisme sidéral, tantôt dans une clameur assourdissante, en particulier lors de l'intervention musclée du *visage pâle* surgissant miraculeusement derrière les Indiens et se portant au secours d'une diligence en perdition que l'on croyait irrémédiablement fichue. Nos cris ovationnaient les coups de feu, précipitaient les *Peaux-Rouges* par-dessous leur monture, puis redoublaient au point de finir par nous effrayer ; les plus galvanisés entraient en transe et déliraient ferme.

J'avoue que l'hystérie collective ne me convenait pas. Je supportais mal le bruit et le suspens, couvais une sainte horreur pour les films violents.

D'ailleurs, de nombreux cadets déploraient ce genre de films. Ils leur rappelaient de douloureux souvenirs, souvent encore vivaces. Nous n'aimions pas leur musique angoissante, fortement psychédélique, qui nous hérissait la nuque et le dos ; l'obscurité périlleuse d'où jaillissait la main armée d'un couteau, nous faisant bondir sur nos bancs ; les cris d'épouvante et les yeux exorbités du meurtrier que nous étions sûrs de retrouver dans notre sommeil.

J'étais un émotif, un écorché vif, immédiatement interpellé par les sujets tristes. Cependant, si ma prédilection allait au cinéma burlesque – la tragédie humaine y était mieux apprivoisée ; les drames et les malheurs, confiés aux bons soins de la dérision, choquaient moins les âmes sensibles –, j'adhérais plus facilement aux histoires tournant autour d'une famille solidaire face à l'adversité. J'avais de l'admiration pour une mère courage, un enfant dévoué ou un parent pathétique d'abnégation envers ses proches. Mes acteurs préférés étaient les détenteurs de ces rôles-là. Je partageais leur émotion et m'inspirais de leur force ; ils m'initiaient aux volte-face de l'existence. Mais de tous les acteurs, celui que j'adorais était, sans conteste, Darry Cowl. Darry Cowl ressemblait à s'y méprendre à mon père. Ils portaient les mêmes lunettes, avaient les mêmes traits, la même silhouette, les mêmes cheveux. La première fois que son visage s'était étalé sur l'écran, j'avais failli m'évanouir. Dans la salle obscure, je ne me contrôlais plus. Quand Darry Cowl riait, je riais aussi ; quand Darry Cowl n'arrivait pas à mettre la main sur quelque chose, je lui criais à tue-tête où elle se trouvait, sourd aux protestations de mes camarades ; quand Darry Cowl aimait, j'étais heureux pour lui ; quand Darry Cowl enfourchait son *triporteur*, j'étais prêt à le suivre jusqu'au bout du monde. Puis, sans crier gare, la lumière revenait et l'écran s'effaçait. Pour mes compagnons, le film était fini ; pour moi la visite parentale était terminée et l'être révéré reparti…

Le dimanche après-midi, on partait en excursion. Sans gaieté. En colonnes par deux, la main dans la main, nous traversions un quartier de Tlemcen sous les applaudissements sporadiques des flâneurs et le youyou des femmes voilées. « Ce sont les *ouled ech-chouhada*, les orphelins de la guerre, se disait-on. – Les pauvres ! Ils me fendent l'âme. Ça doit être triste de vivre sans famille. Je me demande si on s'occupe sérieusement d'eux. – Ils ont l'air en bonne santé. – Les apparences sont trompeuses. Il n'y a que les parents qui sont en mesure de prendre en charge leurs enfants. » En général, les cadets adolescents réagissaient mal à ces témoignages de sympathie grossière, à la limite de la pitié, qui les agaçaient outrageusement. Ils baissaient la tête et maugréaient leur exaspération, sur le point d'imploser. Par contre, les lilliputiens, avides de tendresse, s'en réjouissaient. On les voyait redresser la nuque et se donner une contenance à la hauteur de l'intérêt qu'on leur accordait. Parfois, des soldats éméchés, visiblement à l'étroit dans leur peau, nous lançaient des remarques désobligeantes et gratuites, juste pour être désagréables, genre « avortons de la *Lijou* » ; allusion aux exactions perpétrées par la Légion étrangère durant la guerre de libération. Ceux-là étaient remis illico à leur place par les moniteurs quand ce n'était pas le poing d'un badaud qui fulgurait à bout portant. Nous n'avions pas le droit de râler ou de nous défendre. Nous nous contentions de gober l'invective en silence. Raison pour laquelle nous abhorrions les excursions. Nous avions l'impression qu'on nous exhibait comme des extraterrestres, qu'on nous exposait aux curiosités des gens, à leurs maladresses et, par endroits, à leur aigreur. Les rues que nous empruntions présentaient, pour nous, la configuration des territoires ennemis. Les balcons nous surveillaient, les portes nous boudaient, les regards nous agressaient. Ce n'était pas vrai ; c'était ce que nous pensions, ce que nous sentions au plus profond de nous-mêmes puisque nous nous attendions à recevoir le ciel sur la tête à tout moment. Et le ciel, ce n'était pas seulement la foudre d'une réflexion ordurière, c'était aussi le coup de massue des commisérations déplacées, rustres et stupides. Je dirais même que nous étions moins blessés par l'insulte que par cette chose réductrice qui rendait le visage d'un passant repoussant de pitié. Renfrognés, le profil bas et les nerfs à fleur de peau, nous marchions jusqu'aux ruines de Mansourah, à cinq ou six kilomètres de la ville. Là, vacillants de fatigue et de dégoût, on se découvrait des ecchymoses blanchâtres plein les pieds. On enlevait nos pataugas et on s'allongeait sur l'herbe, les yeux perdus, pour digérer, qui l'affront écopé en cours de route, qui son ras-le-bol. À ces moments précis, nous prenions conscience de l'ampleur de notre défaveur et souvent nous nous insurgions contre le mauvais sort qui collait à nos trousses avec la vigilance envahissante du garde-chiourme. Ce n'était pas par hasard si, pour un oui ou pour un non, nos babillages dégénéraient, explosaient en chamailleries d'une violence extrême. En nous tabassant à bras raccourcis, c'était l'image qu'on se faisait de nous que nous voulions détruire, quitte à nous ratatiner la poire jusqu'à la transformer en bouillie.

En 1966, j'avais onze ans quand mon père se maria pour la quatrième fois et divorça d'avec ma mère pour de bon. Je l'appris à mes dépens au cours d'une permission. Mon oncle, venu nous récupérer, présentait une mine sombre. Avec une gêne flagrante, il nous invita à grimper à bord de sa 2 CV Citroën. Le trajet Tlemcen-Oran me semblait se dérouler au ralenti. Nous dûmes nous arrêter à deux reprises en chemin, à cause de mes malaises sanctionnés par des vomissements. Un pressentiment nauséeux fermentait en moi. Quelque chose me disait qu'un ouragan se préparait à bouleverser encore une fois ma vie… Oran se décida enfin à émerger au loin, hérissé de buildings rutilants. À l'entrée de la ville, la voiture tourna à droite au lieu de rouler tout droit. Ni Kader ni Houari ne comprirent pourquoi. Ils se contentèrent de froncer les sourcils. La vue des premières bâtisses de Victor-Hugo me froissa la gorge. Une larme roula sur ma joue. La main de mon oncle me tapa sur le genou : « Je suis navré », me dit-il. Nous débouchâmes sur Petit-Lac, un quartier mal famé pollué par les émanations des *sebkha* environnantes. Les rues grouillaient de personnages désœuvrés et de marmaille turbulente. « C'est là », me signala mon oncle en s'arrêtant devant un immeuble rebutant. Il m'indiqua une porte jaunâtre, au deuxième étage, donnant sur un balcon collectif qui s'étendait sur toute la façade décrépie du bâtiment. J'essuyai mes paupières et descendis à terre. Réalisant approximativement l'horreur de la situation, Houari s'accrocha à son siège et refusa de me suivre. Mon oncle lui parla longuement, d'une voix douce et persuasive. Je vis les minuscules doigts de mon frère frémir, desserrer leur étreinte puis se perdre sur son visage inondé de larmes. Il me rejoignit sur le trottoir. Nous n'osâmes pas regarder s'éloigner la voiture, affronter le regard hébété de Kader. Nous restâmes longtemps interdits sur le bas-côté de la chaussée, ensuite je pris mon frère par le bras et lui dis :

— Viens, rentrons à la maison.

La tête ceinte dans un foulard grotesque, les cheveux embroussaillés, ma mère relevait péniblement de son divorce. C'est une femme brisée, méconnaissable qui nous accueillit. J'étais outré par sa détresse.

Elle nous raconta comment, sans préavis, des soldats dépêchés par mon père lui tombèrent dessus un matin pour l'expulser de la villa de Choupot.

— Ils n'ont rien voulu entendre. Ils avaient reçu des ordres stricts. Ça m'a rappelé la guerre quand les paras débarquaient au village. Parce que j'ai refusé de les suivre, leur chef a menacé de m'éclater le crâne avec la crosse de son fusil. C'était comme dans un mauvais rêve. Je n'avais jamais soupçonné votre père capable d'une telle mesure. Qu'il refasse sa vie ailleurs, libre à lui. Mais qu'il me jette avec les enfants à la rue, c'était impensable.

L'appartement était petit. Je le détestai d'emblée. Dans une pièce austère étaient amoncelés les rares balluchons que ma mère avait réussi à sauver. Il n'y avait ni matelas ni bancs ; juste des couvertures militaires étalées à ras le sol, une petite table basse, quelques coussins et un relent de félonie officiant au fond des recoins. Ma mère me prit les deux mains. Son sourire tenta de renaître de ses blessures, sans succès. Elle pencha la tête sur l'épaule et me dit :

— Ça devait arriver, mon grand. C'était écrit. Ne lui en veux pas. Il vous aime de toutes ses forces, mais, quelquefois, toutes les forces du monde ne peuvent venir à bout de la tentation des femmes. Votre père vous a toujours chéris. Il ne vous laissera pas tomber.

Je n'éprouvais aucune haine à l'encontre de mon père. J'étais seulement dérouté, pris de court par la tournure des choses. Dans mon esprit, j'étais certainement très affecté. Difficile, désormais, d'accorder sa confiance à quelqu'un. Le mensonge prenait le pas sur son monde, les apparences se dénudaient sans vergogne. Hier, j'étais le fils aîné, le bonheur d'un homme, la fierté d'une famille soudée comme les doigts de la main. Mon père frôlait le ridicule en m'arborant partout où il allait ; lui, l'officier olympien, devenait gaga, se laissait désarçonner par la plus improbable de mes moues, cédait avec plaisir à mes caprices, se mettait volontiers à quatre pattes pour me servir de cheval de bois. Difficile de croire à tant de générosité, de consentement ; difficile de se croire encore la « plus belle chose qui soit arrivée à quelqu'un » quand, d'un claquement des doigts, on se retrouve relégué au rang d'objet déclassé – un fétiche déchu, qui n'ira même pas tenir compagnie aux vieilleries du grenier, de peur d'être réhabilité un jour, et qui sera voué aux décompositions des dépotoirs où un clochard détritivore l'enfoncera davantage, du bout de son bâton, au milieu des immondices. C'était trop injuste. Mon père était tout pour moi. Il était mon dieu, mon ange gardien, mon grand frère, mon génie d'Aladin. Ses précédents mariages m'avaient chiffonné sans me broyer. Je savais que ce n'était qu'une escapade fantaisiste, qu'il allait nous revenir, comme à chaque fois qu'il s'accordait un recul ou une fugue. Ses absences ne perturbaient pas l'ordre des choses. On considérait qu'il était en mission. Pour nous, les repères se maintenaient en place puisque nous habitions la même villa, avions les mêmes voisins et les mêmes habitudes. Cette fois, c'était différent. Nous avions tout perdu, notre maison de Choupot, notre quartier, notre port d'attache. Nous étions des naufragés qui dérivaient vers des rivages fumeux. Notre nouveau quartier m'inquiétait. Il me faisait peur depuis très longtemps, lorsque je venais passer quelques jours de vacances chez mes oncles, à Victor-Hugo. Déjà, à l'époque, on nous interdisait catégoriquement de nous aventurer dans ce bas quartier interlope où, pour une banale histoire d'épicier, le couteau n'hésitait pas à trancher une gorge, à endeuiller une famille. C'était une sorte de cour des miracles, peuplée d'individus déraisonnables et jalonnée de bagarres innombrables. Du matin à la nuit tombée, par bandes déchaînées, les galopins se livraient à des batailles rangées en bonne et due forme. Les cailloux et les obscénités giclaient de toutes parts, faisaient voler en éclats les carreaux, interrompaient les prières, malmenaient les convalescents, blessaient les passants. Et malheur à qui oserait s'insurger contre les sauvageons. Un père pourrait se sentir touché en son amour-propre, et alors la mêlée s'étendrait aux adultes, et la pioche s'abattrait pour trancher les débats. C'était la jungle, la loi de la jungle, les périls de la jungle. Un chômeur qui s'oubliait en face d'un immeuble déclenchait les foudres du ciel. Pas question de se consumer sur un pied face à une fenêtre où, ô parjure !, une fille, une bru, une épouse pourrait se montrer. De nombreux oisifs, soupçonnés d'épier les femmes, se faisaient massacrer à chaque coin de rue. Pourtant, à longueur de journée, elles s'invectivaient de leurs balcons, grossières et purulentes, n'hésitant pas à retrousser leur robe par-dessus leur cul en se fichant royalement des badauds qui, afin de jeter de l'huile sur le feu et entretenir ainsi le plaisir, se constituaient en comités de supporters pour soutenir telle ou telle antagoniste. Des attroupements monstres s'opéraient simultanément autour du plus insignifiant incident, du plus banal accident. La nuit, les ivrognes émergeaient des ténèbres et haranguaient leurs propres chimères. Leurs voix de rogomme remplissaient le silence de leur fiel, obligeant les enfants à courir se réfugier au milieu de leurs parents. Les descentes de police calmaient les esprits le temps d'une intervention en force. Dès que le panier à salade disparaissait, les tapages nocturnes décuplaient de véhémence.

J'étais furieux d'échouer dans un cloaque pareil. Pourquoi Petit-Lac ?

Pourquoi pas Gambetta, ou Protin, ou Bel-Air où nous avions de la famille ?

Mon père avait les moyens et suffisamment de relations pour nous trouver un logement décent dans une cité paisible. Pourquoi nous livrait-il aux loups de l'un des plus dangereux quartiers de la ville ?

— Désormais, tu es notre chef de famille, mon grand, me dit ma mère. Tu es notre père, notre saint patron, notre espoir. La Dame de Meknès ne me quitte pas une seconde. Tu seras un grand officier, et tu nous feras oublier nos malheurs d'aujourd'hui. Dans un rêve récent, je t'ai vu marcher dans la lumière. À mon réveil, j'ai recouvré la sérénité.

Nous étions sept enfants et leur mère au rebut.

Nos amis d'autrefois, craignant d'offenser mon père, nous évitaient. Il fut un temps où notre maison ne désemplissait pas de leurs boutades et de leurs présents. Du matin au soir, ils assaillaient ma mère, sollicitant une aide ou une médiation. Maintenant, ils n'osaient même pas penser à nous. Mes oncles maternels n'avaient pas grand-chose à nous prodiguer. Ils remuaient ciel et terre pour joindre les deux bouts, leurs « tribus » ne leur laissaient aucun répit. Nous ne devions compter que sur nous-mêmes. Ma mère ne savait où donner de la tête. À trente ans, brutalement livrée à la rue – elle qui ignorait tout de la vie –, elle se retrouvait seule et désemparée, une marmaille sur les bras et pas le moindre repère à des lieues à la ronde. Bahria n'avait pas cinq ans. Saliha titubait sur ses trois ans. Nadia, la dernière-née, s'initiait aux premiers pas. Abdeslam continuait de se tasser dans son coin ; sa déficience mentale se confirmait, ses éclats de rire inopinés et ses apartés débridés amusaient Saïd, mais préoccupaient Houari. Une ombre scélérate obscurcissait l'appartement. Les rayons du soleil, qui s'y fourvoyaient, avaient quelque chose de malsain. Ma mère dut vendre ses derniers bijoux pour sauver les apparences. On ne sauve pas les apparences. Se mentir pourrait peut-être nous bercer d'illusions, mais de là à tromper les voisins, c'est une autre paire de manches. La dèche emprunte aux cadavres jetés dans la mare leur patience ; elle finit toujours par remonter en surface, plus laide que jamais. Bientôt, faute d'une pension suffisante et régulière, ma mère « établit » une ardoise chez le boutiquier du coin. Après l'été de Choupot, voici venir la grisaille de Petit-Lac ; la saison de disette s'annonçait rude, inclémente et sans fin.

J'avais passé la nuit à négocier une trêve avec les épreuves de mon nouveau statut, tournant et retournant sous les couvertures. Mes fantômes prenaient mon insomnie pour un moulin ; ils traînaient, en guise de chaînes, d'interminables chapelets de soupirs et de jurons incoercibles. L'atrocité n'est pas dans l'horreur que l'on découvre, ni dans le geste qui l'inflige ; elle est la souffrance que l'on subit. J'avais mal dans mes chairs à cause de mon grabat de fortune, et mal dans mes pensées qui ne savaient où donner de la tête. Je guettais, avec l'agitation du supplicié, l'heure d'en finir, le matin qui me délivrerait des orties sur lesquelles je gisais. J'avais hâte d'aller me dissoudre dans la foule, semer la déprime si prompte à me damer le pion, abusant de mes inconsistances de mioche, semblable à une éraflure dont on arrache la croûte et qui en profite pour s'élargir un peu plus… Le muezzin annonça l'aube comme donne l'alarme la sentinelle hallucinée. Sur la pointe des pieds, enjambant mes frères et sœurs couchés à même le sol, je sortis sur le balcon. Le jour se levait à contrecœur sur le quartier des pauvres. Déjà les bruits roturiers de la populace faussaient l'appel du minaret. « Venez à la prière, venez au labeur », disait le muezzin. À Petit-Lac, on vient comme on s'en va, constamment bredouilles et jamais découragés.

Ma première visite de la cité fut un échec. Il y avait un souk permanent à deux ou trois encablures de notre immeuble. Depuis ma plus tendre enfance, j'ai toujours été attiré par les marchés. Leur air forain me restitue le folklore de ma tribu disparue, me replonge dans mon authenticité. C'est aussi une façon comme une autre d'échapper à mes hantises. À chaque fois que les vicissitudes m'accablent, je vais faire un tour dans un marché – n'importe lequel – et cela me soulage séance tenante. En plus de ses vertus thérapeutiques, le souk, c'est d'abord l'Algérie profonde, rude et réfractaire, bouillonnante et têtue, consciente de sa dérive et n'en ayant cure, plus à l'aise parmi ses ânes et ses charrettes qu'à proximité des camions, plus attentive à ses troubadours et charlatans qu'aux règles élémentaires de l'hygiène ; une Algérie atavique, viscéralement hostile aux agencements, aux corrections, incapable de dissocier la discipline du servage, le consentement de la capitulation et qui refuse de considérer l'excuse autrement qu'un aveu de faiblesse et d'hypocrisie. Le marché de Petit-Lac rassemblait tout cela. Sauf qu'il en rajoutait. Un monde fou pullulait autour des étals nauséabonds chargés de volailles, de quartiers de viande suspects, de rouleaux de tissus, de terrines d'épices et de produits maraîchers. Les vendeurs de casse-croûte proposaient des sandwiches mortels ; d'autres des repas de misère ou des boissons qui provoquaient autant de dégâts qu'une gorgée de détergent. Les voleurs à la tire avaient du pain sur la planche. On les reconnaissait à leurs yeux remuants et à leur manière de serrer de très près les imprudents. Les mendiants psalmodiaient çà et là, plongeant une main experte dans le panier des passants, le capuchon de leur gandoura rempli de provisions dérobées. Pas un gardien de la paix ne se risquait dans les parages. Les prédateurs ne se gênaient pas, et leurs proies ne devaient leur salut qu'à leur vigilance ou à la dextérité de leurs jambes. Au bout d'une tournée chaotique, deux garnements me braquèrent. L'un me mit une lame sous la gorge ; l'autre me fouilla savamment. Je n'avais rien sur moi. Dépités, ils me tapèrent dessus avant de s'évanouir dans la cohue. Autour de moi, les gens s'adonnaient à leurs emplettes comme si de rien n'était. Seul un marchand enturbanné, un bâton de réglisse entre les dents, ricanait en se balançant paresseusement sur sa chaise, détestable et corrosif. Le même jour, ma mère me surprit en train de glisser un canif sous ma ceinture. Elle tenta de me raisonner. En vain. Je retournai au souk chercher mes agresseurs. Ils s'étaient volatilisés. Cette mésaventure me resta en travers de la gorge. Je la traînai tel un affront. Tous les matins, je me rendais au marché, prêt à dégainer mon arme. J'étais hors de moi. J'avais envie d'en découdre. Le sinistre quartier ne m'inspirait que colère et mépris. Je ne le redoutais plus.

Une semaine s'écoula, et mon père ne vint pas. Nous languissions de lui, Houari et moi. Nous n'osions pas nous éloigner de l'immeuble ou nous attarder quelque part, de peur de le manquer. Le jour, nous rôdions dans le voisinage, un œil sur les garnements, un autre du côté de chez nous. Le soir, nous prenions place sur le balcon et scrutions l'horizon. Le soleil couchant nous aveuglait sans pour autant parvenir à nous déloger. Puis la nuit s'installait sur la ville, et en nous. À cet instant précis, nous retrouvions notre désarroi intact. Il devenait notre demeure. Le souper nous tournait le dos. Le sommeil nous refusait son hospitalité. Nous rejoignions notre grabat avec le sentiment d'avoir gravement fauté.

Notre maison était invivable. Nos tantes y défilaient sans relâche, charriant à bras-le-corps leurs lots d'insanités. Volubiles et reptiliennes, elles profanaient notre intimité, y déployaient leur sans-gêne et ressassaient leur dépit à nous assommer. Elles s'évertuaient à bourrer la tête de ma mère d'astuces vindicatives. Les unes l'exhortaient de porter plainte, de traîner l'époux inconvenant devant les tribunaux et dans la boue. Les autres recensaient sur leurs doigts les éminents marabouts susceptibles de le lui rendre, vantant l'efficacité de leurs philtres, l'infaillibilité de leurs sortilèges et les performances abracadabrantes de leurs amulettes. Les entendre ainsi médire de mon père et lui préconiser les élixirs les plus dévastateurs me rendait malade. Ma mère était fatiguée. Jamais un mot réconfortant, jamais un conseil sage ; en revanche un flot tumultueux de recommandations d'une perversité inouïe. Ma mère se sentait devenir folle à lier. Par moments, elle piquait une colère noire et jetait tout le monde dehors. Le lendemain, d'autres parentes rappliquaient à la rescousse, d'abord conciliantes, ensuite de plus en plus vénéneuses, remuant le couteau dans la plaie avec perfidie :

— À ta place, je me remarierais. Parfaitement. Je lui renverrais ses chiots – comme ça, il mesurerait le mal qu'il te fait – et je choisirais, parmi les proches, un homme formidable qui me vengerait de ces affronts. Pourquoi baisses-tu la tête ? Tu es encore jeune. La vie est devant toi. Tu n'as qu'à tendre la main pour la cueillir.

Je ne pouvais pas protester. Dans la tradition des Doui Menia, on ne hausse pas le ton devant plus âgé que soi. On ne soutient pas son regard. Qu'il ait tort ou raison, cela nous dépassait. Ne pouvant encaisser les imprécations des unes et les incitations des autres, je sortais ruminer ma rage sur le trottoir et ne rentrais qu'après leur départ ; pour trouver ma mère laminée. Des fois, elle s'effondrait carrément et basculait dans un état second qui plongeait, à son tour, mes frères et sœurs dans l'émoi. Parfois, elle se limitait à verser une larme et à tourner la page jusqu'aux prochains harcèlements. Et lorsque, finalement, mon frère lui demanda si elle envisageait de se remarier, elle faillit l'étrangler :

— Jamais ! Si les autres n'ont qu'un seul mari, moi, j'en ai quatre, et c'est vous. Garde-toi de l'oublier.

La permission s'achevait, et mon père ne donnait toujours pas signe de vie. Houari ne jugeait plus nécessaire de jouer au guetteur. Il est des horizons qui ne trompent pas. Celui qui nous absorbait ne faisait pas dans la dentelle. Houari n'avait pas la longanimité des entêtés. Son amour-propre ne croyait pas aux concessions. Il préféra se réfugier chez mes oncles maternels, à Victor-Hugo. À la maison, ses sautes d'humeur nous tarabustaient. Il se mit à tenir tête à ma mère, récusait mes droits d'aînesse. Comme une bête blessée, il s'attaquait hargneusement à ce qui le contrariait ou lui déplaisait. Cela compliquait les choses pour nous. Il en était conscient, raison pour laquelle il avait décidé de nous épargner. Au réveil, il n'était plus là, et ne rentrait que tard dans la nuit. Seul. Significativement seul. Affichant ouvertement son rejet des reproches. Il cherchait à nous prouver qu'il était assez grand pour n'en faire qu'à sa tête. Quelque part, il nous méprisait ou nous en voulait ; dans les deux cas de figure, il nous reniait. J'appris qu'il se colletait avec les voyous, fréquentait des garçons suspects. Il errait dans les pertuis insalubres, le regard incandescent, les poings à l'affût. Dès qu'il me repérait, il s'enfuyait en me lançant des obscénités lorsqu'il ne me mitraillait pas de cailloux. Et le regarder détaler, de la sorte, au milieu des étals et des voitures, semblable à un jeune fauve aux abois, me brisait le cœur.

De mon côté, ce n'était guère enviable. Le commérage des parentes et l'état de délabrement dans lequel s'effritait ma famille m'effaraient. Mon père s'obstinant à nous ignorer, je décidai d'aller le voir. Plusieurs fois, je m'armais de courage et traversais la ville à pied pour me rendre à Choupot ; pourtant, à peine arrivé, je perdais mon assurance. L'avenue Aristide-Briand réduisait en pièces mes motivations. J'avais soudain peur de rencontrer un ancien camarade ou une vieille connaissance ; j'avais honte de ce que j'étais devenu et ne me sentais pas en mesure de supporter ce regard chagrin que l'on réserve aux enfants handicapés. Je me surprenais alors à me faufiler entre les angles morts des ruelles, sur la pointe des pieds, tel un maraudeur, pour rebrousser immédiatement chemin à la vue de la grille de notre villa.

Ce fut donc avec soulagement que j'accueillis mon oncle Ahmed chargé par mon père de nous ramener au Mechouar.

5.

Trois randonnées mettaient les cadets en boule :
Mansourah, où l'on se morfondait ferme ; la forêt
de Lalla Setti, à cause des efforts titanesques que
nous imposaient les flancs escarpés de la montagne. Mais l'endroit que nous haïssions le plus,
c'était le Grand Bassin ; une immense crevasse
réaménagée en aire de jeux au milieu d'une cité
HLM. On nous parquait au pied de hauts murs en
pierre taillée, sous un soleil de plomb, et l'on nous
forçait à assister à des matches de football opposant des équipes militaires locales persuadées que
le sport était une question d'agressivité et de crocs-
en-jambe. Les parties se déroulaient dans l'indifférence générale, sauf lorsque des échauffourées
sporadiques se déclaraient au détour d'un coup de
sifflet aléatoire ou d'un tacle malveillant. Juchés
sur les palissades séculaires, des civils feignaient
de s'intéresser au match. En réalité, ils nous observaient, nous les cadets, nous balançant par-ci
par-là des sachets de bonbons et des tablettes de

chewing-gum que personne ne ramassait. C'était interdit. Il n'y avait ni arbres, ni bancs, ni rochers au Grand Bassin. Nous étions assis à ras le sol, contraints de nous disputer les hypothétiques liserés d'ombre que l'enceinte daignait nous proposer. Moumen, Souriceau et moi avions opté pour un repli creusé dans le mur. Souriceau débarquait de Nantes où il vivait avec ses parents. Âgé de huit ans, il était maigrichon et moche, le museau pointu et les oreilles grandes et décollées. Il préférait notre compagnie parce que les autres le faisaient tourner en bourrique à cause de sa méconnaissance totale de l'arabe et de sa façon de prononcer les mots orduriers que certains galopins lui enseignaient. Dès qu'il s'isolait, on lui mettait le grappin dessus et on l'obligeait à répéter des horreurs que son accent d'émigré rendait hilarantes. Avec nous, il était sûr d'avoir la paix. Moumen était un garçon bien. Son jeune charisme l'élevait naturellement au rang de chef de bande et l'adresse de ses gnons tenait les mauvais garçons à distance.

Le béret sur la figure pour nous cacher du soleil, nous somnolions. Nous guettions avec impatience l'heure de lever le camp. En attendant, ma main creusait distraitement des trous dans l'herbe. C'est ainsi que j'avais déterré un magnifique collier en cuivre qu'ornait un médaillon représentant une étoile à cinq branches. Je l'avais glissé dans ma poche, subrepticement, décidé à le garder pour moi seul. Le soir, dans la chambrée, ramassé dans mon coin, je l'avais sorti pour le contempler. Matricule

118 me surprit au moment où je m'apprêtais à le ranger.

— Qu'est-ce que tu caches, là ?

— Rien.

— Je t'ai vu glisser des sous dans ta poche.

— Ce ne sont pas des sous.

— Alors quoi ?

— C'est pas tes oignons.

Matricule 118 contourna mon lit pour traquer mon regard. Il se campa devant moi, les poings sur les hanches. Cette attitude me préoccupait avant. Elle n'avait pas besoin d'insister sur ses intentions. Généralement, c'était moi qui n'insistais pas. Je baissais la tête et me rétractais, à reculons. Ce jour-là, elle ne m'impressionna pas. Je n'y voyais qu'un fait accompli qu'il me fallait assumer jusqu'au bout. Mon cœur ne battait pas la chamade. Mes mains ne tremblaient pas. J'étais calme et lucide, *fin prêt*.

— Tu vas vider tes poches, et sur-le-champ.

— Non.

— Je vais me fâcher.

— C'est ton problème.

Moumen et Souriceau se levèrent au bout de la chambrée. Ils savaient 118 prompt à frapper et voyaient bien que je ne faisais pas le poids ; cependant, mon ton détimbré et ma résolution les intriguaient. Ils trouvaient que j'avais beaucoup changé depuis mon retour de permission, que je portais la nuit sur la figure. J'étais devenu un rabat-joie, plus distrait qu'auparavant, montrais peu d'empressement aux rassemblements et les fabulations de

95

Moumen ne m'exaltaient plus. Matricule 118 aussi avait remarqué que je ne m'intéressais pas aux cours, ni à la main baladeuse de mon voisin de pupitre. Cela le réconfortait dans ses agissements. Parallèlement, cela l'inquiétait aussi.

— On va faire un échange, me soumit 118. Je t'offre mon scoubidou, et tu me montres ton machin. Je te promets que je ne le te prendrai pas... sauf si tu es d'accord.

— Pas question.

Il m'assena un petit coup de pied dans le tibia, histoire de tâter le terrain. Mon absence de réaction le stimula. Il se dressa davantage sur ses ergots et me lança pompeusement :

— La dernière fois, je t'ai beurré au noir un œil. Cette fois, ce sera les deux, méfie-toi.

Je me redressai pour le braver. Sans agressivité apparente. Juste pour ne pas être regardé de haut. Il éclata de rire devant ma petite taille et ma chétivité. D'une main vigoureuse, il m'attrapa par le cou et me catapulta contre le mur. Mon poing se décomprima. Je sentis son nez éclater sous mes doigts. D'abord éberlué, il poussa un râle et s'agenouilla. Mon pied partit à son tour lui ébranler le menton. Moumen me ceintura et tenta de m'éloigner de l'enfant terrible de Boudeghane. Ce dernier, gémissant, considérait avec terreur ses mains ensanglantées. Il se remit sur ses jambes et s'enfuit en hurlant comme s'il avait le diable aux trousses.

— Eh bien dis donc, s'exclama Souriceau. Tu lui as bousillé la gueule pour de bon.

— C'est vilain, me reprocha Moumen. Tu

commences à me faire peur, à moi aussi. Depuis ton retour des vacances, je ne te reconnais plus. Qu'est-ce qu'on te faisait bouffer à la maison ? Du bélier enragé ?

C'était la première fois que je frappais quelqu'un le premier. D'habitude, je ne rendais même pas les coups. Je n'étais ni poltron ni chiffe molle ; je n'aimais pas me battre et me tenais à l'écart des garnements susceptibles de me chercher noise. Moumen avait vu juste. Depuis mon retour de vacances, j'étais quelqu'un d'autre ; les ordres ricochaient sur ma « surdité » ; le matin, les imperfections sur le carré de mon lit ne me chiffonnaient guère, les reproches et les menaces des moniteurs non plus. J'étais fatigué de toute cette ménagerie. Un fossé grandissant me séparait progressivement de mon entourage ; une île se détachait de son archipel et se laissait aller à vau-l'eau. La dérive ne me tracassait pas. J'estimais avoir atteint le fond, il m'importait peu de remonter. Pour retrouver quoi ? Des épaves, d'autres naufrages ? Quand on franchit le point de non-retour, on n'a plus qu'une seule idée fixe : voir venir. Plus question de rebrousser chemin, plus question de redresser la barre ; cela n'aurait servi à rien. Et puis, en avais-je les moyens ?

Ma victoire sur 118 fit le tour des dortoirs. Mes intrusions interrompaient net les conciliabules. On avait soudain peur de mes réactions. Matricule 118 changea de place. De l'autre côté de la classe, il me surveillait du coin de l'œil. Il n'avait rien dit au sergent à propos de ses bleus, mais il ne tourna plus autour de ma trousse et ne hasarda plus son museau de fouine à proximité de mes coups.

C'est à partir de cette année que j'ai commencé à me réfugier dans les livres. Chaque titre m'offrait une lézarde à travers laquelle je me faufilais hors d'El Mechouar. Les contes me propulsaient au cœur d'un monde captivant, me gardaient, le temps d'une lecture, des influences néantisantes de la forteresse. Je prenais une page comme on prend un sentier, et je me laissais aller au gré des récits. Je choisissais mes amis parmi les personnages, creusais mes maisons au milieu des repaires de brigands et des antres de sorcières, et les ogres ventripotents m'adoptaient, chose que les instructeurs, à cause de leurs impérities, ne réussissaient pas à concrétiser. Grand amateur de bandes dessinées avant *ma déportation*, je me mis à collectionner les petits livres aux couvertures cartonnées dont les illustrations s'étendaient jusque dans mes songes, bruissant de clapotis, de fourrés et de pépiements. Je languissais certes de mes *Tintin*, *Pieds-Nickelés*, *Pim Pam Poum* – ouvrages prohibés au royaume de Midas – mais mes nouvelles découvertes se débrouillaient admirablement : elles m'aidaient à *déserter*.

Quand j'étais plus petit, je passais le plus clair de mes journées à courir après quelque chose sans forme précise. Ce qui importait pour moi était de m'en inspirer jusqu'à tomber en pâmoison. Je consumais des heures entières à l'ombre d'un arbre, au beau milieu d'un champ ou à marcher d'un bout à l'autre de la ville sans m'intéresser au monde qui me cernait. On m'interpellait parfois, me secouait ; je sursautais un instant pour retourner aussitôt dans cette forme de somnambulisme où je n'avais ni froid ni faim, à travers laquelle je n'éprouvais aucune peine, encore moins le besoin de m'en défaire. Je m'y sentais *chez moi*, libre et inaccessible. Je pouvais me faire pousser des ailes, soliloquer à voix haute, il m'importait peu que l'on se gaussât de moi. Je me complaisais dans ma chrysalide imprenable, tantôt larve en mutation, tantôt papillon fabuleux, et je savais, mieux que personne, me soustraire aux bruits et au chaos sans crier gare. Tant de fois, mon père me demandait si je l'écoutais, claquait des doigts pour me rappeler à l'ordre, horrifié à d'idée que son aîné fût un attardé comme Abdeslam, mon frère cadet. Lorsque je lui souriais, il se détendait, me prenait la main et l'étreignait fortement contre sa poitrine, me remerciant ainsi de lui être revenu. Je n'étais pas un enfant malheureux ; je dirais même que j'étais adulé, je n'avais qu'à formuler un vœu pour le voir exaucé. J'étais seulement quelqu'un de réservé, qui paraissait triste sans l'être vraiment. Sur mes photos de l'époque, nulle part on ne trouverait un sourire sur mon visage, sauf cet affaissement placide des lèvres et cet air énigmatique que rien ne semblait en mesure d'égayer. Il m'avait toujours paru que j'étais différent, que j'évoluais dans un monde parallèle. Je n'avais pas la même appréciation des choses que les autres garçons. Ce qui les faisait courir, tous ensemble, ne m'entraînait pas à leur poursuite. Je préférais garder mes distances, me pencher sur un roseau, trouver en la toile d'araignée un peu des jardins suspendus. Je jalousais les libellules et ne me trouvais pas ridicule. Je disposais, me semble-t-il encore, d'un microcosme taillé à ma juste mesure. Je m'autosuffisais, n'exigeais rien d'autre que ma solitude, meublant mes silences d'oiseaux paradisiaques et de chants inconnus qui éclosaient sur le bout de ma langue comme par enchantement. Bien que je ne fusse qu'une goutte d'eau dans l'océan, j'étais persuadé être celle qui ferait déborder la plage pour aller vers les contrées les plus reculées, non dans la foulée d'une tempête, mais juste en goutte d'eau étincelante emportée par le vent ou le cri d'une mouette. Était-ce cela, la poésie ? Mon père ne comprenait pas grand-chose aux poètes. Pour lui, il s'agissait de gens bizarres et marginaux ; bien qu'il se vantât d'être, lui-même, le fils d'un prosateur mystique, il se gardait de procréer, à son tour, un rêveur désabusé et paresseux. Il tenait à m'élever au rang des grands hommes, c'est-à-dire des décideurs et des fortunés. De mon côté, je refusais de renoncer à cette chose indicible qui berçait mon âme en me préservant de tout, y compris de ma propre précarité ; cette chose qui me faisait regarder le ciel d'une façon singulière. À l'école coranique, je communiais presque avec mon *qalam*. Ma calligraphie ravissait le *taleb*. De toutes les ouailles, j'étais celle qu'il flagellait le moins. Quand il tenait ma planchette entre ses bras, il donnait l'impression d'exhiber un trophée. Il était si fier de mon écriture qu'il me pardonnait volontiers mes récitations boiteuses, me trouvant une « une main d'orfèvre », un talent qui méritait autant d'égards que d'indulgence. Un jour qu'il nous faisait réciter en chœur les saintes Lectures, il m'avait surpris en train de griffonner au bas de ma planche. Ce n'était ni un verset ni une phrase ordinaire ; juste une douzaine de mots écorchés dont les finales avaient en commun un même son. Sa baguette m'avait foudroyé l'épaule. Le lendemain, sans m'en apercevoir, d'autres mots, aussi étrangers les uns aux autres, continuaient de rimer en secret, dans un coin caché de ma planche… Ce furent les premiers mots *traqués* de mon être, les premiers vers vaillants, puisque défendus, de mon *exil*.

Je devinais que je portais en moi un don du ciel, mais j'ignorais tout de ses vertus. Je croyais le mesurer en fonction de ce que j'aimais, et ce n'était qu'une partie infinitésimale de son pouvoir. L'école des cadets contribua largement à me familiariser avec ce don. Je voyais bien que j'étais un peu perdu dans cet espace carcéral languide, pourtant, je savais déceler la magie dans l'envol d'une cigogne, percevoir mon silence dans le cri d'une chouette, m'inspirer de mes déconvenues avec équanimité, comme quelqu'un d'aguerri. Et je pardonnais – Dieu ! que je pardonnais. À dix ans, c'est faire montre de tempérament, d'une prodigieuse maturité. Je ne pense pas en avoir eu autant que les autres ; en ce qui me concernait, cela n'avait rien à voir avec ces considérations. Comme une fillette abasourdie par son premier saignement, je découvrais mon véritable métabolisme. Ma souffrance ne me terrassait pas ; elle m'éveillait à moi-même, me faisait prendre conscience de ma *singularité* ; j'étais celui qui *savait regarder*, qui était attentif à la douleur de ses camarades. Et cette chose, qui forcissait en moi, m'habitait pour, justement, m'assister dans cette vocation. Ce n'est qu'en lisant *Le Petit Poucet* que la foudre s'abattit sur moi, avec l'âpreté d'une révélation. C'était cela le *don* du ciel : le verbe. J'étais né pour écrire ! En ouvrant le beau livre, en parcourant ses pages aux illustrations splendides, éblouissantes d'affection, j'étais irrémédiablement fixé : faire des livres. D'autres contes furent dévorés avec un appétit insatiable ; *Blanche-Neige*, *Le Petit Chaperon rouge*, *La Belle au bois dormant*, les *Fables* de La Fontaine. C'était féerique. Mais ma fascination, la vraie, n'était ni pour les histoires, ni pour les personnages, ni pour le talent fantastique des dessinateurs. Je ne devais mettre le doigt dessus qu'en m'essayant, à mon tour, à l'écriture : j'étais *fasciné* par les mots... ces assemblages de caractères morts qui, pris entre une majuscule et un point, ressuscitaient d'un coup, devenaient phrases, devenaient foules, devenaient force et esprit. Tout de suite je sus ce que je voulais le plus au monde : être une plume au service de la littérature, cette sublime charité humaine qui n'a d'égale que sa vulnérabilité ; cette bonté suprême qui reste, aujourd'hui, l'ultime fortification de notre salut, le dernier bastion contre l'animalité, et qui, s'il venait à céder, ensevelirait sous ses éboulis tous les soleils du monde, et alors, *bonjour* la nuit... Mon tout premier texte était une réadaptation du *Petit Poucet*. Rédigé en arabe, mon conte racontait l'histoire d'une famille défavorisée dont la panade poussa les parents à se débarrasser de leurs *sept* enfants. *Le Petit Mohamed*, qui avait surpris son père en train de faire part de son triste projet à la mère, remplit ses poches de cailloux blancs avec lesquels il jalonna le chemin de la forêt. Lorsque les parents faussèrent compagnie à leurs rejetons au fond des bois, le petit Mohamed expliqua à ses frères comment rentrer à la maison. Il faisait nuit, et les cailloux brillaient dans le noir comme des vers luisants. Ses frères n'avaient qu'à suivre le chemin des lucioles. Mais le petit Mohamed ne les raccompagna pas. Il refusa de retourner auprès de parents indélicats et s'enfonça dans la forêt d'où il ne revint jamais plus. Mon texte en prose atterrit d'abord sur le bureau de mon instituteur, avant de finir sur celui du lieutenant Midas. Il me valut de figurer, pour la première fois, sur la liste des « récompensés », c'est-à-dire des cadets qui avaient bien travaillé durant la semaine et que l'on emmenait au stade de la ville, le samedi après-midi, en guise de gratification.

C'était en 1966.

La même année, ce fut au tour de mon frère Saïd, six ans, et de mon cousin Kada, cinq ans, d'être *appelés sous les drapeaux*. Ils étaient à peine plus hauts que trois pommes, déboussolés, incapables de trouver les latrines sans ameuter le groupement. Quelquefois, lorsqu'un besoin pressant les prenait de vitesse, je les voyais claudiquer, le fond de culotte souillé, vers la lingerie, coupables et honteux, un moniteur dépité derrière eux.

Des années plus tard, mon oncle Ahmed me dira :

— Lorsque tu auras des enfants, alors seulement tu prendras conscience de l'envergure des parents.

Dieu me donnera trois enfants.

Il ne donnera pas raison à mon oncle.

Et vint l'été, avec son soleil capiteux et son ambiance bon enfant. « Gambadez, éclatez-vous, soyez heureux, vous l'avez mérité », nous lançait le vieux directeur des études de sa voix psalmodiante. On jetait en l'air nos cahiers, on ébouriffait nos livres ; on redevenait *les* enfants. Même la vigilance des moniteurs se relâchait à la fermeture des classes ; certains allaient jusqu'à tolérer ce qu'ils qualifiaient, avec répugnance, de familiarité. Nous échangeâmes notre treillis contre des tenues d'estivants qui nous débarrassèrent de nos mines de louveteaux séquestrés. À la place des bottillons et des bérets, on nous fournit des espadrilles et des casquettes *civiles* à longue visière pour nous protéger de la lumière tranchante des canicules. Bientôt, des autocars investirent la cour scolaire, les klaxons ragaillardissants. On allait en colonie de vacances, sur la plage. Midas était content, et nous aussi. Tout le monde chantait. On nous transporta à Port-aux-Poules, un centre de colonie à une cinquantaine de kilomètres à l'ouest d'Oran. C'était un grand cantonnement, déployé à travers un sous-bois infesté de scorpions, avec des chalets aérés, des aires de jeux et un immense sentiment de plénitude – et de liberté, en comparaison avec ce que nous imposaient les murailles inexpugnables d'El Mechouar. La nourriture était copieuse, rehaussée d'un dîner consistant, et de bouteilles de soda au déjeuner. Il y avait aussi un foyer bien garni où nous pouvions acheter des biscuits, des tablettes de chocolat fourré aux noisettes, du jus de fruits, des timbres et des cartes postales. Nous consumions la matinée sur l'immense plage du village, l'une des plus belles de la côte oranaise, avec son sable blanc et ses dunes hautes comme des miradors sur lesquelles on adorait dégringoler par escouades entières en effectuant des acrobaties ahurissantes. Après la sieste obligatoire, on nous mettait en colonnes par deux et on nous promenait sur les collines alentour. Parfois, on allait dans une ferme désaffectée contempler la mer, le village en bas, et le soleil en train de décliner. Les moniteurs nous apprenaient des refrains marrants, des jeux, par endroits, lassants. Le soir, après le souper, on avait droit à des veillées autour d'un feu ou d'un amuseur. On improvisait des sketches ; on se déguisait à partir de vieux torchons, de tentures, de carton pour les coiffures et de têtes-de-loup pour les perruques. Nos rires tournoyaient avec les insectes assiégeant les lampadaires, crapahutaient sur le vallonnement des vagues, remplissaient la nuit et le sous-bois d'une rumeur formidable. Au centre, aucun clairon ne sonnait l'extinction des feux. On ne veillait pas tard certes, mais on n'était pas forcés de faire dodo à des heures encore claires, et les moniteurs ne renversaient pas nos lits si on avait du mal à se lever le matin. À Port-aux-Poules, nous étions en vacances, et tout l'encadrement, du soldat de corvée au lieutenant Midas, faisait de son mieux pour ne pas nous les galvauder.

Mon père vint me voir. On aurait dit qu'il avait rajeuni. Il se portait comme un charme, dans son uniforme repassé de frais, ses étoiles de commandeur semblables à deux comètes gravitant autour de son sourire. Ses épaules paraissaient plus larges et son regard avait développé une acuité que je ne lui connaissais pas. Sa visite m'avait secoué. C'était comme si un éclair me traversait de part et d'autre. Mais j'avais tenu bon. Quelque part, sans aucun doute, il demeurait toujours ce Dieu d'autrefois, seulement moi, j'avais perdu la foi.

Il n'était pas seul. Comme d'habitude. Un peu en retrait, une femme enceinte m'observait. Elle était belle. Bien qu'éprouvé par une grossesse avancée, son visage resplendissait d'aise. De toute évidence, elle devait être comblée. Mon père recula d'un pas pour lui prendre la main et la rassurer ; geste inutile, surfait. Il ne m'avait pas déplu ; il avait troublé ma pudeur. Mon père me souriait. On sourit souvent lorsqu'on est embarrassé. Mon attitude le décontenançait un peu. Il ne savait pas comment il devait l'interpréter : je l'avais salué militairement et restais au garde-à-vous, à six coudées de lui comme le stipule le règlement, les bras collés aux flancs, l'échine

« rabotée », le regard droit. Il s'était retourné vers
sa compagne, faussement revigoré par le sens de
discipline dont faisait montre son fiston puis, il
avait consenti à m'embrasser sur les joues. Son
bras s'était égaré autour de mon cou. Je n'avais
pas répondu à ses baisers, ni embrassé sa compagne. Pendant longtemps, nous nous étions regardés
en silence, tous les trois ; un silence confus, indis-
posant. Mon père était allé chercher très loin son
souffle pour me demander si j'étais bien traité, si
j'avais de bons camarades, si je m'amusais. Incapable d'articuler une syllabe, j'avais acquiescé de
la tête. Juste un frémissement. Pas plus. Je ne lui
en voulais pas, non ; j'estimais seulement que nous
n'avions plus rien à nous dire. Et j'en étais triste,
beaucoup plus triste que lui, beaucoup plus triste
que le monde entier. De nouveau, sa main avait
échoué sur mes épaules, fourragé dans mes cheveux. Je n'avais pas bronché. Je continuais de fixer
intensément le lointain, en m'interdisant de regarder du côté de la femme.

— C'est Chérifa, m'annonça-t-il enfin, ta
deuxième maman.

C'était donc elle, *la tentation contre laquelle les
forces de la terre ne pouvaient rien*. Je l'avais
dévisagée à la dérobée, une fraction de seconde,
et m'étais rabattu sur un point à l'horizon. Les
piaillements des cadets me parvenaient de toutes
parts ; leurs rires, leur clameur me réclamaient. Le
sourire de mon père s'efforçait de m'en détourner.
Impossible. Pour moi, ce n'était même pas un sourire ; une moue désemparée tout au plus, et qui ne

me concernait pas. Un monde avait disparu, un âge était révolu. Brusquement, sans lui laisser le temps de me retenir, j'exécutai un pas en arrière, portai ma main à ma tempe dans un salut impeccable, fis demi-tour et retournai auprès de mes moniteurs, auprès de ma *vraie* famille… Mon cœur avait changé de camp.

Quelques jours plus tard, nous fûmes rejoints par les cadets de Béchar, dont la majorité n'avait jamais vu la mer. Ils étaient moins équipés que nous, passablement encadrés, peu enclins à la discipline et excessivement bruyants. Pour moi, ils m'apportaient un peu de mon pays natal, l'odeur de mon Sahara et l'indocilité de mes ancêtres. C'étaient des garçons farouches, la susceptibilité à fleur de peau, plus prompts à solliciter leurs poings qu'à reconnaître leurs torts. Parallèlement, ils pratiquaient la prière à la lettre et étaient d'une honnêteté inflexible. La cohabitation débuta mal. La confrontation eut lieu sur un terrain de football. Le match promettait : ENCR[1] Béchar contre ENCR Tlemcen, une première. Dès le coup d'envoi, après quelques bousculades, nos adversaires se mirent à hurler : « *Gordo ! Gordo*[2] *!* » Aussitôt, la partie se transforma en bataille rangée. On se ratatina d'abord les tibias et les chevilles, ensuite on en vint aux insultes puis aux mains. Il fallut l'intervention personnelle du lieutenant Midas pour calmer les esprits. Les deux équipes furent

1. École nationale des cadets de la Révolution.
2. En arabe, « casse-le », « tape-lui dans le tibia ».

rassemblées dans une cour, les mains derrière le dos, certains les yeux pochés, d'autres les narines ensanglantées. On chercha le responsable. Ceux de Tlemcen montrèrent ceux de Béchar :

— Ce sont eux qui ont opté pour la casse, ils criaient *gordo ! gordo !...*

Ce fut alors qu'un gamin sortit des rangs en boitillant. Il considéra tour à tour les moniteurs, le lieutenant Midas et notre équipe, déglutit et déclara, penaud :

— Gordo, c'est moi. On m'appelle ainsi. C'est mon nom de famille.

Ce malentendu resta l'une des plus émouvantes et des plus attendrissantes anecdotes dans les annales des écoles de cadets. Il enterra définitivement la hache de guerre. Nous devînmes, cadets de Béchar et cadets de Tlemcen, les meilleurs amis du monde. Nous le sommes toujours. Nous le sommes pour la vie... Sauf, peut-être, pour ce petit garçon aux allures de fennec, que nous aimions et qui nous aimait, et que rien ne prédestinait à un destin aussi absurde. Il était trapu, un peu court de nuque, deux dents légèrement en sautoir au-devant de la bouche. Ni plus intelligent que ses camarades ni moins turbulent, il passait pour quelqu'un d'ordinaire, un peu retiré mais jamais esseulé. Il s'appelait Saïd Mekhloufi, celui qui rédigera, deux décennies plus tard, le manifeste de la désobéissance civile décrétée par le Front islamique du salut, avant de devenir le premier émir national de l'intégrisme armé. Plus jeune que moi d'une année, je le devançais d'une classe. En 1975, après l'obtention de mon baccalauréat, je fus dirigé sur l'académie militaire de Cherchell pour devenir officier dans l'infanterie mécanisée. Saïd attendra une année pour gagner l'université d'Alger, à l'époque vivier par excellence de toutes les formes d'expression extrémiste et de toutes les conflagrations. Nous nous perdîmes de vue jusqu'en 1986 où, au cours d'une mission de reconnaissance, je le découvrais à Mekmen Ben Amar, un affreux patelin perdu dans la hamada. Il était lieutenant et exerçait la fonction de commissaire politique au sein d'une unité des gardes-frontières. Je retrouvai un homme déçu, mais secret. Nous avions passé la nuit dans sa chambre et parlé jusqu'au matin de nos déconvenues et de nos rêves confisqués, de la façon avec laquelle l'armée traitait ses enfants légitimes – les cadets. Il était au courant de mes déboires de romancier militaire et en était très affecté. Quelques mois plus tard, il vint dans mon bureau, à Oran, me faire part de sa décision de renoncer à sa carrière d'officier. Il envisageait d'embrasser le journalisme. J'avais essayé de l'en dissuader, en vain. Il fut radié des rangs dans le courant de l'année…

Il y eut octobre 1988, puis le multipartisme.

Je revis Saïd à la télévision, sur le plateau de Mourad Chebine qui animait l'émission phare *Face à la presse*. Saïd fut présenté comme rédacteur d'*El Mounkid*, l'organe d'information et de propagande du FIS. Il portait une barbe agressive, avait les sourcils bas, et les questions virulentes qu'il posa à l'invité principal de l'émission, le docteur Saadi, du RCD, me donnèrent la chair de poule. En 1990, tandis que j'effectuais mon stage d'état-major à l'Académie, Saïd Mekhloufi m'accueillit à la sortie de la poste de Cherchell. Il était flanqué d'un individu patibulaire, au faciès encagoulé dans une toison chenue.

— Comment vont les choses, mon capitaine ? m'avait demandé Saïd après une poignée de main chaleureuse suivie d'une accolade.

Je lui avais montré les alentours, la place investie par les singes hurleurs en *kamis* ; la désobéissance civile battait son plein, les grèves et les *sit-in* immobilisaient le pays.

— Ben, c'est ça, la démocratie. N'est-ce pas ce que vous vouliez ? m'avait-il dit en souriant.

— La démocratie ? Vous n'y croyez même pas, lui avais-je répondu. Je me demande où vous allez nous conduire, avec votre cirque.

— Vers un État islamique, mon capitaine.

— Alors, pourquoi ces émanations sulfureuses autour des mosquées, Saïd ?

Son compagnon s'était embrasé. Saïd me serra de nouveau la main et s'éloigna. Nous ne nous revîmes jamais plus. Suite à l'arrêt du processus électoral de janvier 1992, Saïd Mekhloufi entra dans l'insurrection armée. Il commanda le Mouvement islamique armé, ensuite l'Armée islamique du salut. Sa tête fut mise à prix. À trois millions de dinars, elle fut la plus chère et la plus recherchée. Au cours de la guerre, je planifierai deux embuscades pour le neutraliser, la première dans l'Ouarsenis, la seconde dans la région d'Aïn Sefra,

111

au sud-ouest du pays. Il ne se présentera pas aux rendez-vous. Ce sera Antar Zouabri, émir du Groupe islamiste armé, qui se chargera de l'éliminer. Il lui enverra un commando sous prétexte d'une alliance. Déchu, traqué, blessé – il avait perdu l'usage d'un bras –, Saïd refusera de faire allégeance à quelqu'un qu'il qualifiait de déviationniste et de fou à lier. Il sera exécuté sur le versant marocain de djebel Grouz, à l'ouest de Figuig.

6.

L'examen de sixième eut lieu au lycée Benzerd-jeb, un prestigieux établissement scolaire de Tlem-cen, réputé pour l'excellente qualité de l'enseignement qu'on y dispensait. Il rivalisait farouchement avec l'école des cadets dont les taux de réussite dépassaient, année après année, les estimations les plus optimistes. C'était, pour nous, l'occasion de supplanter l'adversaire sur son propre terrain, ce qui n'était pas chose aisée. Nous attendions cette épreuve avec une grosse appréhension qu'aggra-vait davantage le fait de la négocier chez les *civils* où nous n'avions aucun repère. Le lycée ne res-semblait pas à notre école. Il était petit, sa cour tiendrait dans un mouchoir de poche ; ses blocs, moins austères que nos bâtiments, nous dépay-saient. Nous nous y sentions à l'étroit et craignions de ne pouvoir nous concentrer pleinement sur nos sujets. Midas percevait notre angoisse. La veille, il nous avait réunis dans une grande salle pour nous remonter le moral. Il tapait du doigt sur la table et répétait sans relâche que nous étions les meilleurs et qu'il comptait sur nous pour représenter dignement l'institution militaire dont l'avenir dépendait de nos performances personnelles. Les moniteurs nous avaient réveillés en douceur, très tôt. Leur courtoisie inhabituelle, censée nous revigorer, nous indisposait. Difficile de prendre leur mansuétude pour argent comptant, notamment en ce matin de vérité où la moindre anomalie attisait notre nervosité. Ils continuèrent néanmoins de se montrer compréhensifs à l'égard de nos états d'âme, allant parfois jusqu'à feindre de ne pas entendre le grognement exacerbé des traînards. Au petit déjeuner, nous eûmes droit à un festin : omelettes sucrées, de la confiture à gogo, tranches de pain croustillant recouvertes d'une généreuse couche de beurre, fruits de saison. On était même autorisés à doubler de ration, et beaucoup abusèrent de cette concession pour s'empiffrer. Je ne me sentais pas dans mon assiette. La peur me tenaillait le ventre ; je m'étais contenté d'une bouchée de tartine et d'une gorgée de chocolat au lait et avais quitté la table pour arpenter les couloirs d'un pas fléchissant. Malgré les encouragements de Moumen, je tremblais de la tête aux pieds. Les leçons, que je m'étais donné un mal fou à réviser des semaines durant, s'embrouillaient dans mon esprit ; je me sentais incapable de venir à bout d'une simple opération de multiplication. Souriceau était déçu par mon comportement ; il disait que je dramatisais, que j'allais empocher mon examen haut la main et sans coup férir. Certes je ne brillais pas en classe, mais je me situais dans une moyenne décente. Le problème est que je manquais d'assurance. Je n'étais lucide que derrière mon pupitre ; au tableau, je perdais aussitôt le nord. Moumen m'expliquait que c'était naturel, que je n'étais pas le seul à paniquer dans ces conditions ; sauf qu'à l'examen il suffit de garder son calme, le reste, comme l'appétit, vient en mangeant. Et il avait raison. La première épreuve surmontée, je m'étais libéré. J'avais bien travaillé en arabe, en calcul, en récitation malheureusement, en fin de parcours, je m'étais rendu compte que j'avais raté ma dictée en français. J'avais écrit « suçait les eaux » au lieu de « suçait les os », omis un certain nombre de « s » et ajouté un « e » à four banal, de surcroît, le titre du texte. J'en étais terriblement tarabusté, me voyais condamné d'office, ce qui me rendit vexant au point que Moumen et Souriceau me mirent en quarantaine un bon bout de temps. Je misais mes ultimes espoirs sur cet examen. La réussite signifiait délivrance, me garantissait un « élargissement » partiel ; c'était l'unique goulet qui menait à l'ENCR de Koléa, dans l'Algérois, dont on disait le plus grand bien. Là-bas, racontait-on, on bénéficiait de plus de commodités ; on était traités en adultes ; le cadre de vie était agréable et la transcendance possible ; en plus il s'agissait d'un tremplin, plus précisément d'une bretelle incontournable quant à la suite de notre carrière : officiers, enfin, pour les méritants ; sous-officiers pour les moins bons ; deux chemins parallèles et indissociables, mais deux chemins radicalement différents, l'un porteur d'ambitions et de privilèges, l'autre ingrat et délétère. J'avais hâte de tenter ma chance à Koléa, de me défaire de l'emprise réductrice d'El Mechouar. Pour moi, à l'époque, rien ne pouvait être pire que cette forteresse médiévale où, la nuit des grands orages, les cadets juraient avoir rencontré des revenants errant dans les corridors et entendu vagir des bébés derrière les W-C. À Tlemcen, ces rumeurs circulaient avec une insistance et un recoupement tels que beaucoup d'entre nous préféraient faire pipi au lit plutôt que se hasarder dans les latrines au-delà de minuit. Nous habitions de nouveaux locaux, qui n'avaient rien à voir avec l'ancien dortoir aux couloirs insondables et aux escaliers périclitants, mais les hallucinations étaient là, dans le froufrou des rideaux, parmi les craquements des toits, au milieu des ombres fugaces qui surgissaient au pied de nos lits, assistées par les veilleuses rouges qui saignaient au fond des chambrées, obligeant les insomniaques à se recroqueviller sous leur oreiller jusqu'au matin.

Il n'y avait pas que ces nuits dantesques ; je voulais quitter El Mechouar pour ne plus y retourner. Je haïssais son portail, ses murailles, ses grisailles, ses platanes, ses dalles, son réfectoire, ses parades sous la grêle, sa monotonie ; je haïssais son haut-parleur nasillard, ses dimanches facétieux, ses excursions éreintantes, son vampirisme. Après quatre années passées dans son enceinte *pénitentiaire*, à moisir et à désespérer, j'étais certain de flancher pour de bon si je venais à redoubler mon CM 2. Koléa, c'était mon horizon d'oiseau migrateur, renaître sous un ciel moins inclément, prendre un nouveau départ et, pourquoi pas, renouer avec la chance qui me faisait tant défaut. Je ne pensais pas échapper à mon sort, que je savais irrémédiablement tracé ; toutefois, y aller pour y aller, autant partir d'un pied ferme. À Tlemcen, je n'avais pas le sentiment de marcher vers mon destin, mais qu'on m'y traînait par les jambes, semblable aux agneaux qu'on livre à l'abattoir.

Les résultats parurent dans la presse. Midas était aux nues : son école avait, encore une fois, démontré magistralement que sa réputation n'était pas abusive. Le taux de réussite pulvérisait les records. Le capitaine Ghéziel nous rassembla dans la grande cour, nous submergea d'un discours torrentiel. Il était subjugué. Sa voix de stentor résonnait à travers la forteresse, rappelant celle d'un seigneur illuminé invitant ses braves sujets à le suivre en enfer. Que de gestes révérencieux, que d'accents vaillants. Sa stature imposante lui conférait l'envergure d'un tribun. C'était un grand gaillard aux épaules arquées et aux cris sismiques, la poitrine aussi solide qu'un mur de soutènement. Sa majesté de commandeur se mariait sans complexe avec son allure d'hercule forain, ce qui le rendait acceptable. Il sortait rarement de sa tanière, sauf si son intervention était indispensable ; généralement pour râler après les actes de vandalisme perpétrés par Morsli le Diable et consorts. Par contre, il ne cognait pas les « chenapans ». Une seule fois, il avait porté la main sur un petit cadet qui, par mégarde, avait grièvement gaffé. La gifle se voulait aussi dissuasive que la colère du capitaine ; elle fut bien plus que cela, et l'enfant s'en sortit avec un strabisme qui nous traumatisa tous, l'officier en premier. Le succès de notre promotion, cette année-là, donnait au commandant de l'école l'occasion de se racheter à nos yeux. Il nous félicita un à un en nous serrant contre lui, vanta notre courage et notre aptitude, nous bénit et nous promit d'être à nos côtés où que nous soyons.

J'étais sur un nuage.

Je me voyais déjà à Koléa, à voler de mes propres ailes. J'étais tellement content que j'aurais dégringolé dans un état extatique si, là-bas, très loin de la liesse, à peine perceptible au milieu des arbustes, Moumen n'avait eu du chagrin. Il ne nous accompagnera pas dans l'Algérois, lui. Son nom n'était pas porté sur la liste des lauréats. Quelle consternation ! J'allais me séparer de mon meilleur ami, de celui qui m'avait défendu et aimé comme un frère aîné. J'en avais le cœur brisé. Accroupi près de lui, Souriceau tentait de l'assister dans sa peine. Souriceau avait réussi sa sixième, mais il ne paraissait pas réussir à trouver les mots qu'il fallait pour réconforter notre chef de bande. Je m'étais approché de lui, bouleversé, coupable de longer la trappe dans laquelle il était tombé. D'un clin d'œil, il m'avait apaisé puis, en grand qu'il a toujours été, il s'était levé et m'avait tendu la main pour me féliciter :

— Tu vois ? Ce n'était pas aussi difficile que ça.

J'avais baissé la tête, confus.

— Est-ce que je suis un rabat-joie, Mohammed ?

— Jamais de la vie.

— Alors, pourquoi me fais-tu passer pour un trouble-fête ? Je ne veux pas gâcher ta joie, tu comprends ? Si tu es triste alors que tu as toutes les raisons de sauter au plafond, c'est sûrement à cause de moi. Ce n'est pas de ta faute si j'ai raté le coche. Je n'ai pas bien travaillé, et je ne dois m'en prendre qu'à moi-même. Ça ne m'ennuie pas de refaire ma classe, je t'assure. Au moins, je serai le plus âgé et, probablement, chef de table. C'est moi qui ramasserai les cahiers, et qui seconderai l'instituteur durant le cours. C'est ce dont je rêvais, non ? Après tout, c'est quoi Koléa, et c'est quoi une carrière d'officier ? Je n'ai pas choisi d'être soldat. Quand j'atteindrai l'âge de revendiquer mes droits sans craindre de subir la *falaqa*, je rembourserai l'école et je rentrerai chez moi. Sixième ou cinquième, pour moi, c'est du pareil au même. Je n'ai pas choisi d'être ici. C'est déjà une chance, pour ceux qui m'ont réquisitionné comme un vulgaire tacot, de ne pas les traîner devant les tribunaux.

Il était ému, à deux doigts d'éclater en sanglots, mais il ne versa pas de larmes. Ce n'était pas son genre. Bien au contraire, il surmonta son infortune et tint à rester jusqu'au bout le Moumen que je révérais ; un Moumen charismatique, orgueilleux et droit, que ni le martinet de Midas ni la règle en fer du maître ne faisaient trembler ; un Moumen responsable, qui reconnaissait ses fautes sur-le-champ et veillait sur sa petite bande mieux qu'un géniteur sur ses rejetons.

Mon père se déplaça en personne à Tlemcen. Son secrétaire lui avait signalé que le nom d'un certain Moulessehoul figurait dans le journal *El Jamhouria*. D'abord ébahi, mon père en acheta une cinquantaine d'exemplaires pour les distribuer à ses collègues. C'était la première fois que le nom Moulessehoul paraissait sur un quotidien. Et il s'agissait de celui de son *fils* ! L'ancre d'un paquebot n'aurait pas suffi à le retenir. Il sauta dans sa voiture et roula à tombeau ouvert sur El Mechouar. Il voulait féliciter de vive voix son prodige. « Je suis fier de toi. Tu ne peux pas mesurer à quel point je suis fier de toi. » Son bonheur s'éteignit aussitôt. À la demande de me ramener à la maison, il essuya un refus catégorique de la part du capitaine Ghéziel. On lui signifia qu'étant sous la garde de notre mère, il n'était pas question de nous confier à lui. Mon père tenta sa chance du côté de Midas avec qui il s'entendait à merveille. Celui-ci se déclara désolé. Mon père piqua une colère mémorable ; ni ses promesses ni ses protestations n'ébranlèrent la fermeté du commandement. Ramené à un meilleur sentiment, il céda et demanda la permission de nous emmener dans un restaurant de la ville ; permission qui lui fut accordée pour moi seul. Il n'insista pas. Il m'invita dans une gargote, à Lorith, un endroit célèbre pour ses cascades souterraines, me paya des brochettes et, d'un coup, pleura, là, devant les clients et les serveurs. Je ne sus si c'était l'émotion suscitée par mon succès à l'examen de sixième ou bien le remords qui le trahissait. J'étais peiné pour lui. Après le repas, il m'offrit de l'argent pour mes vacances ; je lui fis non de la tête. J'avais accepté son invitation pour ne pas l'offenser devant Midas. Maintenant que nous avions déjeuné, j'étais pressé de retourner dans la forteresse. Les vacances d'été étaient pour le lendemain ; je languissais déjà de ma mère.

Ma mère avait son journal, elle aussi. Un neveu le lui avait offert. Elle avait collé la page bénie sur le mur, au salon, entre deux icônes à dix centimes achetées au marché aux puces montrant Sidna Ali en train de charcuter à plate couture les impies. De cette façon, les visiteuses cesseraient de lui faire croire que, sans mari, elle était sans *hommes*.

Elle avait embelli, ma mère, un peu grossi ; ses yeux avaient retrouvé leur éclat de naguère. Son youyou retentit à travers l'immeuble comme une conjuration. La vaticination de la Dame de Meknès germait. Ce n'était pas Mohammed qui marchait dans la lumière ; c'était la lumière qui jaillissait de lui. Elle me serra contre elle et me garda précieusement dans ses bras. C'était si pathétique que Houari, qui attendait son tour d'être embrassé, souhaita que le spectacle que nous lui offrions ne finisse jamais. Il est des instants qui méritent les attentions du monde entier ; celui que nous vivions ce jour-là méritait que la Terre s'arrêtât de tourner. Ma mère ne pleura pas. Elle s'interdit de pleurer. Son enfant est roi, son sceptre est dans sa main, dans l'autre il tient celle du Seigneur. Elle le disait à mes sœurs, elle le disait à mes frères, elle le disait aux murs et aux carreaux, aux portes et aux tentures, et à tous ceux qui s'étaient dépêchés de trop vite l'enterrer.

Ce furent de belles vacances. Nous n'avions pas les moyens d'aller sur la plage, et ce n'était pas grave. Il nous restait l'été. En Algérie, l'été est un bonheur à lui tout seul. Son farniente est un délice, la virginité de son ciel est une splendeur. Les estivants ayant fui la ville, nous prenions possession des rues et des terrains vagues. On léchait les vitrines, on investissait les terrasses où, pour une pièce de monnaie, on nous servait de hauts verres d'orangeade. J'emmenais Houari, Saïd et Abdeslam au jardin public, quelquefois au stade voir des équipes de quartier assiéger les buts adverses. Abdeslam flânait dans son monde parallèle. Il ne se rendait pas compte de l'étonnement qu'il suscitait autour de lui. Souvent le guichetier me demandait si mon frère n'était pas un petit peu... Je lui rétorquais qu'il était effectivement un petit peu..., sauf qu'il avait droit à sa part d'existence. Il y avait un cinéma pour enfants à Saint-Eugène. Il s'appelait l'Écran des jeunes. On y projetait des films d'épouvante ou les épopées de divinités grecques : Hercule, Ursus, Ulysse et Maciste que Houari adorait. Comme je n'avais pas assez d'argent pour nous payer deux places, j'achetais un seul ticket ; j'assistais ainsi aux actualités puis, à l'entracte, je passais le billet d'accès à Houari pour lui permettre de voir le film. À la fin du spectacle, il me raconterait l'histoire. Cela me suffisait. Mon oncle M'birik habitait rue Sans-Nom, à Victor-Hugo. Il avait de l'affection pour nous et mettait à notre disposition le peu qu'il possédait. J'étais ami avec H'mida, son fils. Ce dernier partageait avec moi ses repas et ses sous. Il avait quatorze ans. L'année scolaire bouclée, il se convertissait en marchand de figues de Barbarie. Il fabriquait un chariot nain monté sur des roulettes à billes et parcourait le quartier. Le soir, muni d'un coupe-ongles, il s'ingéniait à extraire, les unes après les autres, les dizaines de minuscules épines enfoncées dans ses mains... Et puis, il y avait cousine K, belle comme une éclaboussure cristalline ; qui m'aimait autant que je l'aimais. Elle disait que le grain de beauté, ornant ma joue, me seyait admirablement. Pour elle, j'étais le prince des garçons, personne ne m'arrivait à la cheville ; tout en moi l'ensorcelait. De trois ans mon aînée, elle ne pouvait concevoir l'avenir sans m'y accorder une place de choix. En réalité, son avenir, son rêve, ses projets, son vœu le plus cher, c'était moi. Pourtant, quelque chose lui disait qu'elle ne serait pas la femme de ma vie. Issue d'une famille pauvre, elle se voyait mal enrouler sa main gantée de blanc autour d'un bras d'officier. Elle était sans instruction, et ses talents de cordon-bleu ne constituaient pas obligatoirement des critères péremptoires. Souvent, tandis que je feuilletais avec elle les magazines pour femmes, elle posait son doigt de houri sur un top model et me disait : « Voilà le genre d'épouse qu'il te faut, Mohammed. » Sa voix était triste ; ses yeux s'accrochaient désespérément aux miens pour voir si l'idée me convenait. Elle était aux petits soins de ma personne, me préparait mon manger, mon lit, passait et repassait mes chemises, raccommodait mes chaussettes et ne tolérait pas la moindre moue sur mon visage. Pendant les vacances, elle s'installait chez ma mère. La nuit, elle étalait ses couvertures à proximité de mon grabat et veillait sur mon sommeil comme une étoile. Combien de fois l'avais-je rendue malheureuse simplement en la boudant ? Combien de fois mes départs l'avaient mutilée ? Elle était le genre de femme qui vous sert un homme avec un dévouement absolu, pour qui l'amour était aussi fort que la foi. Notre idylle ne résistera pas aux lois des traditions. Promise très jeune à un autre cousin, elle lui sera accordée quelques années plus tard. J'appris la nouvelle à Koléa. Ce fut un sombre jour.

Le retour au Mechouar fit figure d'escale. J'étais revenu dire adieu à la forteresse et jeter sept cailloux blancs par-dessus mes épaules pour ne plus y remettre les pieds. D'autres nouvelles recrues renflouaient les rangs dégarnis ; des marmousets de la taille d'une asperge, le lait maternel encore sur les dents. Alignés à la queue leu leu, ils se trituraient les doigts en fixant l'austérité qui les encerclait, pareils à des chiots ramassés par la fourrière et déchargés en bloc dans un chenil. Les adjudants Bahous et Mendil les escortaient ; devant, attablé sous un platane, l'adjudant-chef Toufali transformait leurs filiations en un simple numéro matricule. Je me dépêchai de regagner mes quartiers. Au dortoir, on finissait de plier bagage ; on s'embrassait, on léguait les affaires encombrantes aux amis restants. Bientôt, un train nous conduira dans l'Algérois. Nous pourrons, à partir des wagons, voir du pays. À Moumen, j'offris mon coffret à photos et ma montre-bracelet. Il apprécia le geste et, à son tour, il me glissa dans la poche un gousset en cuir renfermant un pouvoir talismanique. Le coup de sifflet nous rappela que le temps des adieux ne s'éternise pas. Je soulevai mon sac de voyage et quittai le dortoir, sans un regard pour les lits superposés où reposaient nos fantômes.

Dans la cour, les partants s'impatientaient. Souriceau et son frère Hamid se tenaient au premier rang. D'autres cadets s'agitaient derrière. Ils étaient partants, eux aussi, mais leur route s'arrêterait à Blida. La réussite à leur examen ne leur sauvait pas la mise. Estimés trop âgés pour Koléa, on les orientait sur l'école des sous-officiers.

Midas cachait ses larmes sous ses lunettes de soleil. *Ses* gamins embarquaient pour une destination lointaine. Ils allaient lui manquer mais, puisqu'il gardait son martinet dans son bureau, cela ne les chambardait pas.

Les autocars arrivèrent. C'était fini... fini le « parloir » – à Koléa, située à quelque cinq cents kilomètres de chez moi, j'étais sûr que personne ne viendrait m'importuner —, finies la *falaqa*, la petite soupe indigeste, les virées obligatoires… finie l'enfance désenchantée – ma puberté me boursouflait les seins ; sa douleur me grisait…

Resté au dortoir, Moumen nous observait de la fenêtre. Je lui adressai un petit signe d'adieu ; il ne le remarqua pas. Je pris place sur un siège, près du conducteur. À l'extérieur, les moniteurs nous lançaient des quolibets qui ne m'atteignirent pas. Je ne voulais rien entendre ; j'attendais ardemment que l'affreux portail ouvre sa grande gueule pour m'extirper hors de ses entrailles fétides. Derrière, les partants chantaient en bondissant sur les sièges. Leur vacarme me berçait…

Je n'avais pas de rancune.

Pour moi, une nouvelle page s'ouvrait et, la présente ne me convenant pas, je n'avais aucune raison de ne pas la refermer. Les murailles défilaient sur ma gauche. Par endroits, des fragments de souvenirs m'interpellaient : un lit qu'on renversait ; un garçon en train de fabuler ; un autre refusant de me pardonner ; Sy Tayeb cherchant son dentier dans un bourbier ; un revenant ; une chanson… Était-ce moi qui fredonnais ? « Gambadez, mes enfants, jouez, courez ; vous l'avez mérité », s'enthousiasmait la voix chevrotante du vieux directeur des études. Non, El Mechouar n'était pas la géhenne ; c'était juste un univers incompatible avec le statut des enfants. On nous avait aimés avec les moyens du bord alors que nous réclamions l'amour du monde entier.

D'El Mechouar cependant, deux souvenirs m'accompagneront durant l'ensemble de ma carrière d'officier. L'un portait le matricule 18, l'autre le surnom de Bébé Rose. Ces deux gamins seront à mes côtés, partout, m'empêcheront de fléchir, me donneront ce courage sans lequel je ne serais pas l'homme que je suis aujourd'hui.

Je n'avais jamais réussi à approcher 18. Sa mine courroucée m'en dissuadait. La première fois que je l'ai vu, il était serré de très près par deux moniteurs au milieu desquels il paraissait aussi petit qu'un farfadet. Maigre comme un clou, le front bombé et la lèvre renversée sur le menton, il avait l'air d'en vouloir au ciel et à la terre.

— C'est 18 ! m'avait soufflé Moumen, comme si cela se passait de commentaire.

— Dix-huit ?

— Oui, c'est lui. On l'a rattrapé, mais il va encore mettre les voiles. Rien ne l'empêchera de se tailler, m'avait expliqué Moumen qui avait pour l'outsider une admiration féroce.

Dix-huit en était à sa quatrième tentative d'évasion. Incorrigible, il échappait régulièrement à la surveillance soutenue dont il faisait l'objet. Un jour, le commandement avait mobilisé l'ensemble du contingent de l'école pour passer au peigne fin les murailles de la forteresse dans l'espoir de déceler une faille ou un trou par lequel 18 s'échappait. Rien. Pas une pierre ne manquait à l'édifice séculaire, et bien malin celui qui pouvait expliquer comment un mioche de neuf ans procédait pour se jouer de ses anges gardiens et se volatiliser. Lui-même n'en disait mot. Il n'avait qu'une seule idée fixe : s'enfuir... Il disparaissait plusieurs jours, on lui mettait le grappin dessus ; à peine ramené, il échafaudait un nouveau plan de désertion et, pfuit !… parti. La dernière fois, on l'avait retrouvé dans les bois, à des kilomètres de Tlemcen, à moitié mort de faim et de froid. Rétabli, il enjamba la fenêtre de l'infirmerie et prit la poudre d'escampette. On ne le rattrapera plus. Ce garçon indomptable m'enseigna un principe fondamental qui jalonnera ma vie : croire en quelque chose, c'est d'abord et surtout ne jamais y renoncer.

Quant à l'autre garçon, Bébé Rose, je l'ai connu à l'infirmerie où je fus admis pour une maladie ordinaire. Bébé Rose s'y calfeutrait depuis un certain temps déjà et se sentait un peu chez lui. Drapé dans son pyjama à rayures, il flânait dans les corridors sans donner l'impression de se morfondre. Il avait une pile de livres de contes sur sa table de chevet, d'inépuisables sachets de bonbons acidulés qu'une main inconnue déposait dans son tiroir et un jeu des sept familles soigneusement rangé dans un coin. Son lit se pelotonnait contre la fenêtre d'où j'aimais observer les détenus taper du pied dans leurs brouettes geignardes. Bébé Rose me cédait son tabouret ou m'invitait à m'asseoir sur le bord de son lit. Tous les deux, nous regardions le ciel et nous nous taisions. Chacun communiait avec ses absents, et cela nous absorbait. Nous feuilletions les livres sans échanger d'appréciations, n'avions pas d'intérêt pour les jeux de cartes, ni pour les jeux de main. Souvent, intrigué par notre quiétude, on venait voir si nous étions toujours là, si quelque chose clochait dans notre chambre. Même les autres patients évitaient de se joindre à nous, nous trouvant plutôt sans intérêt. Cet isolement nous permettait de grignoter nos soucis et nos sucreries en paix. En attendant l'heure de passer à table, nous nous oubliions à contempler les nuages. De temps à autre le passage d'une cigogne nous effleurait. C'était bien. En face s'élevait le minaret de la mosquée que la muraille avaricieuse de la forteresse s'escrimait à confondre dans son ombre. Après la prière, les cadets venaient nous saluer et nous entretenir sur les récentes friponneries de Morsli le Diable, un indécrottable sauvageon ramené de Ténès, qui faisait tourner en bourrique moniteurs et instituteurs. Sa dernière calamité a été d'isoler totalement l'école des autres infrastructures militaires de la région ; pas moyen d'entrer en contact avec l'extérieur, l'ensemble du réseau des transmissions était inopérant, ce qui avait engendré un incroyable remue-ménage frisant la mise en état d'alerte. Le capitaine Abbas Ghéziel, commandant l'école, était allé jusqu'à soupçonner un acte de sabotage visant à exposer son établissement à une éventuelle agression armée. En vérité, c'était Morsli le Diable qui n'avait rien trouvé de mieux à faire que d'arracher les fils téléphoniques, à plusieurs endroits de l'enceinte, pour se confectionner des scoubidous et des lanières tressées. Midas lui infligea la *falqa* du siècle, le priva de dessert, de récréation, de cinéma et lui interdit catégoriquement de communiquer avec nous. Morsli n'avait pas fini de purger la moitié de sa peine qu'il remettait sa diablerie sur le tapis, plus épouvantable que les précédentes. On aurait dit qu'il était venu au monde uniquement pour le foutre en l'air. Il fut même question de le renvoyer chez lui, mais il n'avait pas de parents. À la tête de cinq brebis galeuses, il écumait le centre avec une constance décourageante, et les moniteurs apprirent à cracher sous leur tricot, pour détourner les influences maléfiques, dès qu'il était signalé dans leur secteur.

— Qu'est-ce qu'il a encore fricoté ? demandait-on de la fenêtre voisine.

— Pour l'instant, il est introuvable. C'est toujours ainsi, avec lui, lorsqu'il a des trucs à se reprocher. On a retrouvé la batterie volée du camion dans la citerne, complètement bousillée, et l'adjudant Toufali est en train de s'arracher les cheveux pour lui mettre le grappin dessus.

— C'est peut-être pas lui.

— Tu connais quelqu'un d'autre capable de s'aventurer dans le parc-autos en pleine nuit, détériorer le capot d'un camion avec une barre de fer et voler une batterie juste pour la balancer dans la flotte ?

Ensuite, on demandait de nos nouvelles, si on avait besoin de quoi que ce soit et du temps qu'il nous restait encore à croupir dans notre pavillon puant le mercurochrome et les draps désinfectés.

D'autres nous traitaient amicalement de simulateurs et de veinards. Nous leur balancions des bonbons et des tablettes de chocolat pour les remercier d'être venus nous réconforter. « Ému » par notre générosité, Ould Moumna se prosternait sur le cailloutis, levait les mains au ciel pour supplier le Seigneur de nous guérir vite et de nous renvoyer dans nos pelotons où le sergent Ferrah se ferait un plaisir de nous arracher la peau des fesses avec son ceinturon clouté ; puis il exécutait une cabriole bouffonne pour nous amuser. Bébé Rose souriait. Moi, je riais à gorge déployée. Ould Moumna était un pitre immense. Originaire d'Aouf, un douar mythique du côté de Mascara, ses manières de péquenot invétéré et son parler hennissant divertiraient un mourant. Il avait treize ans. Dégingandé et instable, il faisait preuve, quand il daignait bien fournir un petit effort, d'une intelligence remarquable qui n'avait d'égale que son manque de sérieux. Malgré les notes élogieuses qu'il cultivait en classe, il s'arrangeait régulièrement pour figurer sur la liste des « crétins de la semaine » qui, la matinée des visites parentales, allaient brandir des ardoises humiliantes à l'entrée du parloir pour que les visiteurs sachent pourquoi on les punissait. Sur les écriteaux, que les cadets sanctionnés devaient garder sur la tête, on pouvait lire, en français : « J'ai cogné un camarade » ; « Je suis un vandale, j'ai cassé un carreau » ; « Je suis un menteur »... Sur l'ardoise d'Ould Moumna, la même phrase revenait au fil des dimanches, si bien que l'on ne se donnait plus la peine de l'effacer : « Je fais l'intéressant et je ne suis pas drôle. »

Après le départ de nos camarades, Bébé Rose et moi guettions les soldats regagnant leur réfectoire. Ils traversaient la cour en rangs serrés, au pas de gymnastique, la poitrine hurlante de chants patriotiques. Derrière le peloton, un caporal zélé et acrimonieux gueulait, à qui voulait le croire, qu'il n'hésiterait pas à botter le derrière aux traînards qu'il rattraperait. Comme tout « galonné » de base qui se respecte, il tenait sa casquette dans la main – ce qui était interdit –, le ceinturon autour des épaules, la veste ouverte sur sa bedaine de soûlard qu'un tricot de peau moulait ridiculement. En plastronnant et en affichant son je-m'enfoutisme souverain, il cherchait à démontrer par a + b qu'il n'était pas tombé de la dernière pluie et que ce n'était pas avec des costumes de majorettes qu'on avait des chances d'intimider l'ennemi. Il était absolument fier de sa tenue débraillée, ce qui était, chez beaucoup de chefs primaires, un signe extérieur d'autorité et de chiqué. Ces attitudes indignes nous scandalisaient, nous autres les cadets. Voir un gradé faire exactement le contraire de ce qu'il exigeait de ses subordonnés était perçu, chez nous, comme la pire des inconvenances et des entorses au règlement des armées. Surtout lorsque, de notre côté, un col racorni ou un lacet desserré manquait de nous traduire devant le conseil de discipline…

Le soir, la cour sombrait dans la léthargie. Hormis la relève de la garde, qui se manifestait subrepticement toutes les trois heures, plus âme qui vive. La nuit se vautrait sur l'endroit, épaisse, à peine grignotée çà et là par les stridulations ou le friselis du lierre agacé par les attouchements de la brise. Au son du clairon, on éteignait la lumière ; mais on n'était pas obligés de se mettre au lit. Le bol d'air et ce qui s'ensuivait ne nous concernait pas. Nous restions, Bébé Rose et moi, sur le bord du lit et comptions les étoiles du firmament. À ces moments-là, je me surprenais à lui raconter l'enfant que j'avais été avant El Mechouar. Je lui parlais d'une ferme que gérait une grand-mère maquisarde, sur la route de Saint-Cloud, à l'est d'Oran, où les grenadiers, les abricotiers, les poiriers et les amandiers faisaient bon ménage, où j'adorais voir paître les moutons sur les flancs duveteux des collines. L'endroit m'éclaboussait de soleil. On y vadrouillait à l'air libre, un chapeau de paille enfoncé jusqu'aux oreilles, le gourdin au poing à cause des serpents qui se lovaient sous les buissons, ou pour enquiquiner le rat tapi au fond de son terrier. La ferme la plus proche se trouvait au bout du monde. Tous les vergers nous appartenaient. Les vacances, là-bas, n'avaient leur équivalent nulle part ailleurs. Il y avait une escarpolette, derrière les étables, sur laquelle nos cousins et cousines flirtaient à l'abri des remontrances ; une cabane abandonnée où l'on cherchait des trésors cachés et un bassin grouillant de larves dont les contorsions spasmodiques m'hypnotisaient. Bébé Rose m'écoutait, les yeux émerveillés. Il venait de la ville, un monde en béton et en ferraille, aux chaussées bitumées et aux immeubles occultant l'horizon et brisant net les rayons du jour. Il ignorait tout de la campagne qu'il confondait avec les âges reculés encombrés de mouise, d'énergumènes en hardes et d'empuantissement. Je

lui décrivais le logis, ses salles vastes et ensoleil-
lées, ses balcons magnifiques recouverts de mosaï-
que, la véranda en mesure d'accueillir une tribu
entière, les aubades qui nous tiraient du lit par
enchantement à des heures invraisemblables, le
vent gonflant nos chemises tandis que nous cou-
rions sur l'arête des tertres en imitant les chevaux,
nos rires qui voltigeaient parmi les gazouillis ; un
paradis, où tout nous réussissait, où les arbres nous
tendaient leurs fruits du bout de leurs branches
quand ils ne nous les mettaient pas carrément entre
les mains. Il y avait une source non loin de l'écu-
rie, au creux d'un vallon que veillait un olivier
hiératique et solitaire. C'était là-bas que la famille
se retrouvait pour déjeuner. On mangeait sur
l'herbe, autour d'un barbecue de fortune. Mon
père, qui échangerait volontiers le contenu de son
porte-monnaie sans le vérifier contre un morceau
de viande entamé, s'occupait en personne des gril-
lades. Il avait l'art de réussir à dompter les feux
les plus récalcitrants, avec une patience et un
savoir-faire qui me stupéfiaient. Pendant que le
bois s'embrasait dans un bourdonnement vorace,
il enrobait, d'un geste mystique, ses brochettes de
rondelles d'oignons, de fines tranches de tomates,
de filaments de pigments verts ; les agitait à la
manière des toreros brandissant leurs banderilles
et les fichait pompeusement au milieu des braises,
sous les gloussements comblés de la maîtresse de
céans pour laquelle la présence de l'officier – le
préféré de ses neveux – était, en elle-même, une
totale réjouissance, une bénédiction. Ma mère et

mes tantes s'occupaient des salades vertes et des paniers de fruits. Nous autres, les enfants, nous formions un cercle autour du brasier et humions les senteurs appétissantes des graisses brûlées en salivant comme les louveteaux des dessins animés. Bébé Rose écarquillait encore et encore ses yeux célestes en se triturant les mains. Son visage irradiait d'une sublimation intérieure. Il ne disait rien, ne m'interrompait pas, ne demandait ni explication ni détail. Il s'abreuvait dans mon récit et ne bronchait pas. C'était un garçon éblouissant, sage comme une image. Ses cheveux blonds bouclés auréolaient sa frimousse séraphique d'un soleil dentelé, ce qui ajoutait à sa beauté une réverbération supplémentaire qui nous réchauffait le cœur. Il était aimé de tout le monde, sans exception ; de l'infirmière à la femme de ménage, du sergent-major au cuisinier. Il avait neuf ou dix ans, et l'on avait du mal à admettre que des parents puissent se passer d'un ange aussi séduisant et tellement facile à vivre. Il était peut-être orphelin de père et de mère, je ne me le rappelle pas. Si le son de sa voix ne me parvient pas, maintenant que j'écris, c'est sans doute parce qu'il ne parlait pas assez. Un simple sourire, timide et fugitif, résumait son approbation ou sa résignation. Il rougissait pour un rien, la nuque rentrée comme sous la menace d'une taloche. D'adorables fossettes lui creusaient les joues, qu'il avait rondes et pourpres ; et ses yeux, d'une limpidité lustrale, « s'évaporaient » sous le regard des autres. Une fois mes histoires finies, je m'attendais à l'entendre prendre le relais.

Je ne connaissais pas grand-chose sur lui et j'espérais savoir un bout sur ses parents, sa ville, sa vie d'*avant* et, pourquoi pas ? sur ses petits secrets. Bébé Rose continuait de sourire dans le noir, la face tournée vers la fenêtre, les doigts enchevêtrés sur les genoux. Il semblait absorbé par mes évocations et ne cherchait pas à s'en soustraire. Il m'avait posé une seule question durant mon séjour à l'infirmerie : « C'est comment le paradis ? » Je lui avais répondu que c'était un coin bien, avec de la verdure à perte de vue, de petits animaux multicolores et des gens contents. Je ne crois pas qu'il m'ait entendu. Son sourire s'était prononcé, et plus un mot n'avait dépassé les contours de ses lèvres. Il paraissait en bonne santé. Je ne me souviens pas de l'avoir trouvé affaissé sur son lit ou en train de se plaindre d'une quelconque douleur. Nous savions qu'un mal fourbe le retenait semaine après semaine à l'infirmerie ; ses incessantes évacuations sur les hôpitaux de Tlemcen et d'Oran ne trompaient pas. Bébé Rose avait un sérieux problème de constipation prolongée. Je l'ignorais, à l'époque. Il était trop pudique pour en parler. Mais ne s'en inquiétait pas outre mesure. Les médecins le rassuraient à l'issue des consultations. C'était passager, sans réelle méchanceté ; un déclic, et les choses rentreraient dans l'ordre. Bébé Rose acquiesçait de la tête, confiant. Il était bien dans sa peau, bien avec tout le monde. En plus, il avait la vie devant lui pour s'en sortir… Un matin, on l'a trouvé dans les cabinets, *assoupi* sur le bidet. La mort nous l'avait ravi au moment où il s'y attendait le moins. Sa disparition prématurée, intempestive et absurde, me marquera pour la vie.

De grands conteurs me décriront une dame squelettique, emmitouflée dans une cape noire, brassant les âmes par milliers avec sa faux argentée, d'autres me parleront d'une sorcière glapissante s'amusant avec un rouet dont chaque fil, en rompant, confisquait une vie ; d'autres encore feront s'arrêter un chariot nuageux au-dessus des moribonds pour les emporter dans les limbes ; pour moi, la mort aura longtemps le minois en porcelaine d'un chérubin merveilleux qui méritait autant d'égards que de joies et qui, faute de vivre parmi les siens, s'en est allé à tire-d'aile secouer cette étoile oublieuse qui n'avait pas su veiller sur lui.

Je ne pense pas avoir été particulièrement choqué par la disparition de Bébé Rose. Pour moi, un ami a été rappelé à Dieu. C'était dommage, mais c'était ainsi. J'étais, toutefois, frappé par le manque de discernement chez la mort et ne savais comment justifier le fait qu'elle s'attaquât aussi à de petits enfants à peine éclos. Quand bien même ces derniers, à l'instar des anges, seraient prédestinés au paradis, je trouvais leur fin contre nature et ne parvenais pas à m'en accommoder.

Après avoir perdu la confiance que j'avais placée en mon père, voilà que je me méfiais de la vie elle-même. Maintenant qu'elle pouvait, à n'importe quel moment, me tirer sa révérence, quels espoirs me fallait-il entretenir ? Les lendemains n'avaient plus de crédibilité à mes yeux ;

l'existence me paraissait trop aléatoire pour valoir sa peine.

Je devins foncièrement fataliste.

Je ne chercherai ni à forcer la main au hasard ni à dévier de la voie que mes semblables m'auront tracée. Ne sachant à quoi m'attendre, je choisis de prendre les choses telles qu'elles se présentaient ; de cette façon au moins – raisonnais-je – j'aurais la consolation de ne pas me tenir pour responsable de mes propres déconvenues. Je ne me rebellerai ni contre les abus d'autorité – qui, d'ailleurs, à aucun moment, ne feront plier l'officier que je suis devenu –, ni contre l'ironie du sort qui malmènera copieusement le romancier que j'essaierai d'être ; en revanche, j'aurai, jusqu'au bout, la patience titanesque de toujours laisser venir ce que je n'avais pas les moyens d'aller chercher. Ce sera rude, parfois cruel, mais je tiendrai le coup sans douter, un seul instant, de mon endurance. Dix-huit et Bébé Rose y seront pour beaucoup. J'ignore ce qu'est devenu le premier, si le second est heureux là où il est. Je sais par contre qu'ils m'ont apporté l'essentiel : le courage d'accepter mon destin et de ne jamais renoncer à ce que j'estime être plus fort qu'un destin, ma vocation d'écrivain.

II

L'île Koléa

Le péché originel de l'Art est d'avoir voulu convaincre et plaire, pareil à des fleurs qui pousseraient avec l'espoir de finir dans un vase.

JEAN COCTEAU

« — Blida, Blida, cria le conducteur », écrivait Alphonse Daudet dans *Tartarin de Tarascon*.

Et Blida surgit au détour d'un virage.

C'était une très belle ville, coquette et parfumée, épanouie au cœur des vergers et de champs étincelants. On l'appelait « la ville des roses » ; elle était plus qu'une corbeille en fleurs. Elle paraissait se dorer au soleil, semblable à une sultane languissante dont la robe verdoyante recouvrait de féerie les plaines de la Mitidja. Derrière elle, eunuque obséquieux et attentif, le mont de Chréa recueillait ses soupirs, la tête dans les nuages. Le tableau qu'ils nous offraient, à eux deux, était si fascinant que nous ne percevions plus le halètement de la locomotive. Le train semblait observer le silence comme s'il foulait la fraîcheur d'un sanctuaire sacré. Dans les réverbérations de l'été, on se serait cru quelque part au paradis. La face collée à la vitre, je contemplais les splendeurs qui se ramifiaient à perte de vue, enguirlandées de fermes radieuses, de chapelets de cyprès et de flammèches étoilées. Un moment, bercé par tant de beauté, j'avais cru entrevoir Moumen éperonnant sa mule blanche et galopant ventre à terre vers on ne sait quelle félicité. C'était magnifique. Assis sur le marchepied, les cheveux chavirant dans la brise, matricule 53 me montrait son pouce en signe de ravissement. D'autres cadets, les yeux bouffis de sommeil et les traits molestés par le voyage, se penchaient au-dehors pour se rafraîchir. Ils ouvraient grande la bouche, se gargarisaient dans le vent de la course et riaient tandis que ceux qui ne pouvaient atteindre la vitre de la cabine se coudoyaient frénétiquement pour être aux premières loges. Souriceau rajustait son uniforme, lissait son béret à le plaquer contre sa tempe ; méticuleux, narcissique, il tenait à débarquer sur le quai en conquérant. La gare grouillait de familles entassées sur leurs balluchons, de paysans revenant des souks, de femmes momifiées dans des voiles opalescents avec juste une minuscule lucarne sur la tête par laquelle un œil surveillait la cohue et les soldats ployés sous leur sac marin ; puis, au-devant de la foule, le comité d'accueil de l'ENCR Koléa arborant doctement sa solennité. L'accueil fut chaleureux. Le lieutenant Ouared, un rondouillard blond et sourcilleux, nous souhaita la bienvenue dans « la cour des grands » et nous invita à monter dans les cars qui nous attendaient au parking. C'était un homme d'un certain âge, aux yeux azurés ; il parlait français sans accent, avec une aisance telle que nous l'avions pris pour un *roumi*.

Koléa se trouvait à vingt kilomètres au nord de Blida. La route qui y menait était parfaitement droite. De part et d'autre s'étalaient les plaines que lézardait l'oued Mazafran aux méandres paresseux et aux crues imprévisibles. Des enfants se pourchassaient à travers les vergers, leurs chiens à leurs trousses. À califourchon sur un âne, un vieillard remontait le sentier, le turban défait. Çà et là, des grappes de cultivateurs furetaient dans les champs. Au loin, une nuée de femmes se déversait sur les berges de la rivière, leur marmaille barbotant dans l'eau. Ma mère m'apparut sur la vitre de l'autocar. C'était l'univers qu'elle préférait. Et moi, médusé sur mon siège, je la comprenais. Si j'avais à choisir entre un clairon et un son de clocher, je n'aurais pas hésité à me ranger du côté d'une chèvre pour la regarder brouter dans un buisson, un collier tintinnabulant sous la barbiche. J'aurais donné ma fortune, mes galons et mes médailles pour un petit somme au pied d'un arbre, à l'abri de la frénésie des hommes ; mais je n'avais pour fortune que quelques pièces de monnaie et mon uniforme n'exhibait ni médailles ni galons. Assis à côté de moi, 53 souriait. Il était content.

— Tu vas voir, me rassura-t-il. C'est une école bien. Elle ne ressemble pas du tout au Mechouar. Là où nous allons, il n'y pas de murailles. Juste une clôture grillagée que n'importe qui peut escalader d'une seule enjambée. Mon frère aîné Mustapha est à Koléa depuis des années. Il m'en parle tellement que j'ai l'impression de la connaître d'un bout à l'autre. Il y a même une forêt. Je t'assure que c'est vrai. Une forêt où l'on accède directement à partir du stade de football. Et ce n'est pas interdit. Tu ne vas pas en croire tes yeux, je te dis. Rien à voir avec le Mechouar. D'ailleurs je ne pense pas qu'il puisse exister un endroit aussi affligeant qu'El Mechouar. Non, je ne pense pas, mais pas du tout. Est-ce que tu sais que j'ai failli perdre la boule, là-bas ? Purée !... C'était pas une vie.

7.

— Je suis le sergent-chef Okkacha, large d'épaules et étroit d'esprit, étanche par-derrière et vaillant par-devant. Des fils de garce me surnomment Clovis. Je suppose que c'est le blaze d'un grand salopard. Je tâcherai d'en être digne. Je commande la 4ᵉ compagnie, sans réserve et sans partage. À partir d'aujourd'hui, vous êtes sous mon autorité. Autant vous avertir tout de suite : je suis complètement *gazé*, c'est-à-dire un bidasse de la pire espèce, borné et dégueulasse, allergique au sens de l'humour et à la bonne humeur. Je suis payé pour vous faire râler, et j'adore ça. Chacun sa petite gâterie. Je n'ai pas plus d'instruction qu'un charretier, raison pour laquelle je suis contraint de solliciter mon poing pour me faire comprendre, et les deux pour ne pas avoir à me répéter. En bref, je suis une brute. Ma tête me sert à donner des coups de boule, mes mains à vous arracher la peau des fesses, et mes pieds à vous marcher dessus. Je n'ai pas demandé à être affecté ici, et puisque personne ne m'a obligé à opter pour la gourde et la gamelle, je ne discute pas les ordres. Vous ne discuterez pas les miens, non plus. La nursery de Tlemcen, Béchar et Guelma, c'est de l'histoire ancienne. Ici, personne ne vous torchera le postérieur quand vous aurez fini de déféquer, ne vous enroulera de bavette autour du cou et ne vous donnera à bouffer à la petite cuillère. Ici, c'est la terre des coriaces, sauf qu'ils portent un bât et des œillères. Ça va être dur, très dur. Vous avez remarqué qu'il n'y a pas de murailles autour de l'école. Ce n'est pas à cause d'une restriction budgétaire. Les chiffes molles et les majorettes n'ont qu'à écarter le grillage pour se tailler le plus loin possible. Elles n'ont pas intérêt à se retourner. Les restants se doivent de se tenir à carreau. Ce n'est pas un conseil, c'est un ultimatum... J'espère que j'ai été clair, net et précis. Je déteste papoter ; ça irrite ma pharyngite, et après je ne peux plus picoler comme je l'entends. Donc, assez de parlotes pour aujourd'hui. Ma devise est très simple : un coup de pied au cul vaut mille discours, une gueule bien pétée vaut mille topos. En conclusion, et puisqu'on est entre hommes, autant être franc avec vous : je suis un authentique fils de pute. La nature m'a donné une bite pour l'exercice de deux et uniques fonctions : enculer les rigolos et pisser sur leurs tuteurs. Avec moi, il n'y a pas de fils de nababs et de fils de péquenots ; il n'y a que des moutons que je tonds comme bon me semble. Me suis-je bien fait comprendre ou faut-il me *répéter* ?

Cette prise en main nous désarçonna. Nous nous

y attendions, mais nous étions loin d'imaginer qu'un chef, censé donner l'exemple en toutes circonstances, pouvait s'arroger le droit de nous parler sur un ton aussi ordurier et avec une morgue aussi hypertrophiée. Au Mechouar, on ne nous avait pas habitués à un langage de cette nature. On nous punissait avec sévérité, on nous engueulait sans, à aucun moment, permettre à l'obscénité de se joindre aux réprimandes. C'était « Je vais t'écrabouiller, petit morveux » ; « Viens un peu par ici, fumier », mais point de jurons, encore moins de crudités grossières. Le sergent-chef Okkacha paraissait fier de son vocabulaire. La vulgarité ne l'indisposait pas ; pire, elle lui allait comme un gant. C'était un balèze tassé, les bras aux genoux, le menton fendu en deux par une fossette vorace. Il avait des yeux bleus pétrifiants pardessous un front large et dégarni, un faciès de canaille que balafrait un rictus reptilien. Il devait avoir entre trente et trente-cinq ans, les poings ramassés autour d'une colère en perpétuelle gestation. Solidement campé sur ses jarrets de catcheur, on l'aurait dit taillé dans un chêne tant il donnait l'impression de pouvoir tenir tête aux ouragans. Il avait une façon terrible de considérer son entourage, comme s'il se retenait pour ne pas le dévaster. Son animosité giclait de ses prunelles et sa bouche, aussi infecte que celle d'un égout, semblait prête à déchiqueter tout ce qui s'oublierait à sa portée.

Satisfait par sa prestation de serment, il se racla la gorge et observa une minute de silence, le temps de nous laisser digérer ses inimitiés. Notre hébétude le flatta. Il avait fait mouche du premier coup ; ses sourcils se décontractèrent, son rictus se relâcha d'un cran. Il nous donna l'ordre de nous mettre au garde-à-vous, trouva qu'on ne tapait pas assez fort du talon, répéta la manœuvre une bonne dizaine de fois jusqu'à ce que le bruit de nos bottes se disciplinât autour d'un seul claquement. Ensuite, la poitrine bombée et le menton haut perché, il nous passa en revue. Il s'arrêta devant chacun d'entre nous, vérifia les plis de nos vareuses, la propreté de nos cols et l'éclat de nos chaussures. Si quelque chose dépassait, il le rajustait d'une main sèche ou le balayait d'une chiquenaude, selon la tête du client. Apparemment, il détestait les freluquets et les moches et avait pour les cheveux crépus une sainte répugnance.

Arrivé à la hauteur du petit Ghalmi, il déglutit convulsivement. Ghalmi avait onze ans et la taille d'une gerboise. Surdoué et marginal, il négligeait sa personne pour ne se consacrer qu'à sa passion : les ouvrages de la comtesse de Ségur et les chansons de Jacques Brel qu'il transcrivait sur des feuilles volantes abîmées. Il était orphelin et ne savait comment interpréter le remariage de sa mère qu'il révérait avec dévotion. Clovis le repoussa du doigt afin de le dévisager, gratta quelques éclaboussures desséchées sur les épaulettes du cadet, lui releva le menton puis le força à tendre les bras. Ghalmi avait la manie de se ronger les doigts jusqu'au sang. Il ne lui restait presque plus d'ongles et le bout de ses mains disparaissait sous

150

de minuscules lambeaux de chair grignotée à satiété.

— C'est quoi ton nom ?

— Abdelhafid Ghalmi, chef.

— Tu viens d'où ?

— De l'ENCR Tlemcen, chef.

— Tu en es sûr ?

— Oui.

— Eh bien, ce n'est pas mon avis. Moi, je pense que tu nous émerges d'un marécage. Les pattes du rongeur sont nettement moins repoussantes que les tiennes. Pourquoi t'acharnes-tu ainsi sur tes menottes, Sy Ghalmi ? Ta ration alimentaire ne te suffit pas ou bien est-ce que tu te l'es fait chiper par tes voisins de table ?

D'une secousse ferme, Clovis l'attira hors des rangs et nous le présenta, le revers des mains tourné vers nous.

— Regardez-moi ces pattes. Un manchot n'en voudrait pas – puis, s'emparant de l'oreille de l'enfant, il tira dessus à le soulever du sol. Je présume qu'à Tlemcen c'est une pratique tout à fait courante. Vous n'êtes plus à Tlemcen. Chez moi, on ne se ronge pas les ongles. Dorénavant, je veux des mains aussi propres que celles d'un masseur de hammam, manucurées avec le plus grand soin. Si jamais je prenais quelqu'un le doigt dans la bouche ou dans le nez – ce qui est encore absolument intolérable – je le lui foutrais dans le trou du cul jusqu'à ce qu'il s'y décompose.

Sur ce, il relâcha le supplicié qui réintégra le

peloton, cramoisi mais trop digne pour se tenir l'oreille meurtrie.

— Maintenant, rompez, et en silence.

La compagnie s'éparpilla dans un friselis. Par bandes inégales, les uns regagnèrent la cour, les autres se dirigèrent sur les dortoirs. Matricule 53 me rejoignit dans la chambrée où une trentaine de lits superposés, séparés par des armoires métalliques efflanquées, s'alignaient de part et d'autre de la salle. Je pris place sur mon matelas et m'effondrai sur mes genoux. Au fond, Ghalmi profitait de la pénombre pour se masser l'oreille en bougonnant. Abdelwareth essayait de le consoler ; il refusait de l'écouter.

— Il n'a pas l'air commode, l'*authentique fils de pute*, me chuchota 53 en surveillant la porte.

— Pas de gros mots, lui intima Benjeffal, un aîné qui venait régulièrement dans nos quartiers s'enquérir de son jeune frère, un petit rebelle au rire anormal.

— C'est lui qui s'est présenté ainsi.

— N'empêche, c'est pas une raison. Nous ne sommes pas dans un bordel… pardon, dans une maison close.

On pouffa autour de lui. Énervé par son lapsus, Benjeffal frappa le plancher avec un manche à balai pour rétablir le silence et poursuivit :

— C'est peut-être un voyou. Ce qu'il crache n'incombe qu'à lui. Nous sommes des garçons bien éduqués et nous nous devons de le rester. Généralement, les grandes gueules n'ont que l'envergure de leur baratin. Il y a un règlement ici.

S'il outrepasse ses prérogatives, nous nous plaindrons auprès des officiers.

Benjeffal était un garçon bien. À Tlemcen, il chapeautait la clique des élèves et passait pour un cadet exemplaire, correct dans ses relations et constant dans ses études. Son père avait été abattu sous ses yeux, lui léguant une mère amoindrie et une famille nombreuse qui crevotait de débine et d'incertitude dans une bourgade périclitante du côté de Tlemcen. Benjeffal voulait devenir officier pour prendre en charge les siens ; il s'était promis de ne pas décevoir le martyr. À quinze ans, il empruntait à ses idoles cette prestance qui le distinguerait parmi les communs des mortels, observant avec ferveur les règles des convenances et celles régissant l'exercice des responsabilités. Il était loyal, brave, solidaire et humble. Malheureusement, son âge « avancé » par rapport à celui de sa promotion sapera ses grands projets ; les honneurs qu'il brassait en classe et les mérites qu'on lui reconnaissait ne plaidèrent pas en sa faveur ; à ses dix-huit printemps, il sera orienté sur une école de sous-officiers et se fera tuer dans le Sinaï durant la guerre de 1973.

L'école de Koléa n'avait pas grand-chose à envier aux villages. Elle avait sa place pavoisée de jardins et de lampadaires, ses panneaux de réclame, sa bibliothèque, son salon de coiffure, sa salle des fêtes, son foyer, sa lingerie ; elle réunissait un maximum de commodités pour garantir le bien-être de ses résidents. Aucune commune mesure avec le Mechouar. Après le pavillon des dortoirs, aux bâtiments ensoleillés et aux squares gazonnés, s'élevait, plus bas, le pavillon des études : deux larges blocs à un étage, agréables à contempler, les fenêtres grandes et les couloirs larges et scintillants. La cour, bitumée, servait de terrain de handball lors des manifestations sportives. Le préau était immense, d'une architecture fantaisiste. Sur le flanc gauche siégeait la direction des études. En face, à l'autre bout de l'esplanade, se dressait un colossal réfectoire tapissé de baies vitrées. Derrière, un terrain de volley cohabitait avec un terrain de basket, départagés par une haie grillagée. Couverte de feuillages et de brindilles, l'eau de la piscine clapotait à l'ombre de deux plongeoirs arrogants. En contrebas s'étalait un terrain de foot conventionnel en tuf et, juste à son extrémité, commençait la forêt, belle et mystérieuse comme une expédition amazonienne.

J'étais soulagé. Débarrassé des murailles et de leurs miradors, il me semblait que je renaissais au monde. Pourtant Koléa n'était rien d'autre qu'un internat, une sorte de réserve où l'on parquait des enfants déracinés qui ne demandaient qu'à recouvrer leur liberté et les insouciances de leur âge. Peut-être avais-je renoncé à cela et, comprenant que j'avais pris un faux départ sur les chemins de la vie, je me limitais à choisir d'entre deux maux le moindre. En tous les cas, je n'étais pas chicaneur. Ma famille pouvant parfaitement se passer de moi, je me sentais en mesure de me passer de certaines choses, dont l'insouciance et la liberté. Mes concessions étaient énormes ; je n'avais pas d'autres joies à hypothéquer. J'étais bien peu de chose après tout. Nu de chair et d'esprit. La fatalité ne me prenait que ce qu'elle m'avait donné. Pareille à une prêteuse sur gages, elle forçait un tantinet sur la note et abusait de mes mauvaises passes. Je ne rechignais pas. C'était ainsi ; il fallait faire avec. J'étais convaincu que le pire était derrière – il n'y a pas pire que d'être renié après avoir été choyé. J'avais le droit de le penser. Qui tombe se redresse ; faire le mort serait stupide, se creuser un trou serait ignoble. Un jour, je m'envolerai. À l'instar de ces oisillons frileux et écorchés s'égosillant misérablement au creux de leur nid. La nature m'instruisait : les graines germent sous terre et, un matin, hop ! elles jaillissent au soleil tel un geyser. L'hiver – encore lui – ne fausse pas les splendeurs du printemps, il les recycle. Il était évident que la saison de mon enfance avait une fin, qu'à l'usure, la peine finit par se lasser de sa propre difficulté. Autrement, j'aurais choisi la voie de mon ami Haddou qui s'en est allé attendre le train au beau milieu des rails parce qu'il estimait qu'à quatorze ans il en avait assez vu. Contrairement à mon regretté compagnon, j'avais pris le train en marche et c'est tout. Sagesse ou stoïcisme, je ne cherchais ni à sauter sur le ballast ni à tirer sur la sonnette d'alarme. Il y avait un terminus quelque part ; pourquoi anticiper ? J'osais seulement espérer que le bout du tunnel débouchât sur une clairière où je puisse ne rien regretter. L'essentiel était de le croire. Mes moyens de bord étaient dérisoires ; normal, j'étais un enfant, et les enfants n'ont pas assez d'espace derrière eux pour reculer ; ils sont condamnés à avancer...

On me changea de matricule. De 129, je devins 561. Mais, à Koléa, nous avions l'avantage d'être appelés par nos noms ; c'était une première réparation. Je fus inscrit en 6e bilingue, avec Souriceau, son frère Hamid et 53, de son vrai nom Mohammed Ikhlef. Autre révolution, il y avait des femmes parmi les enseignants. À Tlemcen, nous ne disposions que d'une infirmière, mère de deux cadets, les Medjaoui. Elle avait beaucoup d'affection, mais l'offre ne pouvait satisfaire le flot diluvien de demandes. À Koléa, elles étaient une bonne dizaine de colombes à nous retrouver le matin, pimpantes et radieuses, ce qui n'était pas sans nous stimuler dans nos études. Parmi elles, deux Algériennes seulement, jeunes et coquettes. Les autres étaient françaises dans leur majorité, épouses de professeurs, flanquées d'une vieille Russe célibataire qui avait failli mourir de frayeur le jour où, dans son collège perdu du côté du Caucase, on lui avait annoncé qu'elle partait pour l'Algérie. Pour elle, notre pays, bien que situé au nord de l'Afrique, était une inextricable jungle peuplée de pygmées vénéneux et de tribus anthropophages. Elle avait eu du mal à s'imaginer en train d'*alphabétiser* de petits sauvages aux narines traversées par des osselets et aux poitrines croulantes sous des colliers à base de crocs de fauve ou de griffes de gorille. « Des semaines avant le départ, j'avais épuisé un stock de tranquillisants, nous avoua-t-elle. Je n'arrivais pas à fermer l'œil de la nuit. Le plus banal des craquements me faisait tressaillir. Je me voyais dans une hutte au cœur de la brousse, un boa lové par-dessus un tableau de fortune et des singes accrochés aux arbres. Pour une paysanne de grandes montagnes, qui n'avait jamais mis les pieds en dehors de son kolkhoze, cette expédition représentait le pire des cauchemars. » Mon professeur d'arabe était syrien. Il portait chaque jour un costume de couleur différente. Raide comme une corde, il se déplaçait avec la concentration d'un funambule, le regard fixe et la figure hermétique. Il nous ignorait superbement. Lorsqu'il lui arrivait de nous parler, nous ne le comprenions qu'à moitié ; son pédantisme dépassait l'entendement. C'était un homme aigri, probablement un réfugié politique, un intellectuel en rupture de ban qui n'avait pas trouvé, chez nous, l'âme sœur ou un cuistre de son rang. Mon professeur de français s'appelait M. Jouini, un Tunisien, que suppléait sporadiquement Mme Belkaïd, l'épouse du directeur de l'éducation, un Algérien nasillard et acerbe qui se mordait fortement la langue quand il nous corrigeait. Ses cris retentissant à travers les couloirs nous hérissaient le dos. Ceux qui avaient le malheur d'être convoqués à son bureau n'en sortaient jamais indemnes. On ne les y reverrait pas de sitôt. M. Lefèvre nous initiait aux mathématiques et à la peinture. Il était assez âgé, haut de stature et drôle. Ancien père blanc, il était marié à une Algérienne de Kabylie reconvertie au christianisme et avait une fille d'une dizaine d'années qui se prénommait Joëlle. Joëlle avait la grâce d'une biche. Les cheveux noirs suspendus dans le dos, les joues ornées de soleil levant, elle était ce clocher ivre tanguant dans nos poitrines. Nous étions tous follement amoureux d'elle. Mais notre vestale avait du béguin pour Jamal, un cadet de son âge dont la beauté éclatante nous décourageait à chaque fois qu'ils se prenaient par la main. La présence de la gent féminine allégea nos fardeaux. Grâce à elle, nous apprîmes à rêver autrement. Nous étions capables d'aimer ; c'était une deuxième réparation, et elle était de taille. En fin de semaine, nous avions quartier libre – du moins pour les « non-consignés » ; ces derniers purgeaient leur peine à l'intérieur du cantonnement, à se faisander en classe ou bien à marquer le pas au cours d'un interminable défilé disciplinaire. Les rescapés avaient trente-six heures pour se défouler. Ceux qui habitaient la région rentraient chez eux ; le reste se ruait sur les deux salles de cinéma de la ville où l'on projetait des films indiens ou des westerns spaghettis. Koléa était pittoresque et tranquille, avec sa petite casbah pudique et ses quartiers HLM tonitruants. Elle se trouvait à quelques encablures de la mer, ce qui conférait à son farniente une touche estivale inaltérable. Ses gens n'avaient pas la chaleur homérique des Oranais ; cependant, malgré leur indolence et leur accent piaillant, ils avaient du caractère et conservaient jalousement les réflexes ancestraux. Ils étaient pieux, courtois sans être tout à fait confiants ; leur hospitalité, bien que mitigée par endroits, se laissait considérer comme telle. Excellents boutiquiers, ils savaient nous vendre des broutilles et feignaient parfois de s'intéresser au plafond pour ne pas avoir à nous rendre notre petite monnaie. Les cadets de Béchar et de Tlemcen n'osaient pas la réclamer. Les cadets de Guelma cassaient la baraque pour moins que ça. Ils n'étaient pas faciles pour un sou. Ensemble, nous patrouillions à travers le marché avant d'envahir les échoppes où, pour cinquante centimes, on se régalait de galettes bédouines en sirotant un délicieux lait caillé. Nous percevions, en guise de prêt franc, dix dinars par mois. Curieusement, cela nous suffisait pour nous payer des places au Splendide, des confiseries chez un pâtissier tunisien et, avec de la chance, des sandwiches aux merguez chez Sahnoune. Moumen n'étant plus là, je m'étais fait de nouveaux copains ; un certain Belkhedir que l'on surnommait Volvo à cause de la forme grotesque de son crâne et Brahim de Youx-les-Bains, un fripon potelé certainement élevé par un contingent de mégères tant rien n'avait d'égards à ses yeux. En réalité, nous étions tous amis. S'il nous arrivait de former des groupes, c'était juste pour ne pas occasionner de bouchons. Personne n'était exclu, chacun pouvait se mêler à n'importe quelle bande et faire comme chez lui. Nous nous aimions beaucoup ; concients que notre grande famille n'avait que sa propre chaleur à opposer à l'adversité, jamais nous n'avons laissé tomber l'un d'entre nous. Nous étions quelque deux cents *bleus* à nous joindre aux quatre cents *vétérans* de Koléa. Les élèves de première et de terminale étaient presque des adultes, les joues éprouvées par le rasage quotidien, la moustache significative ; ils se tenaient éloignés de nous, menaient une vie à part et ne se laissaient pas marcher sur les pieds. Parfois, ils s'insurgeaient contre les moniteurs et en venaient aux mains avec eux. Les plus durs opéraient en groupes ; ils faisaient peur jusqu'aux officiers. On les appelait *les Vikings*. Ils boudaient les cours et, à la moindre occasion, ils fonçaient vers la forêt où personne ne jugeait prudent de les débusquer. Les autres n'avaient pas l'air commode, non plus, sauf qu'ils ne provoquaient pas trop de remous. Désinvoltes ou blasés, le cartable tordu sous l'aisselle, ils arrivaient en retard aux rassemblements, se dirigeaient nonchalamment sur les classes pendant qu'on nous secouait au pas de gymnastique et, le soir, après l'extinction des feux, ils s'accaparaient des bancs dans les jardins en se fichant éperdument des caporaux. En général, ils nous évitaient. Mais il y en avait qui, la nuit, rôdaillaient autour de nos dortoirs d'une drôle de façon, ce qui incitait nos surveillants à redoubler de vigilance.

— Qu'est-ce que tu veux ? claquait la voix du caporal.

— De quoi je me mêle ? répliquait celle du rôdeur.

— C'est interdit de traîner par ici.

— On ne peut plus se dégourdir les jambes, maintenant ?

— À d'autres ! Tu vas calter d'ici illico, sinon je te signale à la hiérarchie.

Le rôdeur grommelait un juron et n'insistait pas.

De notre côté, devinant les desseins du « prédateur », on ajoutait un cran à nos ceintures et on ne dormait que d'un œil. Le lendemain, les tentatives d'incursions nocturnes viraient aux taquineries, et nous en riions à gorge déployée.

Le premier trimestre se passa sans encombre. Nous étions conditionnés. Chacun connaissait sa place dans le puzzle, et ses limites en dehors desquelles il ne devait s'en prendre qu'à lui. Les officiers n'y allaient pas par quatre chemins. Ils chouchoutaient les sages et mataient les têtes brûlées. Le lieutenant Ouared avait une droite sournoise et persuasive ; elle fulgurait si vite qu'elle nous prenait de vitesse. On avait beau ne pas la quitter des yeux, elle nous devançait toujours. Le lieutenant Bouchiba était dur à la détente. Gros et velu, il rappelait un ours mal léché. Au début, il nous avait pris au dépourvu grâce à sa grimace aux contours de sourire qui nous faisait croire qu'il était de bonne humeur. Appâté par cette attitude, nous relâchions la garde et nous nous surprenions à sourire, à notre tour, pour l'attendrir davantage. La belle erreur ! Sa matraque, adroitement dissimulée dans son dos, pirouettait en un éclair et rebondissait au jugé sur nos épaules, sur nos têtes ou ébranlait nos gencives. La prochaine fois, c'est promis, on ne se fiera pas aux apparences. Le lieutenant Neggaz commandait le groupement élèves. Un gentleman. Il parlait français avec emphase, en lissant doctement sa bedaine. Ses diatribes étaient si bien peaufinées, enrobées de métaphores et de panache, que c'était un plaisir de l'entendre nous savonner. Quant au lieutenant Boudjemâa, maquisard de la première heure, il braillait tout le temps, pour n'importe quoi, mais ne levait jamais la main sur nous. Il avait, accrochée au bracelet de sa montre, la balle qui avait failli l'emporter au cours d'un accrochage. Il disait qu'elle le réveillait chaque fois qu'il s'apprêtait à cogner. Il avait juré de ne frapper personne. Par contre, il nous faisait ramper sur le cailloutis à nous écorcher les coudes. Lui-même, lorsqu'il reconnaissait avoir fauté vis-à-vis de quelqu'un, remplissait de pierres son sac, le jetait sur ses épaules et s'autopunissait à travers le stade de foot, en rampant et en courant comme un dingue.

Si nous avions été malheureux, nous le cachions bien. Les cadets créaient leur monde ; chacun y mettait du sien, et cela nous tenait au chaud. Les exploits des bûcheurs nous donnaient de l'entrain. Les étourderies des godichons nous divertissaient. Il n'y avait pas de cancres parmi nous. Nos profs étaient triés sur le volet, et les caporaux à cheval après nous. Bien qu'analphabètes à l'émeri, ces derniers nous aiguillonnaient pour plus d'assiduité. Ils nous gardaient durant l'« étude » du soir, veillaient à ce que nous révisions nos cours. Bien sûr, les plaisantins abusaient sans vergogne de leur ignorance. Ils montaient sur l'estrade et les traitaient de tous les noms d'oiseaux en feignant de réciter leurs leçons. Parfaits comédiens, ils joignaient d'émouvants gestes théâtraux à leurs chapelets d'insultes déguisées, faisaient semblant de perdre le fil ; en face, on leur soufflait un flot d'inepties en français qu'ils reprenaient avec gratitude avant de le déverser sur le caporal ému par tant d'application. Afin de ne pas trahir nos camarades au tableau, nous nous retranchions sous nos tables et nous nous désopilions la rate, la main sur la bouche et les yeux exorbités. Parfois, les caporaux se couvraient eux-mêmes de ridicule. À force de vouloir nous prouver qu'ils étaient instruits, ils nous ordonnaient d'ouvrir nos livres et de leur lire les passages de leur choix. Là, ils en prenaient pour leur grade. Puisqu'ils l'avaient cherché, pourquoi se gêner ? Par moments, leur intervention frôlait la mutinerie. Un soir, parce qu'il y avait le portrait d'une fille sur la couverture d'un livre de la Bibliothèque verte, un caporal piqua une crise : « Tu n'as pas honte de lire des cochonneries ? » Le cadet, « pris en faute », poussa loin le bouchon, et le malentendu avait manqué de dégénérer. Hormis ces petites escarmouches, nous nous débrouillions pour nous soutenir mutuellement. Nous étions très solidaires. Nous le sommes encore. Nous avions nos leaders, nos sages qui tranchaient net les débats lorsque des différends nous opposaient, nos griots, nos espions et nos humoristes. Ces derniers étaient époustouflants. Des clowns-nés. Longtemps après l'extinction des feux, nous continuions de nous esclaffer sous nos couvertures en revisitant les sketches qu'ils improvisaient sur place, à partir d'un rien, au nez et à la barbe des surveillants. Parmi ces prodiges, Mustapha Heus – aujourd'hui Michel, citoyen français. Ce garçon squelettique et vif, à la dentition chaotique, était un authentique *toon's*. Il sortait droit d'un film de Tex Averry. Ses gestes prolongeaient ceux de Bugs Bunny, ses mimes nous jetaient à terre ; il accompagnait tout ce qu'il disait par des crissements de frein ou des sifflements d'obus qu'il terminait par des boum ! ou des fracas catastrophiques. Avec lui, chaque nuit, on s'offrait un *cartoon*. Naturellement, nous avions nos pisse-vinaigre et nos rabat-joie ; des cadets qui trouvaient que l'endroit n'était pas indiqué pour se donner en spectacle. C'étaient, la plupart des cas, des garçons galvanisés, qui avaient hâte de brûler les étapes et de décrocher leur étoile de sous-lieutenant. Studieux, ils nous reprochaient de les déconcentrer. Comme ils étaient obtus et fins bagarreurs, ils finissaient par nous mettre au lit avant les caporaux. Je m'étais battu une fois avec l'un d'eux ; ça n'a pas été une partie de plaisir.

La fin du premier semestre fut marquée par un événement tragique. Le matin, l'agitation autour du bloc administratif attira notre attention. Les moniteurs avaient grise mine. Certains se tenaient la tête à deux mains. En classe, les professeurs paraissaient troublés. Petit à petit, la rumeur parvint jusqu'à nous, précautionneusement : quelque chose de terrible s'était produit à l'école de Tlemcen. Un autocar, transportant une cinquantaine de cadets de retour d'une excursion, était tombé dans un ravin. On déplorait dix-sept morts, brûlés vifs, et un grand nombre de blessés. Le lieutenant Ouared me certifia que les membres de ma famille ne figuraient sur aucune liste. Pourtant, au rassemblement de midi, sans savoir pourquoi, j'éclatai en sanglots. Le même soir, j'appris que mon cousin Kader et mon frère Houari étaient du voyage, que le premier souffrait d'un traumatisme crânien et que le second avait eu la figure brûlée.

J'étais un cadet quelconque. Çà et là, une bonne action me valait une récompense ; une peccadille me privait de sortie. Je ne brillais pas par mon habileté ; je ne brillais pas par mon absence, non plus. J'avais Ikhlef pour me tenir compagnie ; je n'en espérais pas autant. Nous nous entendions bien, tous les deux. Nous étions voisins de table, de pupitre et de chambre. Il me trouvait sympathique, je le trouvais formidable. Il me chipait mes casse-croûte ; comme je l'aimais beaucoup, je m'interdisais de le soupçonner. Je les enfouissais dans des oubliettes impensables, pourtant. Au retour, je ne pouvais que constater les dégâts. Ikhlef compatissait. Il était si navré pour moi que je me dépêchais de le consoler. Son petit manège s'était poursuivi jusqu'au jour où, à bout, j'avais décidé d'abandonner mes croûtons au réfectoire. Je n'étais pas l'idiot du village ; j'étais quelqu'un qui se cherchait, qui n'accordait d'importance qu'à ce qui le méritait. Cela me distrayait, me faisait passer pour un naïf. Ce n'était pas grave, du moment que ce n'était pas vrai. Puis, un soir, le sergent-chef Okkacha surprit le petit frère de Benjeffal en train de faire le pitre dans le dortoir. La raclée qu'il lui administra outrepassait le supportable ; les coups du sous-officier étaient vicieux, cruels. Le gamin en souffrait tellement qu'il m'avait supplié de lui venir en aide. Je m'étais jeté sur lui pour le protéger. Clovis n'en revenait pas. S'estimant humilié, il m'emmena dans un débarras, ferma la porte à double tour et retroussa ses manches :

— Je vais te crever, avorton. Ta salope de mère ne te reconnaîtrait pas.

Son regard me tétanisait ; mon ventre menaçait de me lâcher.

— Mets-toi au garde-à-vous, fils de chienne.

Je m'exécutai, fou de terreur. Sa première gifle m'envoya au tapis.

— Tiens-toi droit, asticot de merde.

Sa deuxième gifle me renvoya valdinguer.

— Tu es soûl ou quoi ? Tiens-toi droit, rica-nait-il.

À partir de la dixième gifle, je ne savais plus où j'en étais. Je chancelais d'un mur à un autre, ne percevais ni les grossièretés du sous-officier ni les claques sur mes joues. Je me rappelle vague-ment que je n'arrivais pas à retrouver le chemin de la chambrée, que j'aurais erré toute la nuit si Ikhlef n'était pas venu me récupérer… Deux jours après, mon père, en mission à Alger, effectua un saut à Koléa. Les traces zébrant ma figure l'avaient choqué. Il demanda à voir le bourreau de son reje-ton. Okkacha rappliqua au pas de course. À la vue de mon père, il devint rouge comme une pivoine. Clovis le Terrible était à deux contractions de souiller son caleçon. Mon père s'était contenté de le toiser. Il ne lui avait rien dit. Ce n'était pas nécessaire. La trouille du sergent-chef, son profil bas suffisaient. Sur-le-champ, j'avais cessé de le craindre. Je le méprisais. Il n'était rien d'autre, à mes yeux, qu'un croque-mitaine de pacotille doublé d'une grande gueule, un pauvre minable qui faisait peur à des enfants sans défense. Le soir, en me brossant les dents face à une glace, les traînées brunâtres sur mon visage n'évoquèrent plus, pour moi, la tunique des bagnards ; au contraire, elles me rappelaient le visage peinturluré des Sioux sur les sentiers de la guerre. D'un coup, je cassai en deux ma brosse comme on brise un calumet. Je n'avais pas de hache à déterrer, et ce ne fut pas un empêchement. Dès le lendemain, je devins un irréductible garnement.

8.

J'ai toujours refusé la violence. C'est une voie insensée, la voie des perditions. En revanche, j'opposai un farouche rejet à toutes les formes d'oppression. J'étais devenu un rebelle. Un rebelle éclairé. Je savais faire la part des choses, reconnaître le bon grain de l'ivraie. Il n'était pas question pour moi de me tromper d'ennemis. J'étais indulgent avec les cadets ; avec les moniteurs, c'était la guerre sans merci. Qu'un doigt me menace, qu'un sourcil me surplombe, et je me décomprimais aussi sec qu'un ressort. Impossible, après, de me calmer. Clovis en personne ne parvenait pas à soutenir mon regard. Je le bravais ouvertement, les dents en avant. Il crevait d'envie de me rabattre le caquet ; à l'usure, il laissa tomber. Il comprenait qu'il était le responsable de ma mutation ; mes agissements étaient clairs, mes motivations aussi. Je le dégoûtais. Il voyait bien que j'essayais, par tous les moyens, de le provoquer, de le démythifier, de saquer son despotisme en faisant l'intéressant dans les rangs ; chaque fois qu'il rugissait après les autres, il tentait surtout de m'atteindre, moi. Les cadets n'étaient pas dupes, et Clovis ne l'ignorait pas. Par moments, il amorçait une attaque frontale ; je retroussais les lèvres sur un rictus de carnassier et le défiais. Je n'étais pas plus haut qu'une asperge, ni plus consistant ; pourtant je me sentais capable de le mortifier ; il n'était qu'un géant aux pieds d'argile. Il pouvait se permettre de m'enfermer à nouveau dans un débarras, remonter ses manches et débiter ses obscénités ; de là à me gifler, c'était une autre paire de manches. Un caporal l'apprit à ses dépens. Au sortir du réfectoire, il avait trouvé une orange dans ma poche. Je comptais la manger plus tard. Il me l'avait confisquée et écrasée sous sa godasse. « Pauvre type ! » lui avais-je dit. Il m'avait cogné. Ma réaction fut telle qu'il avait fallu une section pour me retenir. Une bourrasque n'aurait pas occasionné un sinistre pareil : le réfectoire était sens dessus dessous ; les tables et les bancs renversés, les vitres éclatées, le parterre jonché de bris de carafons ; j'avais sombré dans la folie. À mon réveil, je m'étais retrouvé à l'infirmerie, les bras et la figure tailladés, le médecin – une Bulgare – abasourdi à mon chevet. « Qu'est-ce qui t'a pris, mon enfant ? Pourquoi tu t'es mis dans cet état ? » Je ne lui avais rien dit. Le soir, méconnaissable d'inquiétude, le caporal était venu me présenter ses excuses. En repartant, je l'avais entendu confier à l'infirmier : « Ce garçon n'est pas normal »… Mon comportement fut jugé inadmissible par la direction. Je fus mis aux arrêts, dans la prison de l'école. J'avais treize ans. Et déjà *un homme*.

Parallèlement à mes comportements renfrognés, je me découvrais d'insoupçonnables aptitudes, positives celles-là. Je n'étais pas un délinquant, comme aimaient à me le répéter les officiers. Une tête brûlée, peut-être, mais je n'étais pas mauvais. Je ne trichais pas, ne médisais de personne, ne mentais jamais. Je refusais de me plier et ne tolérais pas d'être méprisé par un adulte. Pour prouver que j'étais capable de briller autrement que par mon insubordination caractérisée et mon « sale caractère », je lisais. Je prenais un livre et m'isolais dans un coin. Pour mes antagonistes, c'était la trêve. Petit à petit, je me tournai vers les activités culturelles et sportives. Je décrochai ma place de titulaire dans l'équipe de football des minimes. Notre entraîneur El Hayani – une ancienne gloire du ring, qui avait roulé sa bosse en Europe pendant la guerre et qui, plus tard, conduira l'équipe nationale de boxe aux jeux Olympiques de Los Angeles d'où il reviendra avec deux médailles de bronze – me considérait comme l'un de ses meilleurs joueurs. J'avais le dribble hardi, des retournés somptueux ; on ne tarda pas à me surnommer Pons, en comparaison avec un buteur mythique, de son vrai nom Reguieg, qui faisait le bonheur de l'ASM d'Oran, à l'époque. « Il n'y a que le stade pour te civiliser », me disait le lieutenant Ouared. J'étais excellent en athlétisme aussi, imbattable aux 100 et aux 800 mètres. Par intermittence, je gardais les buts de l'équipe de handball. Mes parades soulevaient des clameurs tonitruantes dans les gradins. Je fis même l'objet d'une présélection au profit de l'équipe nationale, mais l'école avait émis un refus catégorique. Par ailleurs, je dansais et chantais à merveille. J'entrais en transe dès que retentissait la voix de James Brown ou celle d'Otis Redding. Le sergent-chef Tidjani – notre professeur de musique – m'entendit, un jour, imiter Faïrouz, une cantatrice libanaise. Il fut subjugué et me supplia presque de me joindre à sa troupe de chorale. Sa section n'était pas bien vue par les cadets. Pour nous, c'était la cage aux folles. Des rumeurs déconcertantes circulaient à propos de son staff, d'attouchements louches et d'influences malsaines. Bien sûr, c'était par jalousie. Je n'en pris conscience qu'une fois enrôlé de force. Comme j'étais un piètre instrumentiste, je chantais. Parfois en solo. J'avais une voix polyvalente, qui sautait de Fahad Balen à Najett Es-Saghira avec une aisance et une volupté stupéfiantes. À Alger, dans la prestigieuse salle Atlas où notre troupe se produisit à l'occasion d'une fête historique, la salle m'avait applaudi durant plus de trois minutes. Effarouché, je m'étais refugié derrière le rideau. Le sergent-chef Tidjani avait remué ciel et terre pour que je retourne sur les feux de la rampe, sans succès. Puis, il y eut cet incident qui, en réalité, n'en était pas un. Le centre militaire de Douaouda attendait la visite du président Boumediene. L'équipe de football de l'ENCR Koléa et notre troupe musicale étaient conviées à la cérémonie d'inauguration. Le festin trônait au beau milieu d'un jardin. Les convives et nos footballeurs se prélassaient autour des tables en fleurs. En face, sur une estrade enguirlandée de palmes et de fanions, notre troupe musicale. Nous pépiions des *mouachahate* tandis que les autres s'empiffraient. J'étais hors de moi. Le plus grave est que, installé confortablement entre deux légendaires sommités, Ikhlef, corrosif à fissurer les gencives, dégustait un sorbet pharaonique en me mitraillant de grimaces assassines. Ses pantomimes me disaient : « C'est ça, crétin, chante donc, chante que je me régale. » C'était trop. J'avais quitté l'estrade en m'arrachant les cheveux. Plus jamais je n'y remettrai les pieds.

En classe, je ne ramais pas large. À part ma passion chimérique pour la littérature, je traînais loin derrière mes camarades. En 6e, mes notes de français n'excédaient guère les 8/20. Pourtant, au cours d'un devoir surveillé de fin d'année, notre professeur nous autorisa à prendre notre temps pour peaufiner notre rédaction. Le sujet attendait de nous de décrire un souk. Je m'étais rendu au marché de Koléa pour m'en inspirer. Résultat : 0 sur 20. Le professeur refusa de croire que j'étais en mesure d'écrire un tel papier. « Tu as copié ! Ça pue Mouloud Feraoun. » Mes protestations n'y changèrent rien. Au lieu de profiter pleinement de mes vacances d'été, je m'étais retrouvé dans un centre de colonie, à Chenoua-Plage, pour un long cours de rattrapage. J'avais fait contre mauvaise fortune bon cœur sans être interpellé par cette

« anomalie ». En 5ᵉ, M. Davis, un goliath placide et doux, gardait régulièrement mes copies avec les trois rédactions les plus intéressantes. Il rendait la 16 à qui de droit, la 15 à son dauphin, ensuite, électrisé par mon travail, il le commentait avec de grands gestes. À ces moments, je croyais avoir décroché le gros lot et piaffais d'impatience de pousser enfin un cri de triomphe. « Vous avez une imagination extraordinaire, monsieur Moulessehoul. Mais votre français laisse à désirer, et c'est dommage… 8 sur 20. » Quelle déception ! Je n'eus pas un seul tableau d'honneur. Ma moyenne était chancelante. Passable en histoire-géo, « peut mieux faire » en français, « inconstant » en sciences, archi-nul en géométrie. Souvent, agacé par mon raisonnement, mon professeur de mathématiques ne daignait même pas me noter ; il inscrivait, au stylo rouge, un énorme « Imbécile », qui traversait d'un bout à l'autre ma copie, et c'est tout. En revanche, je cartonnais en arabe. Je récoltais les 17/20 à la pelle, et pestais quand quelqu'un d'autre décrochait un 17,5. Mon professeur, M. Hammouche, me notait honnêtement, sans, toutefois, apprécier ma façon de voir les choses ; il me trouvait un goût prononcé pour le sordide. Par exemple, si la campagne était traditionnellement synonyme d'air sain et de gazouillis, de paysages ensorceleurs, de paysans vous tendant, d'un geste sublime, un bol de lait caillé accompagné d'une superbe tranche de pain d'orge, ce n'était pas forcément ce que l'on retrouvait sur mes copies. À l'invitation de décrire un village juché au haut de la montagne, ma dissertation commençait ainsi : « *Pour rejoindre le douar, nul besoin de lever la tête et chercher vos coordonnées. Les mouches sont là pour vous escorter et les puanteurs, en s'intensifiant, attestent que vous êtes sur la bonne voie. C'est donc assommé par les bourdonnements et les exhalaisons que je débouche sur la bourgade, une immense fondrière éclatée en taudis lépreux et en flaques d'eaux croupissantes. Le regard aussi vide que la main, les paysans se décomposent au pied des murs et ne vous voient même pas passer. Au douar, si l'on ne fait pas attention à vous, cela ne vous empêche pas de faire attention à où mettre les pieds. Les excréments de mioches et les bouses de vache minent les accès, et malheur aux distraits. Là-bas, un coq dont on a cloué le bec pourrit au soleil ; plus loin, certainement foudroyé par une fronde, un chien famélique traîne la patte en gémissant...* », etc. Bien sûr, M. Hammouche fulminait à chaque virgule. Il lisait mon « chef-d'œuvre » à mes camarades, la bouche salivante, outré de constater que les douches que je prenais deux fois par semaine ne parvenaient pas à me purifier les idées. Mes camarades ricanaient sous cape, amusés par mes descriptions. À la fin, le professeur me jetait la double feuille sur la figure et déclarait : « Ce n'est pas parce que tu es venu au monde dans un égout que tu dois croire que la planète entière lui ressemble. » La note était correcte, les ires ne me dérangeaient pas. C'était *ma façon de voir les choses* ; je ne cherchais pas à contrarier pour émerger, ni à faire bisquer qui que ce soit. Je prenais aussi un malin plaisir à farcir mon texte d'adages personnels que j'adjugeais volontiers à d'illustres poètes. Des fois, on n'y prêtait pas attention ; des fois, l'énormité sautait d'elle-même aux yeux. Un jour, intrigué par un *hadith* discutable, M. Hammouche me demanda d'où je détenais une citation aussi sotte que – ô blasphème ! – j'osais attribuer au prophète Mohammed. Sans vergogne aucune, je lui avouais que le Mohammed en question, c'était moi. La suite accordée à ce sacrilège se passe de commentaire. Par ailleurs, je m'exerçais ardemment à la poésie. Le soir, pendant l'« étude » surveillée, j'ouvrais mon cahier à boudin et me noyais dans des vers torrentiels qui me retenaient en classe longtemps après le départ de mes camarades. Influencé par les chantres abbassides, je m'ingéniais à ériger de monumentales *qacida* à la gloire de la Beauté, de la Femme et de l'Amour, berçant d'illusions un gamin à qui rien de cela ne réussissait. À ma grande stupeur, mes professeurs de littérature arabe entraient dans une colère aussi noire qu'inexplicable, froissaient mes feuillets d'une main offensée et les balançaient dans le panier à ordures : « C'est la place qu'ils méritent, petit prétentieux. Ahmed Chawki doit ruer dans sa tombe à cause du toupet avec lequel tu torpilles l'insigne langue d'El Akkad. Occupe-toi plutôt de ta grammaire au lieu de nous gâcher notre temps et nos humeurs avec tes gribouillages d'attardé. » Refusant de baisser les bras, je reprenais mes sens et repartais de plus belle ; hélas ! mon lyrisme ver-

veux continua de se déchiqueter contre l'entêtement de M. Hammouche à comparer systématique-
ment la tirade balbutiante d'un élève de quatorze
ans avec le génie incommensurable d'El Mouta-
nabbi. À l'usure, convaincu de ne rencontrer
auprès de mon professeur d'arabe que mépris et
humiliation, je me mis à écouter, avec un intérêt
grandissant, les conseils de M. Davis. En marge
de la médiocrité dans laquelle il situait mes potentialités en français, il me certifiait que, avec de la
discipline et de la sobriété, mon imagination pourrait se découvrir du talent. Il m'expliquait
comment gérer une idée, la disposer dans un texte,
comment sarcler autour d'elle pour la mettre en
exergue, comment avec des mots simples et judi-
cieux on atteindrait la « perfection ». À titre illus-
tratif, il me citait *L'Étranger* d'Albert Camus ou
Le Vieil Homme et la Mer d'Ernest Hemingway.
Sa patience et sa prévenance me conquirent. Lentement, sans m'en apercevoir, je changeais de cap.
Aussi bizarre que cela puisse paraître, plus j'amé-
liorais mon français, moins je cartonnais en arabe.
À la fin de l'année, contre toute attente, j'eus, pour
la première fois, un 12 chez M. Davis.

En 4ᵉ, nous eûmes pour professeur de français
un Algérien d'El Asnam, un certain Kouadri ; un
formidable pédagogue dont les cours en apothéose
transformaient la classe en salle des fêtes. Il adorait Mouloud Feraoun pour sa modestie et avait
pour Malek Haddad une passion excessive. Il était
très proche de ses élèves, les taquinait et les aimait.
Lorsqu'une réponse sonnait faux, il l'attrapait au

vol, ouvrait la fenêtre et la jetait dehors, puis il retournait sur l'estrade en s'en lavant les mains. Il était généreux avec les « faibles de bonne volonté » et se payait gentiment la tronche des « illuminés ». Dès qu'une phrase fleurait bon la métaphore tirée par les cheveux, il faisait le geste de nous écarter des deux mains pour affronter le « génie ». C'est ainsi qu'il m'accula à maintes reprises car, découvrant la magnificence de la langue française, je me prenais pour Aragon. « Cher monsieur Moulessehoul, me disait-il, si ton *phrasage* était aussi crédible que ton *rafistolage*, ton talent ferait ravage au cercle des dormants. Mais, vois-tu, la littérature a horreur du bricolage et ce n'est pas en chipant par-là une phrase de maître et en empruntant par-ci un mot à M. Larousse que l'on devient Kateb Yacine. » Il me soupçonnait de butiner dans les livres de quoi féconder mes textes. Ce n'était pas tout à fait faux, ni tout à fait vrai. Il m'arrivait de m'inspirer d'un ouvrage sans y plagier quoi que ce soit et je n'hésitais pas à fabriquer des phrases à partir de vocables zélés relevés au hasard de mes lectures. M. Kouadri ne m'en voulait pas ; il m'encourageait seulement à plus de tempérance. Il m'expliquait que les mots ne sont que de vulgaires courtisans au service de la pensée, que l'*Idée* est une reine qu'il faut saluer avec autant d'obséquiosité et d'humilité, que si je voulais devenir romancier, il me faudrait d'abord être moi-même, c'est-à-dire ne pas chercher chez les autres ce qui est censé venir de moi ; bref, que l'écrivain, c'est, avant tout, une question d'intégrité. Lui-même, pour nous faire prendre conscience de la beauté des choses ordinaires, après nous avoir rendu nos copies, nous invitait à prendre une feuille et un stylo et nous dictait sa propre façon de traiter un sujet de dissertation. C'était renversant ; ses mots pirouettaient dans la classe comme des étincelles, son humour et la précision de ses portraits étaient d'une succulence absolue. Cet homme, s'il avait écrit, j'aurais vénéré ses livres. Grâce à ses orientations, je caracolais allégrement parmi ses meilleurs élèves, accueillant les 16 et 17 avec fatuité ; je venais d'opter définitivement pour ma langue d'écrivain. Pourtant, malgré mes prouesses, je traînais loin derrière le jeune Kamel Ouguenouni, sans conteste un véritable Rimbaud en herbe. Ses textes émerveillaient l'école entière ; les professeurs des autres classes le citaient en exemple et les officiers de l'encadrement étaient fiers de lui, ce qui me rendait jaloux à lier. Je me mis à le surveiller de très près, fouinant dans le dictionnaire pour lui en mettre plein la vue, lisant ses livres préférés comme si ses lectures à elles seules justifiaient son habileté. Je m'aperçus qu'il était doué, que son succès reposait exclusivement sur son intelligence. Je décidai de devenir intelligent, moi aussi. Un ami me conseilla alors de sucer les allumettes afin de fortifier ma matière grise. La suggestion me paraissait saugrenue, mais l'ami en question était sérieux et jurait avoir prélevé l'astuce dans un roman de San Antonio. Pour moi, la parole d'un romancier valait n'importe quelle chandelle. Je fonçai au foyer, achetai une demi-douzaine de boîtes d'allumettes et me mis sur-le-champ au régime au soufre. Cette cure dura plus d'une année avant que Ghalmi me signale que Frédéric Dard était un sacré farceur et que croire à ses plaisanteries était la preuve qu'on n'avait pas plus de cervelle qu'une tête d'épingle. Il m'avait fallu longtemps pour admettre que la recommandation d'un maître de l'envergure de San Antonio puisse être erronée.

Les cadets étaient de grands lecteurs. Dans les deux langues. Ils connaissaient aussi bien Abderrahman El Kawakibi que Maxime Gorki, Mark Twain ou Colette, et lisaient, avec la même boulimie, tout ce qui leur tombait entre les mains, de la Bibliothèque verte aux ouvrages classiques. La lecture était notre principale forme d'évasion. Elle nous parlait du monde qui nous faisait défaut, de gens auxquels nous aurions aimé nous identifier, de contrées lointaines et de civilisations ; nous racontait les guerres, les drames et les aberrations d'une humanité en perpétuelle remise en question ; nous expliquait les mécanismes des gloires et des décadences ; nous apprenait à mieux considérer les êtres et les événements sur lesquels une école comme la nôtre n'était pas obligée de s'arrêter. Nous avions soif d'apprendre, soif de vivre et d'exister, non pas en tant que matricules, mais en tant qu'individus, avec ce que cela comporte comme états d'âme, aspirations, volonté d'être différents, de s'habiller différent, de marcher différent au lieu de marcher au pas, de porter le même uniforme et la même croix sans avoir la possibilité d'examiner notre situation ou de trancher là-dessus. Lire représentait, pour nous, la négation du fait accompli ; c'était défoncer les barrières qui nous séparaient des autres, qui nous enclavaient ; réduire en pièces la camisole de force qui nous immobilisait en nous retenant loin des choses simples et ordinaires de la vie. Par-delà le besoin impérieux de communiquer avec l'*extérieur*, d'essayer de ressembler à tous les enfants de la planète, nos lectures se voulaient aussi une manière claire de prouver que, malgré notre *exil*, nous étions capables de comprendre et de rêver la terre des hommes. Au fur et à mesure que nos connaissances se développaient, nous nous mîmes à vouloir aller le plus loin possible dans nos recherches si bien que, presque à notre insu, la lecture se mua en compétition acharnée aux rivalités féroces et aux exploits phénoménaux. C'était à celui qui lisait le plus d'ouvrages en une semaine, parcourait le plus imposant des pavés, recensait le plus d'axiomes. Les plus performants en la matière suscitaient autant d'admiration que nos meilleurs footballeurs et mathématiciens. Nous avions, chacun, un petit carnet à ressort sur lequel nous notions les références des ouvrages lus. Nous le tenions à jour comme un fichier, dûment répertoriés. À l'époque, mes livres préférés étaient la série des *Six Compagnons* que nous proposait Paul-Jacques Bonzon à la Bibliothèque verte. J'en raffolais au point où, à mon tour, je me mis à écrire les aventures des *Sept Inséparables* où l'on retrouvait, quasiment calqués, les personnages de mon auteur fétiche, ainsi que leur chien. Sur la couverture de mes cahiers, je dessinais mes héros aux prises avec des ombres menaçantes, inscrivais par-dessus, en gros caractères, mes nom et prénom et le titre du texte que je soulignais en rouge, puis, en bas, avec un crayon de couleur gras, je mentionnais Bibliothèque bleue en guise de collection. J'étais très fier de mes ouvrages. Au bout de quelques épisodes, je conquis un certain lectorat. Mon tout premier *fan* s'appelait Abdallah Sebbouh, un costaud de quatorze ans, originaire de Ghazaouet. Fils de *chahid*, il faisait régulièrement l'objet d'agressions de la part d'une bande de galopins que manipulait le neveu d'une figure emblématique de la révolution algérienne. Elle regroupait une bonne quarantaine de cadets originaires du même patelin qui se réunissaient spontanément après les heures de classe pour donner du fil à retordre aux moniteurs. Le chef était adulé, voire idolâtré. Ses suggestions étaient des sommations, et ses ordres des sentences sans appel. Il détestait les brebis galeuses et les réticents et leur menait une guerre sans répit. Sebbouh était de ceux-là. Il préférait les études aux quatre cents coups. Parce qu'il avait refusé d'entrer dans les rangs de la tribu et de faire allégeance au *gourou*, il était persécuté de jour et de nuit et ne devait son salut qu'à de longues retraites au fond de la forêt. Et là, il lisait. Comme un forcené. Son carnet était rempli de noms d'auteurs et de titres. Un jour, en le feuilletant, j'étais tombé sur mon patronyme. Je n'en crus pas mes yeux. C'était trop d'honneur ; cela m'avait beaucoup ému. Sebbouh me confia alors qu'il avait pour mes écrits le plus grand respect, qu'il s'intéressait à moi depuis El Mechouar et qu'il était absolument persuadé que j'étais un écrivain-né. Ce garçon sera *le seul* cadet à m'encourager et à me soutenir jusqu'au bout ; d'autres, sceptiques ou guoguenards, apprendront à reconnaître mes mérites au fur et à mesure que je m'affermissais. Sebbouh n'avait pas attendu de confirmation, n'avait pas hésité une seconde.

Pour mes vingt-deux ans, j'ai trouvé dans mes rangers, en guise de cadeau d'anniversaire, deux paquets de cigarettes, un briquet et une carte de vœux sur laquelle, en exergue, ces mots qu'écrivit Pétrus Borel dans la revue *L'Artiste* en 1845 : « *Il naîtra, tôt au tard, bientôt peut-être, grand, beau et fort, ce poète issu de la fusion de deux génies, du croisement de deux nobles races, du mélange généreux de l'Arabe et du Franc.* » Au bas de la carte, on avait ajouté, à mon attention, « ce poète, c'est toi ». Signé : Sebbouh. C'était le premier et l'un des deux plus beaux cadeaux d'anniversaire qu'on m'ait faits.

Sa foi en ma vocation littéraire était inébranlable. Les obstacles qui jalonnèrent mon parcours de romancier furent incalculables ; les hostilités et les incompatibilités, multiples ; pourtant, chaque fois que je flanchais, Sebbouh surgissait je ne savais d'où pour me relever. En ange gardien ; il me défendait, ne jurait que par mon talent. À aucun moment, il n'a douté ; à aucun moment il ne m'a perdu de vue. Il recueillait mes réflexions et mes tirades, les enregistrait sur les pages blanches des livres et les collait de façon à les préserver des indiscrétions pour, me promettait-il, ne les ouvrir que le jour où je serais ce monstre sacré de la littérature qu'il *voyait* nettement.

Devenus officiers, nous sommes partis, chacun de son côté. Il avait embrassé une carrière dans les paras-commandos ; je ballottais d'un désert à un autre ; nos chemins s'évitaient, mais il s'arrangeait pour avoir de mes nouvelles et suivait de très près mes tribulations de faiseur de vers dans un univers de bottes et d'engins blindés. À la parution de mon premier recueil de nouvelles[1], m'a-t-on raconté, il avait organisé chez lui une petite fête. Il était fou de joie. Il était fier de moi et collationnait tous les rapports de lecture que la presse me consacrait. Je lui dédierai *El Kahira*[2].

Le livre qui nous avait le plus touchés était, sans conteste, *Allons z'enfants*, d'Yves Gibeau. D'autres avaient compté pour nous, tels *Les Hauts Murs*, d'Auguste Le Breton ; *La Fabrique des officiers*, de H. H. Kirst ; *La Vingt-Cinquième Heure*, de Virgil Gheorghiu ; *L'Officier sans nom*, de Guy des Cars, mais aucun ouvrage n'égalait, à nos yeux, *Allons z'enfants*. Tous les cadets l'avaient dévoré et en avaient fait leur livre de chevet. Certains avaient appris par cœur des chapitres en entier. C'était *notre* histoire qu'il racontait. Nous n'avions aucune peine à nous reconnaître en tel ou

1. *Houria*, éditions Enal, Alger.
2. Éditions Enal, grand prix de la ville d'Oran.

tel personnage ; les déboires du héros, nous les subissions tous les jours, à la virgule près. Mes camarades me disaient que le jour où j'écrirais l'*Allons z'enfants* des ENCR, nos souffrances auraient enfin un sens. Aujourd'hui, en pleine guerre intégriste, les anciens cadets s'en souviennent, réalisent la prémonition de sa fin tragique puisque nombre d'entre nous, *orphelins de la guerre de libération*, seront tués, les uns assassinés sur les routes ou dans les rues, les autres foudroyés dans les maquis infestés de lycanthropes, vouant ainsi à l'ironie du sort leurs propres orphelins.

Il y avait aussi un autre roman qui m'avait marqué ; *Le Quarante et Unième*. Je n'ai pas retenu le nom de l'auteur, mais le récit demeure vivace dans ma mémoire. Il s'agissait de l'histoire amphigourique d'une idylle autour d'une combattante russe et un prisonnier ennemi qu'elle sera amenée, vers la fin, à liquider comme elle avait abattu quarante autres hommes avant lui. Je n'oublierai jamais ce coup de feu qui m'ébranla de la tête aux pieds en fracassant le crâne du prisonnier, ni la chute de ce dernier dont l'œil, délogé par la balle, pendouillait sur sa joue. L'horreur de la scène hantera longtemps mes nuits. J'étais tellement traumatisé par les atrocités des romans occidentaux que je m'étais rabattu sur la littérature arabe, beaucoup plus pudique et subtile ; défilèrent ainsi Tewfik El Hakim, Maarouf Ar-Roussafi, Youcef As-Soubaï, Hafed Ibrahim, Najib Mahfoud, Georges Zidane, la belle Mea Ziada, Réda Houhou, Al Khalifa et bien d'autres géants. La plupart de leurs œuvres m'échappaient ; je n'étais pas assez armé pour les assimiler ; cependant, *Chajarat el Bouê's (L'Arbre de misère)* et *Les Jours* de Taha Hussein me sidérèrent ; je pris pleinement conscience de la dimension véritable des écrivains. Ils n'appartenaient pas au commun des mortels. Pour moi, c'étaient des prophètes, des visionnaires ; les sauveurs de l'espèce humaine. Il m'était très difficile de concevoir l'existence sans eux. Force originelle des hommes ; ils n'interprétaient pas le monde, ils l'*humanisaient*. Plus que jamais, je voulais être des leurs, apporter aux autres ce qu'ils m'apportaient ; devenir un phare bravant les opacités de l'égarement et de la dérive. Je rompis avec mes *Sept Inséparables* pour me consacrer aux classiques de la littérature universelle. Avec Ghalmi, nous passions le plus clair de notre temps à remuer de fond en comble la bibliothèque de l'école. Nous lisions ensemble les ouvrages. Ghalmi était un phénomène. Terré au fond de la classe, il était le dernier à ouvrir son cartable et le premier à ranger ses affaires quand retentissait la cloche de la récré. Une fois dans la cour, il tournait en rond en digérant ses pensées. Les études l'indifféraient ; il ne révisait pas ses cours. La veille des examens, pendant que nous retenions nos ventres, il bayait aux corneilles ; cela ne l'empêchait pas d'obtenir, haut la main et sans se forcer, les notes les plus élogieuses. Il était surdoué et attendait d'atteindre sa majorité pour divorcer d'avec l'institution militaire et rejoindre la troupe théâtrale de Kateb Yacine, qu'il déifiait. J'étais son aîné de deux ans. Hormis cette longueur d'avance, il me dépassait partout. Il était très en avance sur moi. Bien qu'il se défendît d'être mon guide spirituel, je le considérais comme tel. Ce n'était pas par mégarde si la Providence l'avait mis sur mon chemin. Il m'a fait aimer Jacques Brel, Bob Dylan, Sacco et Vanzetti, Nazim Hikmet, Martin Luther King et Abou El-Kacem Ech-Chabbi après m'avoir expliqué ce qu'ils représentaient, la noblesse de leur engagement, pourquoi ils *devaient* me toucher au plus profond de mon être. Nous disposions de la bibliothèque comme bon nous semblait. Personne ne nous dérangeait ; bien au contraire on nous en félicitait. C'était Ghalmi qui me prescrivait les titres à lire : *Crime et Châtiment*, de Dostoïevski, *Et l'acier fut trempé*, de Nicolaï Ostrovski, *La Mère*, de Gorki, *Le Proscrit*, de Jules Vallès, les œuvres de Gibrane K. Gibrane (dans les deux langues), Albert Camus, Malek Haddad, Driss Chraïbi que nous adorions, Mouloud Mammeri, Jean Giono, Thomas Mann avant de tomber littéralement en syncope devant celui qui deviendra mon idole, John Steinbeck. Après chaque lecture, je traversais un moment extatique, comme si je ruminais une nourriture céleste. J'étais dans les nuages. À mon tour, je me préparais à accoucher d'un texte. La plume érigée, l'éjaculation précoce, le besoin d'écrire levait en moi tel un orgasme incoercible. Qu'une feuille vierge se déshabillât sous mes yeux, et plus rien ne me dissuadait de la posséder. D'un coup, la majuscule se soulevait dans un ressac fougueux, la virgule s'improvisait en caresse, le point en baiser ; mes phrases s'enlaçaient dans des ébats houleux tandis que l'encre transpirait sur les volutes de ma muse. Haletant, tremblant, ne sachant de qui tenir, de l'ange ou du démon, à chaque page que je tournais, je faisais un enfant.

J'étais justement en train de peaufiner un poème, seul sous le préau, quand des ombres voilèrent mon cahier. En redressant la tête, je découvris un grand homme arborant une forte moustache rousse, le sourire pensif et le regard grave. À côté de lui se tenaient une sorte d'armoire à glace qui paraissait surgir de son costume et le lieutenant Neggaz, commandant le groupement élèves. Je me levai promptement et me mis au garde-à-vous. Le grand homme hocha la tête, s'attarda un instant sur mes brodequins passablement cirés puis revint fouiner dans mes yeux comme s'il cherchait à lire dans mes pensées. Son bras décrivit un vague mouvement circulaire :

— La cour est déserte, me dit-il. Pourquoi n'êtes-vous pas avec vos camarades ?

— C'est notre poète, lui expliqua le lieutenant Neggaz d'une voix contractée. Il aime s'isoler pour écrire.

Le grand homme souleva un sourcil admiratif et fit, songeur :

— Un poète parmi nous, n'est-ce pas merveilleux ?

— Montre voir ton texte, s'enhardit l'officier, visiblement mal à l'aise devant le visiteur.

— Non, intervint le moustachu, il s'agit peut-être d'une amourette. Ce serait trop indiscret de notre part. (Puis, en me rendant mon salut d'un geste imperceptible, il fourragea dans mes cheveux et ajouta avant de s'éloigner, hiératique :) Navré de vous déranger. Il n'y a pas pire inconvenance que d'interrompre le cours d'une inspiration. Continuez d'écrire. Je serai ravi de vous lire un jour.

C'était le président Houari Boumediene.

Le raïs venait de temps à autre dans notre école. À l'improviste. Il débarquait sans fanfare, avec juste un garde du corps ou son aide de camp, rangeait sa voiture au poste de police, défendait à l'officier de permanence de l'annoncer et, le pas mesuré, les mains derrière le dos et les yeux inquisiteurs, il procédait à sa tournée des popotes. Il inspectait les dortoirs, les classes, les aires de jeux, les cuisines ; conversait quelquefois avec des cadets, leur posait des questions précises sur la qualité de l'enseignement, l'encadrement, le programme sportif et les activités culturelles, haussait un sourcil ou souriait en fonction des réponses et continuait son chemin. Houari Boumediene veillait personnellement sur notre établissement ; il fondait dessus ses plus grands espoirs. Pour lui, nous étions la relève, la *vraie*, celle qui garantirait la stabilité de la nation et la préservation des acquis de la révolution. Il suffisait de voir avec quelle tendresse et quelle confiance il nous couvait du regard pour mesurer combien il était impatient de nous remettre le flambeau. Lors de la distribution des prix clôturant l'année scolaire, et qu'il présidait traditionnellement, il nous déclarait : « Vous êtes l'Algérie de demain. Je vous sais capables de relever tous les défis. »

Ce n'étaient pas des fleurs…

Les fleurs viendront plus tard, se recueillir sur la tombe des serments terrassés par la démesure criarde et l'impudence des slogans.

9.

L'autocar se gargarisait sur le bitume.

Il faisait beau, et le ciel immaculé s'abreuvait dans son soleil.

Nous partions en permission ; quinze jours pour festoyer et nous ressourcer.

Ikhlef flamboyait dans son uniforme rutilant. Sa toilette avait duré une éternité. Il se savait beau garçon et en abusait. La fille, sur le siège voisin, feignait de contempler le paysage. En réalité, elle traquait le reflet de mon ami sur la vitre, et mon godelureau d'ami en trémoussait. Devant, un vieillard se compliquait l'existence à enrouler un turban mutin autour de sa tête ovoïde et chauve. Un paysan coincé entre deux corbeilles avachies plongea un doigt dans sa bouche, récupéra la pincée de chique sous sa lèvre et l'envoya dans les décors d'une chiquenaude recrue. Le conducteur avait des soucis. Il était si gros que son ventre se déversait sur la moitié du volant. Il racontait sa vie à un receveur émacié qui se contentait de hocher le menton d'un air machinal.

Il était midi.

Blida nous tendit bientôt son petit tunnel ; l'autocar déboucha sur l'allée qui faisait la renommée de la ville, une large avenue à deux voies séparées par une enfilade de rosiers soignés avec une incroyable dévotion. Nous descendîmes sur la place. Les passagers se dispersèrent. La fille attendit dans l'abribus qu'Ikhlef lui fasse signe ; nous étions deux et indivisibles ; elle nous regarda disparaître dans la foule avec regret.

L'omnibus Alger-Oran était prévu vers vingt et une heures ; nous disposions d'assez de temps pour traînasser dans la ville. Nous rencontrâmes des cadets chargés de présents, et d'autres tergiversant sur le seuil des quartiers interlopes entre le risque d'être interceptés par la police militaire et le besoin indomptable d'aller cueillir un semblant de réconfort, aussi dérisoire qu'éphémère, auprès des putains vieillissantes au bordel du coin.

L'endroit passait pour un coupe-gorge que camouflaient des ruelles dédaléennes puant l'urine et le vin frelaté. D'obscurs maquereaux y sévissaient sans inquiétude, le béret basque sur les yeux, la main sous le ceinturon, prêts à dégainer leur rasoir. Les maisons closes étaient d'authentiques repaires de brigands surgis de la nuit des temps. Chichement éclairées par des enseignes sanguinolentes, elles se barricadaient derrière des comptoirs crasseux où l'on vendait, à des prix faramineux, de la pisse de cheval et des amandes moisies. La tenancière gérait sa boîte avec la fermeté d'un cadenas, le blasphème aussi assourdissant qu'une déflagration. Répandues sur un banc crevé, les prostituées se morfondaient sous leur perruque rebutante tandis que leurs bourrelets de chair cascadaient sur leurs flancs. L'incongruité de leur fard ne modérant guère leur laideur, elles fumaient et rotaient comme des brutes. En plus, elles volaient.

Nous priâmes nos camarades de renoncer à leur projet et de nous accompagner au cinéma. Après le film, nous allâmes lécher les vitrines et turlupiner les filles. Le soir nous surprit au détour d'une grosse fatigue. C'était l'heure de regagner la gare. Nous décidâmes de nous restaurer avant. Il y avait un gargotier honnête dans la vieille cité. Pour cent soixante-quinze centimes, il proposait une vaste omelette aux merguez et un verre de soda. Nous mangeâmes avec appétit, commandâmes un casse-croûte pour le voyage et nous nous hâtâmes vers les quais.

Harnachée de blanc, la matraque en évidence, une patrouille de police militaire se pavanait dans le hall de la gare, vérifiant les papiers des soldats et embarquant ceux qu'elle jugeait éméchés.

Le chef, un trapu ventripotent, frimait large devant la galerie, ragaillardi par la présence de quelques demoiselles.

Il souleva un sourcil en me repérant, intrigué par mes lunettes cerclées que d'aucuns considéraient comme fantaisistes et non réglementaires, s'approcha de moi et me dit :

— On se croit à Chicago ?

— Ça se trouve où, Chicago ?

Mon ton le fit reculer d'un pas. Il en profita pour rajuster son ceinturon et revint à la charge :

— Tu te crois malin ?

— Intelligent.

— Qu'est-ce que vous nous voulez ? intervint Ikhlef, dégoûté. Nous sommes en règle. Nous partons en permission, ne nous la gâchez pas.

— Je ne t'ai pas adressé la parole, à toi.

— Quand on s'adresse à un cadet, on s'adresse à *tous* les cadets, lui signala Ikhlef en tirant significativement sur le bout de son béret.

— Laisse tomber, chef, murmura un soldat dans l'oreille de son supérieur. C'est des types à problèmes, ces avortons.

Le caporal gigota sur place, nous menaça du doigt pour sauver la face et s'éclipsa.

Le train arriva avec deux heures de retard. Plein comme un œuf. Nous nous y engouffrâmes après moult acrobaties et dûmes nous contenter d'une bouffée d'air dans un corridor saturé. À partir d'El Asnam, les bousculades cessèrent. Nous pûmes nous frayer une petite place dans un compartiment vicié d'effluves et de relents de chaussettes moites. Deux hommes dormaient sur le porte-bagages, la bouche ouverte. Au fond, écrasé contre la vitre, rechignait sourdement un ivrogne obscur, la figure labourée de traces de tessons. Ses yeux brasillants nous envoyèrent au diable d'emblée ; il devait être allergique aux uniformes. Le veston éclaboussé de vomissures, il tenait sur ses genoux un cartable usé que veillait un poing orné d'une grosse bague à tête de mort. Déplorant notre intrusion, il se rencogna dans son angle pour nous observer à la dérobée. Son haleine avinée empestait.

En face de moi, un *roumi* m'examinait, un sourire énigmatique sur les lèvres.

— Vous avez une belle tunique, me flatta-t-il.

— Merci.

L'ivrogne remua dans son coin. Il laissa entendre en arabe :

— Fais gaffe à ses questions tordues, p'tit. C'est sûrement un espion.

— Je m'appelle Robert Clark, se présenta tout de go le *roumi*. Je suis professeur d'anglais à Azazga.

— Vous êtes britannique ?

— Américain.

Ce mot hérissa la moustache de l'ivrogne qui se redressa d'un coup, alerte et méfiant :

— Un impérialiste ! Et ça circule sans laisse au bled…

— Vous êtes trop jeunes pour être soldats, poursuivit l'Américain.

— Nous sommes des cadets, lui expliqua Ikhlef.

— Je m'en doutais un peu. Moi, je pars visiter le Sahara. J'ai des amis à Béchar.

— Des amis, mon cul ! grommela l'ivrogne en arabe. Demande-lui pourquoi ils lynchent ces pauvres bougres de Noirs après les avoir surexploités des siècles durant. Demande-lui combien d'esclaves survivaient aux traversées océanes, étalés comme des anchois dans des cales de navires pleins de rats. Au lieu de lui faire les yeux doux, demande-lui quel sort il te réserverait si tu échouais dans son district, toi dont la peau n'est pas tout à fait claire. C'est ça, les vraies questions.

— Demande-le-lui toi-même.

L'ivrogne contracta les mâchoires en frémissant d'animosité. Ses yeux injectés de sang tentèrent de faire baisser mon regard, en vain. Il émit une éructation flapie et rentra dans ses épaules.

— Tous des traîtres, maugréa-t-il.

L'Américain souriait. Il devinait que le soûlard était après lui, mais feignait celui qui ne comprenait pas.

— Les gens du Sud sont extraordinaires de bonté et de générosité, dit-il. C'est un bonheur de s'oublier dans les oasis de Taghit, Igli, Kerzaz et Kenadsa.

Kenadsa… j'ai parlé d'elle à mes amis, je l'ai chantée dans mes livres, pourtant je ne connais pas grand-chose sur elle. Je sais seulement que c'est une bourgade quasi millénaire, que son *ksar* croule sous huit siècles d'histoire et quarante années d'oubli et que, à l'heure où le soleil se replie derrière la barkhane, la nuit l'investit comme l'opium engourdit l'esprit. Elle m'a vu naître un lundi 10 janvier 1955. Depuis, elle demeure ce spectre qui se substitue à mon ombre, me retenant par le bras à chaque fois que je tente de m'envoler ; cette légende qui me conte fleurette lorsque toutes les autres voix m'auront manqué. Écartelée à une trentaine de kilomètres à l'ouest de Béchar, elle refuse de n'être qu'une houillère reniée, elle qui fut le premier village électrifié d'Algérie et qui, bien avant l'avènement du *roumi*, se voulait le mirador imprenable des ergs et des regs, le pont-levis du Grand Sahara. J'appartiens à la tribu des Doui Menia, une race de poètes gnomiques, cavaliers émérites et amants fabuleux, qui maniaient le verbe et le sabre comme on fait un enfant. Du haut de nos montures aux crinières argentées, nous tenions tête aux tempêtes et aux sultans. Nous empruntions aux varans leur altesse, aux scorpions leur sang-froid, aux mouflons leur adresse et aux gazelles leur grâce. Araignées souveraines au large des canicules, nous piégions les caravanes aussi aisément que de vulgaires moucherons… Mais la lune ne décroît qu'au faîte de sa plénitude. L'appel des batailles et des razzias fulgurantes, la chorale des mitrailles et le souffle des vaillances, plus rien ne subsiste de notre règne d'insoumis. Désormais cantonnés dans d'hypothétiques nostalgies, le remugle de notre forteresse a un relent d'outre-tombe et la ruine de nos remparts a gagné celle de notre salut. Je suis donc venu au monde un peu en retard, avec, certes, ma muse de poète et ma musette de guerrier, mais je n'ai plus ni royaume ni épopée à glaner sauf, peut-être, le refus viscéral de me complaire dans l'insignifiance à laquelle le destin s'appliquera à m'astreindre.

Je ne me souviens pas de Kenadsa. Aussi loin où portent mes repères, je n'arrive à remuer que de rares éclaboussures en noir et blanc, aussi insaisissables qu'un tour de magie : le visage exténué de tante Bahria, sa main sur mon toupet et les murs laids du dispensaire ; un raidillon broutant dans un patio où un homme m'attendait, une paire de ciseaux sous le tablier, pour me circoncire ; puis entre deux tornades lascives, la silhouette évanescente de grand-père...

— Je suis natif de Kenadsa.

— Quelle chance pour vous, et quelle belle coïncidence pour moi !

— Je relève de la zaouia de Sidi Abderrahmane.

— Un noble ? s'exclama-t-il, séduit.

— La noblesse n'a rien à voir avec les classes ou les castes, lui fis-je remarquer. Elle est inhérente à l'être humain, monsieur. L'homme naît noble ; c'est après, en dévoyant, qu'il devient roturier. La noblesse est dans le regard que l'on porte sur les autres. La trivialité, aussi. Être brave, honnête ou correct, c'est être noble. Être mauvais, tricheur ou paresseux, c'est être roturier.

— En plus, vous êtes philosophe.

— C'est un écrivain, lui susurra Ikhlef avec fierté.

— C'est vrai ?

— C'est-à-dire que je n'ai rien publié encore, mais j'écris.

— Eh bien, je vous en félicite. C'est un plaisir de vous connaître. J'espère que nous pourrons nous revoir à Kenadsa.

— Malheureusement pas, monsieur Clark. J'habite Oran depuis l'indépendance. J'ignore tout de la Saoura.

— Quel dommage...

198

— C'est ça, glapit l'ivrogne, raconte-lui ta vie. Tu ne vois pas que c'est un espion ?

Robert Clark était sidéré par notre Sahara. Il nous en parla jusqu'à Tlelat où il devait prendre la correspondance vers le Grand Sud. Nous échangeâmes nos adresses et nous nous promîmes de nous écrire… en anglais. Nous tînmes parole.

Il faisait encore nuit lorsque le train salua Oran à coups de sifflet. Ikhlef m'invita à déjeuner dans un petit café, rue Marceau. Nous occupâmes une table à proximité de la baie vitrée. Les lève-tôt trottaient déjà vers leurs galères ; les voitures commençaient à vrombir çà et là ; le raclement des savates envahissait progressivement les chaussées ; en un tournemain des attroupements s'agglutinèrent autour des abribus. Ikhlef ne tenait pas à déranger son oncle de bon matin. Il attendait que le jour se lève. Je n'étais pas pressé. Mordillant dans mon croissant, j'essayais de ne pas trop penser à Petit-Lac ; il faussait ma joie de retrouver les miens.

Le soleil embrasa le haut des immeubles ; la noirceur de la rue s'amenuisa. Ikhlef déposa quelques pièces de monnaie sur la table et se redressa. Nous nous séparâmes en nous fixant rendez-vous, place Émir-Abdelkader, à quinze heures.

Je rejoignis Petit-Lac à pied. J'aimais marcher dans la ville, revoir les choses qui me manquaient à Koléa, retrouver mes repères et mes réflexes d'antan. Apparemment, rien n'avait changé. Oran semblait se demander où elle avait vu ce petit sol-

dat de quinze ans qui avait l'air de bien la connaître. Mon ombre lui disait quelque chose, le reste
la troublait. C'est moi, Mohammed. Tu ne te rap-
pelles pas ? Je suis ce gamin qui musardait à Sidi-
Lahouari, Boulanger, Sidi-Blel et Saint-Eugène,
qui en connaissait par cœur les détours et les raccourcis, les places et les impasses, les squares et
les dépotoirs, les stèles et les ruines ; qui s'intéressait aussi bien à un taxieur actionnant son cric
qu'à un peintre badigeonnant la façade des bâtiments ; qui se laissait fasciner et par la déclama-
tion des charlatans et par la dextérité avec laquelle
ils ingurgitaient l'argent des benêts ; qui aimait
s'asseoir sur le trottoir d'en face afin d'observer
le coiffeur ambulant raser le crâne des mioches
déguenillés pour un bol de riz ; qui, quelquefois
usé par ses errances solitaires, sonnait aux portes
des maisons avant de s'enfuir à toute allure dans
la cohue…

Oran n'était pas sûre, mais mon ombre lui disait
quelque chose.

Je coupai à travers champs pour contourner la
ferraille d'El Hamri et le cimetière chrétien. À
Victor-Hugo, j'achetai un foulard et un flacon de
parfum pour ma mère, une poupée en plastique
pour mes sœurs, des bandes dessinées pour mes
frères et des sachets de bonbons. Je n'avais jamais
su quoi offrir à Abdeslam dont la déficience mentale commençait à l'exposer aux cruautés des galopins. Il ne savait pas se défendre, mon frère,
claudiquait devant la meute en gesticulant. Je passais mes vacances à lui courir après d'une maison

à une échoppe, d'un terrain vague à un bas quartier, sans le rattraper. Marcheur increvable, il sortait le matin dans une tenue et rentrait, le soir, nu sous un manteau haillonneux ramassé dans une poubelle, le faciès brûlé par le soleil, les yeux chauffés à blanc, la bouche débordante d'écume, tantôt la jambe meurtrie par une pierre, tantôt le crâne fracassé par un gourdin. Reclus dans sa folie, il nous adressait des rires grimaçants ou nous submergeait d'imprécations incohérentes jusqu'à tomber dans les pommes. La nuit, il bavardait sans arrêt avec des interlocuteurs invisibles, qu'il montrait du doigt, en berçant son bras gauche comme s'il s'agissait d'un nourrisson. Le jour, il errait dans la fournaise de ses obsessions, seul et insecourable, martyr au délire, spectral et hanté, les cheveux en ébullition, les aisselles fumantes, les pieds écorchés par les bitumes. Parfois, il se volatilisait des semaines ; nous ratissions alors au peigne fin les commissariats, les hôpitaux, les urgences et la morgue, sûrs, à chaque fugue, qu'un malheur l'avait emporté. On le disait possédé. Certaines commères juraient sur le Coran avoir reconnu tel ou tel djinn dans son regard révulsé, encensaient notre demeure de résines putrides, truffaient nos murs de gris-gris, dissimulaient sous nos lits des pièges à sortilèges enrobés de versets maraboutiques ; d'autres, façonnant exagérément sa dangerosité, nous exhortaient de confier notre patient aux bons soins de Sidi El Bekkaï le vénéré. Tarabustés, acculés, nous l'avions enfermé dans le sépulcre de plusieurs saints patrons, livré aux exorcistes les plus redoutables, et ni les incantations, ni les décoctions des herboristes, ni les traitements prescrits par les psychiatres ne vinrent à bout de son supplice.

Comment allait-il ? me demandai-je. Quelles vacances en perspective ? Un pressentiment m'avertissait que seuls les morts ont l'aptitude de toucher le fond pour de bon ; les naufragés s'accrochent à leurs épaves pour mieux subir la tempête ; leur espoir est une agonie qui s'ignore.

Ce matin-là, mon quartier affichait la même mine courroucée ; il ne semblait pas près de se laisser vivre. L'immeuble C s'enlisait dans sa décrépitude ; sa façade s'écaillait par pans entiers. Je ne trouvai personne à la maison. Je m'étais esquinté le poignet à force de cogner sur la porte. Un voisin m'informa que, trois semaines auparavant, la police était venue jeter ma famille et nos affaires à la rue.

— Ta mère est chez ton oncle M'birik.

Effectivement, elle était là, rue Sans Nom. Dans un garage de douze mètres carrés. Nos affaires amoncelées n'importe comment à ras le sol.

— Ton père ne s'est pas acquitté du loyer, m'expliqua mon oncle.

Je ne saisissais pas. Je regardais ma mère, mes frères et sœurs entassés sur les balluchons, les murs salpêtrés, les toiles d'araignée voilant les encoignures ; percevais comme un rire sarcastique dans le bourdonnement en train de sourdre à mes tempes ; ça ne finira donc jamais...

Je n'ai pas embrassé ma mère ; les ondes de son

hébétement l'entouraient de turbulences, l'isolaient dans sa déveine. Un mur en verre nous séparait ; nous pouvions nous regarder, mais pas nous effleurer. Aucun de nous deux n'esquissa un pas vers l'autre. Notre silence se passait de commentaire ; les yeux tourmentés sont plus acerbes que les acrimonies.

Les parloirs m'ayant toujours inspiré de profondes lassitudes, j'ai déposé les cadeaux sur le trottoir et reculé d'un pas qui avait l'écart d'une lieue. Mon oncle M'birik posa sa main sur mon épaule ; je l'ai esquivée. Je n'avais que faire de sa compassion. Quelle fibre espérait-elle atteindre, quelle larme retenir ? Un *terras*[1] des Doui Menia ne pleure pas quand il a mal – c'est réducteur ; ne pleure pas quand il a du chagrin – c'est inutile. Mon oncle le savait. Lui-même n'avait pas la conscience tranquille ; il aurait pu nous louer une chambre au lieu de nous refouler dans un trou à rat empestant les huiles usées, avec, en guise de portail, un vilain rideau de fer qui donnait sur la rue, exposant sans retenue notre déchéance aux passants.

Je n'avais pas mal, ni de chagrin ; j'avais de la colère, une colère digne, réservée ; la colère d'un gamin certain de n'être pas au bout de ses surprises.

Aurions-nous, à notre insu, profané un mausolée ou longé une rigole maléfique ?

Ma colère venait de mon incapacité de déceler,

1. Homme.

aux interrogations, une faille par laquelle me faufiler.

Je sautai dans le premier bus pour aller demander des explications à mon père. À chaud. Tiédi, je n'aurais pas eu le culot de redresser la nuque devant lui.

À Choupot, la villa paraissait inhabitée ; la treille se décomposait, les grappes de raisin pourrissaient comme cadavres au gibet, les deux citronniers prêtaient leurs bras aux stratagèmes des araignées, le petit carré aux fleurs se livrait aux vandalismes des herbes folles ; mon royaume de naguère n'avait plus de majesté…

Mon oncle paternel Tayeb se manifesta enfin, une canne dans la main.

— Excuse-moi, j'ai cru qu'un garnement s'amusait avec le carillon pour me mettre en boule avant de déguerpir.

Il m'embrassa, me repoussa et me serra de nouveau contre lui. Son étreinte était sincère ; son âme en fut peinée. Il vivait mal nos flétrissures et s'en voulait de ne pouvoir y remédier. Que pouvait-il, lui, un vieillard cacochyme, hormis garder la maison pendant que mon père se gobergeait ailleurs ? Celui qui a juste une ficelle pour retenir son pantalon et l'ombre d'un arbre pour se voiler la face n'a pas à s'excuser ; il ne restait à oncle Tayeb que les yeux à détourner et les mains à claquer sur ses cuisses en signe de défection.

Pourtant, il en avait vu des vertes et des pas mûres, ce vieux poilu de la 22ᵉ compagnie d'Immouzer-Marmoucha, enrôlé par mégarde en

1923, blessé en 1933, recouvert de médailles et de cicatrices, qui avait pris part aux expéditions contre le Rif insurgé avant de déserter pour s'impliquer volontairement dans les batailles fratricides d'Espagne d'où il ramena des galons d'officier et un terrible secret.

Il n'avait pas d'instruction ; il avait appris sur le tas, retenant la leçon au gré des faux pas. Diplômé des tranchées fangeuses et des ségrégations, il était devenu un érudit, un idéaliste à l'orée du nirvana, c'est-à-dire un immense utopiste. Il parlait de tout, sauf de sa personne ; son passé, où rien ne semblait lui avoir réussi, il le traînait comme une infirmité honteuse. Après la victoire de Franco, il s'était volatilisé. La tribu le porta disparu puis, les années silencieuses persistant dans leur mutisme, le déclara mort et fini. Ce fut tout à fait par hasard qu'en 1965 mon père le découvrit, du côté de Tiaret, à exercer le métier de berger auprès d'un éleveur. Comment en était-il arrivé là, personne ne le saura jamais.

Mon oncle partageait un deux-pièces de bonne avec sa sœur Milouda, derrière la basse-cour. Avant le Mechouar, j'aimais le retrouver sur le perron, sa radio de poche contre l'oreille. Il captait les nouvelles du monde en soupirant ; le malheur des hommes rouvrait les plaies de ses chairs et celles de ses souvenirs. Le jour où il apprit mon départ pour l'école des cadets, il frôla une attaque. Il me préférait à ses autres neveux, me parlait en adulte de la beauté fraternelle, de la nécessité d'être en bonnes relations avec sa conscience.

J'étais, sans doute, son unique ami. Nos soixante années de différence nous rapprochaient mieux qu'une complicité. Jamais je ne l'avais vu étreindre quelqu'un comme il m'étreignait.

En me repoussant pour me dévisager, ses yeux s'étaient embués ; c'est pourquoi il s'était dépêché de me serrer de nouveau contre lui. Il m'annonça que mon père était au courant de notre expulsion de Petit-Lac et qu'il était en passe de résoudre le problème. La bonne volonté de mon père me laissant de marbre, il me prit par la main et me pria de m'asseoir avec lui sur le perron. Comme autrefois. Son regard embarrassé dut s'arc-bouter contre le mien pour lui relever la tête.

Il me dit :

— Je n'ai pas l'habitude d'implorer les gens, mais, pour une fois, j'aimerais que tu me fasses une promesse à laquelle je tiens : *ne lui en veux pas*. C'est beaucoup te demander, je sais, et c'est pourtant ce que j'attends de toi : n'en veux jamais, *jamais* à ton père. C'est un homme malheureux. Il n'a pas eu de chance, ni avec nous ni avec ses amis. Orphelin de mère, à un âge où ça ne pardonne pas, il cherche encore après l'amour sans le rattraper. À douze ans, il galérait au fond de la houillère, à Kenadsa, pour glaner des sous avec lesquels il espérait acheter un soupçon de tendresse à un père qui en semblait dépourvu. Notre père n'était pas austère, c'est l'époque qui était ainsi. Si la cupidité durcit le cœur, la famine le fossilise. À cette époque, la disette et les épidémies sévissaient. Ton père se sentait obligé de se surpasser.

Il n'avait pas seize ans quand il était parti reconstituer notre famille disséminée à travers le reg et les ergs par l'indigence et le fiel. Il avait le sens de la famille, lui. Il comptait sur elle pour se refaire une santé affective. Il s'est tué à remonter les écueils pour se rapprocher du ciel et décrocher cette estime qui lui manquait et que nous refusions – tous, sans exception – de lui prodiguer. Sûr de ne récolter qu'ingratitude et inimitiés chez les siens, il a tenté sa chance auprès des femmes. Il cherchait sa mère en chacune d'elles, tu comprends ? Il a misé l'ensemble de sa foi sur ta mère, et ta mère n'a pas su fructifier ce qu'il investissait en elle, par inadvertance. Il s'est alors rabattu sur la première à l'avoir gratifié d'un sourire. Ton père donnerait un bras pour un sourire, et les deux pour un simulacre d'amour. C'est te dire son infortune. Ne crois pas qu'il est bien là où il est. Il pense à vous toutes les nuits, et tous les jours il essaie de vous oublier. Il a conscience du mal qu'il vous fait et n'y peut rien. C'est plus fort que lui. Ça ne le disculpe pas, mais ça l'excuse par endroits. Si je te raconte ça, c'est parce que tu es un garçon très bien. Ne sois pas mauvais avec lui. La haine est la plus scélérate des concubines : elle drape ton lit d'orties, bourre tes oreillers d'insomnies, profite de ta somnolence pour s'emparer de ton esprit ; le temps de te ressaisir, et déjà tu es au purgatoire. Si Dieu a créé l'homme à son image, c'est pour que l'homme apprenne à pardonner. Est-ce que tu me comprends, mon garçon, est-ce que tu le promets ?

Dans *Double Blanc*[1], j'ai écrit : « *J'ai adoré un homme, il y a très longtemps. C'était quelqu'un de bien. Il était bon comme du pain blanc et, quand il me prenait sur ses genoux, j'avais la tête dans les nuages. J'ai oublié la couleur de ses yeux, l'odeur de son corps ; j'ai oublié jusqu'à son visage, mais je me souviendrai de chacune de ses paroles. Il savait dire les choses comme le hasard les fait. Il savait me faire croire en ce qu'il croyait. C'était peut-être un saint. Il était persuadé qu'avec un minimum d'humilité les hommes survivraient aux baleines et aux océans. Ça le contrariait beaucoup de les voir chercher ailleurs ce qui était à portée de leurs mains... C'est parce qu'il voulait tellement changer le monde qu'il est mort, car lui seul n'avait pas changé.* »

Cet homme-là, c'était lui, mon oncle Tayeb.

Après notre expulsion de Petit-Lac, ma famille fut recasée dans un logement de fonction au niveau de la cité militaire Dar Beïda. Deux années plus tard, notre immeuble fut affecté à une unité de la Gendarmerie nationale – le *hasard* voudra que je remplisse les formalités d'usage pour l'obtention de mon autorisation de mariage dans la chambre où je dormais, réaménagée en bureau administratif. Nous fûmes relogés provisoirement dans un autre bâtiment, dans la même cité. Tous les soirs, je rentrais, les habits maculés de sang et la figure ratatinée ; tous les matins, une voisine bousculait

1. Éditions Baleine, 1997.

son rejeton amoché devant ma mère en la sommant de mettre une muselière à ce sauvageon de cadet qui ferait mieux de se mesurer aux garçons de son âge. Pour tout le monde, j'étais le petit soldat mal luné, le Méphisto au béret bleu, la brute du bloc E. J'étais malheureux à Dar Beïda. Mes congés me laissaient invariablement un arrière-goût d'inachevé et une enclume sur le cœur. Je n'avais pas d'amis, et aucun clan – ils étaient une demi-douzaine à guerroyer dans le quartier – ne voulait de moi. De nouveau, on nous expulsa sur Valmy, une bourgade ensommeillée à proximité d'une sebkha, à dix kilomètres d'Oran. Là encore, pas moyen de partager mes ressentiments avec quelqu'un ; le temps de débarquer, et déjà je songeais à Koléa…

10.

M. Mohammed Ouenzar avait deux raisons d'être après nous. La première, les littéraires que nous étions nous désintéressions comme d'une guigne de la matière qu'il nous enseignait, en l'occurrence la physique-chimie. Ce n'était pas un hasard si nous l'avions surnommé « la chambre à gaz » ; ses cours nous assommaient. Il avait beau nous soumettre à des interrogations écrites à tout bout de champ, rien à faire ; dès qu'il se campait sur l'estrade, nous nous mettions à nous étirer exagérément et à bâiller. La seconde – ses énormes lapsus, qui soulevaient l'hilarité générale. Là, il virait au rouge et envoyait la moitié de la classe devant le capitaine Bouchiba.

M. Ouenzar était un grand escogriffe natif d'Oran ; il surplombait ses élèves tel un chat-huant sa chasse gardée. Ses cours fastidieux et son sabir qu'il faisait passer pour du français avaient fini par le complexer. Avec les matheux et les scientifiques, il était formidable. Avec nous, il avait le sentiment d'être le dindon de la farce, d'où sa manie de nous faire répéter haut ce que nous nous soufflions bas, à l'affût des insinuations. Aussi, lorsque le calendrier nous rattrapait avec ses devoirs surveillés, M. Ouenzar en profitait pour prendre sa revanche ; ses questions pièges nous catapultaient hors sujet, et c'était avec une franche jubilation qu'il ornait nos copies de magnifiques zéros, soulignés de deux traits vindicatifs, visibles de très loin ; nos moyennes générales s'en trouvaient dangereusement affectées.

— Hormis les feuilles vierges et vos mains par-dessus, je ne veux rien voir sur les tables, nous décrétait-il. Je vous préviens, le moindre geste suspect, la moindre grimace douteuse, et je vous colle un *sifr*, ajoutait-il en nous montrant son pouce et son index joints autour d'un rond sans appel. Vous vous preniez pour de petits marioles. Eh bien, aujourd'hui, à mon tour de festoyer.

Sur ce, tout en distribuant le sujet, il passait dans nos rangées pour vérifier si nos tiroirs étaient cadenassés, nos feuilles bien blanches et nos manches fiables ; menaçait du doigt Dadsi, certainement le plus habile escamoteur que le copiage ait connu, permutait ceux qu'il considérait comme larrons en foire et sommait les paresseux de s'installer aux premières loges pour les avoir à l'œil.

Ce jour-là, je n'avais même pas jeté un coup d'œil sur le questionnaire. À peine le signal du départ émis, j'écartai le sujet d'une main et me mis à griffonner frénétiquement sur mon brouillon.

Au bout de la première heure, Abdelwahab Leurg m'aiguillonna le flanc avec le bout de son crayon.

— Est-ce que la troisième question est minée ? me chuchotait-il.

Dérangé par ses estocades feutrées et insistantes, je poussai ma chaise sur le côté et continuai de sillonner ma copie d'une écriture minuscule et tentaculaire. Abdelwahab pestait à voix basse, me traitait d'égoïste et de faux frère ; je l'ignorai, totalement absorbé.

— Stop ! hurla M. Ouenzar. Guerriche et Benhamed, ramassez les copies de vos camarades, s'il vous plaît. J'ai dit stop ! reposez vos stylos et remettez vos travaux aux chargés du ramassage.

J'avais fini.

Je rangeais mes affaires et m'apprêtais à sortir dans la cour quand Abdelwahab m'attrapa par le cou :

— Espèce de faux jeton, pourquoi n'as-tu pas voulu me dire si la troisième question était piégée ou pas.

J'avais empoigné son bras d'un geste ferme et l'avais repoussé.

— Et depuis quand je suis un as en physique-chimie ?

— Arrête, je t'ai vu remplir des pages entières.

Je lui plaquai mes feuillets sous le nez :

— Tu m'as vu écrire *ça*, et ça n'a rien à voir avec le devoir surveillé.

Abdelwahab sourcilla :

— Qu'est-ce que c'est ?

— Une nouvelle, un texte purement littéraire,

voilà ce que c'est. L'idée m'a trotté dans la tête toute la nuit. Une inspiration, c'est comme le fer, il faut la battre tant qu'elle est encore chaude.

— Quoi ? Et le DS ?

— J'ai rendu copie blanche.

— Ça alors ! tu es complètement givré. J'ai pensé que tu avais réussi à te dégotter le sujet, mais là, tu m'en bouches un coin. Rendre copie blanche lors d'un examen de fin de trimestre, mon vieux, tu vas te faire taper sur les doigts...

Je courus à la recherche de Ghalmi. Il était en train de baguenauder autour de la piscine, à remuer l'eau glauque avec le bout d'une branche et à débusquer les crapauds. En me voyant arriver, il se débarrassa de son bâton et s'essuya les mains sur ses genoux.

— Que me ramènes-tu de bon ? me lança-t-il.

Je lui fis claquer mes feuillets sur la poitrine. Il s'assit d'abord sur le plongeoir, défit avec délicatesse mon brouillon et se mit à le lire. Je guettai ses sourcils ; plus il les fronçait et plus j'étais sûr qu'il appréciait.

Mon texte s'intitulait *Le Manuscrit* ; il disait :

— *Je suis désolé.*

Que c'est affligeant de dire haut ce que l'on ne pense même pas... Du bout des doigts, il repousse mon manuscrit. Comme on repousse une offre. Inutile de faire appel : la fatalité bénéficie toujours d'un non-lieu.

— *Nous ne pouvons accepter votre texte, ajoute-t-il.*

« *Nous* » *se veut l'expression de la majorité ; il s'autoproclame porte-parole du Pouvoir. Quand bien même l'ennemi n'a pas fauté, la guerre est déclarée. La paix, dans la pègre des intellectuels, est une lettre piégée.*

Mon manuscrit ressemble à mon chagrin.

— *Le comité de lecture, à l'unanimité, n'a pas jugé nécessaire de le retenir.*

— *Ils sont combien au comité ?*

— *N'insistez pas, monsieur.*

Le sage connaît ses limites. La liberté ne veut rien dire quand on ne sait pas l'enchaîner.

— *Et vous, l'avez-vous lu ?*

Je l'ai indisposé.

On ne demande pas au boucher ce que pensent de nous les veaux avant de mourir. L'abattoir n'a pas la faculté de se poser des questions.

— *Nous avons un comité qui se charge de cette tâche…*

— *Des amis trouvent que c'est un bon roman.*

— *Les amis disent toujours ça. C'est pour cette raison qu'ils restent nos amis.*

Ses doigts se retirent. Mission accomplie. Le crime revendiqué ne minimisant pas le malheur, j'ai tout le temps d'évaluer les dégâts.

— *C'est un manuscrit. Il a droit à des égards,* protesté-je.

— *C'est une rame de papiers dactylographiés.*

— *Comment osez-vous ? Vous ne l'avez pas lu.*

— *Le rapport de lecture suffit.*

Je me lève. Non comme une indignation, ou une objection. Je me lève, un point c'est tout. Mais le contentieux demeure. Je ramasse mon manuscrit. Ses feuilles mortes installent l'automne dans mon esprit.

J'entends « nous » dire :

— Ne jouez pas avec le feu.

Je ne me retourne pas. On ne se retourne pas lorsqu'on va à l'enterrement. Même si la dépouille est un manuscrit. Le sérieux du deuil repose sur une tête qui prie.

Dehors, le jour n'arrive pas à se défaire de la nuit. Tout est menacé quand un simple rapport suffit. Je remonte les chemins qui mènent hors de la ville. Il y a dans la campagne une clairière inconnue. C'est mon fief de poète, mon verger d'exclu ; ce matin-là, elle se veut mon cimetière de famille. J'y enterre ma muse que la censure tue.

Ci-gît
Qui dit

Je regarde Alger à mes pieds. Chaque plainte avortée me confie son dépit ; chaque silhouette qui fuit me décline son identité. Je suis visionnaire, je sais regarder. Mon peuple bafoué est mon livre de chevet. Son mutisme de soumis fait de mon murmure un cri.

Je suis poète, l'audace est mon alliée. Job serait jaloux de ma longanimité. Un peu comme la vague s'acharnant sur le récif, l'astuce de ma stratégie réside dans mon repli : je reviendrai bientôt vous rappeler qui je suis. Un jour ma clairière se muera en maquis ; mes mo(r)ts fuseront de leurs tombes-

chrysalides ; et fort de mon armée de vers de pros-
crit, vous m'entendrez conquérir les toits et chan-
ter à tue-tête les splendeurs de mon génie.

— Alors ? m'enquis-je, impatient.

— Il est pas mal.

— C'est tout ?

— Ben, que veux-tu que je te dise ? Que c'est
un chef-d'œuvre ? Ce n'en est pas un. Ta nouvelle
se laisse lire. Elle est bien, point.

— Elle est meilleure que *La Sorcière de Bir
Es-Sakett*.

— Ce n'est pas le même sujet. Celle-là est plus
courte, plus agressive. C'est bien.

— Tu penses qu'elle a des chances d'être retenue par *Promesse* ?

— *Promesse* a bien publié le poème de Bouchami.

Dirigée par Malek Haddad, la revue *Promesse*
avait le mérite de s'intéresser aux œuvres de jeunes auteurs en quête de repères. Son sérieux et sa
crédibilité étaient incontestables. Elle avait aidé de
nombreux écrivains à s'affirmer. Depuis que Bouchami avait réussi à séduire le comité de lecture
grâce à un poème sublime sur le cadet qu'il était,
j'essayais de me rattraper. J'avais écrit de nombreux poèmes et une vingtaine de nouvelles, mais
tant que je n'étais pas encore publié, et malgré
l'engouement de mes professeurs, je ne pouvais
pas apprécier mes travaux à leur juste valeur. Au
début, je n'osais pas soumettre mes textes à un
éditeur, ou à une revue ou bien à un journal.

J'ignorais aussi les procédures à suivre. Et un jour, Bouchami nous montra la revue avec, au beau milieu des textes sélectionnés, son alexandrin superbe de rigueur et de sobriété. C'était comme si un souffle fantastique venait de balayer mes tergiversations. Si un cadet pouvait, je pouvais aussi. Il me fallait juste un bon sujet.

La tiédeur de Ghalmi et son « rapport » approximatif me coupèrent en deux. Je repris mes feuillets d'une main découragée, un poids insurmontable sur la nuque ; j'étais comme dévitalisé. Ghalmi dodelina du menton, conscient de la déception qu'il me causait. Après un long soupir, il me déclara :

— Ton texte est beau, mais écrire, c'est aussi savoir sur quel radeau s'embarquer. L'écrivain qui ne mesure pas la portée de son texte ne peut pas prétendre à la maturité. Or, tu sembles ignorer ce côté, Mohammed. Tu es en Algérie, mon ami. Et la revue *Promesse* ne peut pas dévier de la ligne éditoriale que le Système lui a tracée. Malek Haddad ou pas, il y a un comité de censure et il n'est pas près d'encourager un écrivain qui lui tape dessus. C'est la raison pour laquelle je ne suis pas chaud. Ta nouvelle, littérairement parlant, se tient. Mais le sujet qu'elle traite est condamné d'avance.

— Nazim Hikmet disait...

— De derrière les barreaux, m'interrompit-il. Nazim Hikmet a passé sa vie à moisir à l'ombre des gardes-chiourme. Tu aimerais qu'on te foute en prison pour une nouvelle qui n'a même pas une chance sur mille d'être publiée ? Et puis, tu es soldat. Tu ne peux pas te permettre des écarts de conduite de cette nature.

Peu convaincu, je retournai auprès de Bouchami pour lui demander l'adresse de la revue et expédiai le jour même ma nouvelle par la poste.

Le lendemain, je fus convoqué au bureau du capitaine Ouared. Abdelwahab me montra ses dents dans une grimace :

— Je t'avais dit que tu allais te faire taper sur les doigts.

Je balançai mes affaires dans le tiroir et sortis. Dehors, un ciel maussade exsudait sa grisaille sur la cour scolaire. La bruine avait cédé la place à une brise vétilleuse. Derrière les vitres des classes, les cadets se retournaient sur mon passage. Ikhlef m'adressa un clin d'œil ; je le lui rendis, histoire de lui signifier qu'il n'y avait pas le feu. J'avais ma petite idée pour justifier la copie blanche remise lors de l'examen de physique-chimie ; mais plus je m'approchais du bureau du capitaine, moins elle me paraissait cohérente.

Le capitaine m'attendait sur le pas de la porte, les bras croisés sur la poitrine, ce qui était bon signe.

— Voici venir notre prodige, s'écria-t-il en s'écartant pour me laisser entrer dans son bureau.

Un sergent était assis sur une chaise. Il se leva et me tendit la main.

— J'ai beaucoup entendu parler de vous, monsieur Moulessehoul.

Le sous-officier était bel homme, le regard intelligent derrière les verres de ses lunettes. Sa cour-

toisie et la bienveillance de son sourire m'apaisè-
rent tout de suite.

— Bon, dit le capitaine avant de prendre congé,
je vous laisse causer entre intellectuels.

Le sergent attendit que la porte soit refermée et
m'indiqua une chaise en face de lui.

— J'ai lu votre roman policier, me flatta-t-il.
Votre humour est renversant.

Il s'agissait de *Bahi à Bahia*, l'histoire d'un
journaliste algérien parti au Brésil couvrir la mini-
coupe du monde et qui se retrouva traqué par
l'Escadron de la mort pour avoir été témoin, malgré lui, d'un enlèvement. Ce polar, écrit sur un
cahier d'écolier, sera confisqué et déchiré en mille
morceaux par un moniteur.

Le sergent poussa dans ma direction sa tasse de
café.

— Je m'appelle Slimane Benaïssa[1], et je suis
dramaturge. Le commandement de l'école m'a sollicité pour mettre sur pied une troupe théâtrale. Le
capitaine vous a recommandé.

— Je n'ai jamais fait du théâtre.

— Il y a un début à tout.

L'entretien ne dura pas longtemps. Slimane
Benaïssa était persuasif. L'idée de m'initier au
théâtre m'enthousiasma aussitôt. Donner un corps
et un esprit à un personnage, le faire sortir des
pages d'un texte pour le voir se défendre sur scène,
pouvoir le toucher et le retoucher grandeur nature
étaient, pour le romancier embryonnaire que je

1. Auteur de *Les Fils de l'amertume*, Plon, 1999.

couvais, l'occasion de mettre à l'épreuve son imagination, de la concrétiser sur le terrain.

L'école mit à notre disposition un chalet désaf-
fecté. J'y présentai à M. Benaïssa mon équipe. Il
y avait Ikhlef, notre beau gosse ; il n'était pas
doué, mais sa beauté pourrait nous servir ; Soufi,
dit Coccilio, aussi dur à la détente qu'un vieux
mousqueton rouillé ; Mohand Oudjit, qui ne savait
pas faire la différence entre la drôlerie et la risée,
mais qui m'avait menacé de ne plus m'adresser la
parole si je ne le retenais pas dans la troupe ;
Ghalmi, qui crevait d'envie de connaître un dramaturge célèbre ayant côtoyé Kateb Yacine et
adapté ses pièces ; Dallal de Turenne, comique de
premier ordre et poète exubérant, d'une vivacité
d'esprit extraordinaire ; et d'autres camarades
beaucoup plus curieux qu'intéressés.

Si l'envergure d'un artiste s'évaluait en fonction
de sa générosité, je dirais que Slimane Benaïssa
est un grand artiste. Sa disponibilité nous touchait
au plus profond de notre âme. Il n'avait pas la
rigueur des profs, ni la tête carrée des moniteurs ;
c'était un homme de culture, immense et humble,
et nous avions de l'admiration pour lui. Fin
connaisseur du facteur humain, il lisait dans nos
arrière-pensées et nous rassérénait d'un clin d'œil.
Cet homme était un bonheur ; nous avions hâte de
le retrouver, le soir, au chalet. Quelques séances
d'initiation suffirent pour nous familiariser avec
les planches, le décor, la mise en place des acteurs,
l'interprétation des rôles, etc. Entre deux pauses,
Slimane nous racontait ses spectacles, au bled et

en Occident, les cocasseries de coulisses, ses rencontres avec les monstres sacrés de la plume et de la scène. Avec lui, le temps développait des pointes de sprinter et nous étions obligés de prolonger nos conciliabules tard dans la nuit. Au bout de deux mois, nous étions parés pour l'aventure. Slimane nous proposa *L'Opprimé*, une pièce de sa création. Le sujet nous allait comme un gant ; une chance, pour nous, de conjurer les vieux démons. Nous y mîmes du cœur et une fougue telle que le succès fut retentissant. Grisés par notre réussite, les arabisants décidèrent de créer, eux aussi, leur troupe. Ils me demandèrent de leur prêter mainforte ; je me mis à leur disposition. Ils adaptèrent une œuvre littéraire consacrée au martyre de la Palestine ; leur arabe pur et leur réalisme subjuguèrent l'auditoire ; cependant, les cadets, que l'internement et la soldatesque ambiante rendaient moins réceptifs au tragique, réclamèrent du divertissement. Je soumis à M. Benaïssa *Le Délinquant*, un texte que j'avais peaufiné dans le secret. Slimane le trouva épatant et m'autorisa à le monter en personne. Ce fut donc avec un énorme trac que j'entendis retentir les trois coups de bâton sur le plancher et s'écarter le rideau sur le voyou que j'incarnais face à une assistance impressionnante avec, aux premières loges, les officiers, les profs, les convives et, derrière, des centaines de cadets étonnamment silencieux. À la tombée du rideau, la salle s'ébranla dans un roulement d'ovations. Le commandant de l'école monta sur scène pour me serrer la main et nous couvrir d'éloges. Du jour au lendemain, je devins la star de l'école. Les profs et les officiers me traitèrent avec un certain égard ; les moniteurs daignèrent passer l'éponge sur mes antécédents et fermèrent volontiers les yeux sur mes incartades. Bien sûr, ma « notoriété » et les largesses dont je bénéficiais firent des jaloux, qui me surnommèrent Alain *Deloin*, histoire de me situer aux antipodes de Delon, puis ils se ravisèrent et finirent par reconnaître que je leur donnais bien du plaisir. Ils apprirent à guetter mes sketches comme ils guettaient ma silhouette au retour des vacances. Je me souviens, ces jours-là, perclus sur leur lit, immobiles et absents, ils affichaient des mines lugubres. Le retour des permissions était invariablement un moment embarrassant. Soudain, quelqu'un m'entrevoyait à travers la fenêtre :

— Hé, les gars ! Moulessehoul arrive.

D'un coup, la chambrée se secouait de fond en comble, et les cadets m'accueillaient à grand bruit, la joie exorbitante.

— Raconte voir, Moh, ce qu'il t'est arrivé, cette fois encore, à Oran.

Avant même de me défaire de mes bagages, je me mettais à improviser des situations anecdotiques que j'étais censé avoir négociées, de façon désastreuse, pendant mon congé où les filles m'envoyaient dinguer avant que leurs jules me tabassent au fond d'une porte cochère, corsant par-ci mes heurts par-là mes malheurs. La chambrée alors retentissait de salves de rires hennissants, et moi, crucifié sur l'autel de mes pitreries, je continuais de leur désopiler la rate jusqu'à la tombée de la nuit. Nous étions de nouveau ensemble, et nous tournions dédaigneusement le dos aux désenchantements que nous inspiraient nos familles laissées loin, très loin au large des langueurs.

L'événement eut lieu une nuit de ramadan, à l'heure du *s'hour*, dernier repas avant l'observation du jeûne. Des cadets arrivèrent en retard au réfectoire. Les moniteurs refusèrent de les laisser se restaurer. Les retardataires insistèrent ; devant l'entêtement des caporaux, ils commencèrent à cogner sur les vitres et à donner des coups de pied dans les portes. L'atmosphère s'envenima. Les cadets attablés exigèrent qu'on laissât leurs camarades entrer. Les voix haussèrent le ton, les tables et les bancs grincèrent. Un sous-officier agita son ceinturon pour rétablir la discipline ; quelqu'un le lui arracha ; une gifle claqua, et le courroux se déchaîna. Aux protestations s'ajoutèrent les vociférations, puis les insultes. Le sous-officier fut saisi par la cravate ; ses collègues se portèrent à son secours ; la mêlée se propagea tel un feu de paille.

De la classe où je fignolais mon recueil de nouvelles, le tohu-bohu me parvint, de plus en plus croissant. Rapidement, un attroupement fermenta autour du réfectoire et déferla à travers la cour scolaire. Débordés, les caporaux se replièrent sous le préau, cédant le terrain aux manifestants. Le vacarme atteignit la résidence des profs qui vinrent voir de quoi il retournait. Je sortis sur le balcon. Ghalmi m'informa que les choses se dégradaient et que je ferais mieux de rester où j'étais. Une demi-heure après, les officiers rappliquèrent, d'abord menaçants, ensuite, devant l'ampleur de l'incident, ils tentèrent de calmer les esprits. Les cadets s'attaquèrent aux hangars, brisèrent des carreaux et réclamèrent la présence du commandant de l'école. Ce dernier arriva, en pyjama et claquettes. Il invita un représentant des élèves à lui rendre compte de la situation ; les cadets sentirent le piège et continuèrent de hurler. Le chahut s'atténua un instant, reprit de plus belle avant de s'apaiser vers quatre heures du matin. La cohue se dispersa au grand soulagement des caporaux. Désorienté par cette « mutinerie » sans précédent, le commandant s'escrima à dédramatiser les choses dans l'espoir d'amadouer les membres de la Sécurité militaire si prompts à alerter Alger et dont les rapports sans appel pourraient mettre l'encadrement de l'école dans de beaux draps.

À l'aube, tout semblait être rentré dans l'ordre. Le réveil s'opéra normalement ; les cadets regagnèrent les classes comme si de rien n'était. Vers dix heures, un adjudant vint me chercher. Il me conduisit dans un bâtiment administratif et me livra à un planton qui, à son tour, me promena le long d'un couloir tapissé de gravures exhortant les militaires à rester vigilants vis-à-vis des inconnus ou des étrangers – qualifiés d'espions potentiels et représentés, sur les dessins, par des personnages louches, au regard pernicieux, flanqués de magnétophones dissimulés sous le manteau.

Le planton m'introduisit dans une pièce austère

meublée d'un bureau, un siège capitonné et une armoire forte. Des rideaux poussiéreux voilaient la fenêtre. Sur le mur d'en face, le portrait du raïs avait connu de beaux jours. Je ne comprenais pas ce que j'étais venu faire là. Debout, les mains derrière le dos, j'attendais. Le planton avait refermé la porte sans rien me dire. Au bout de quelques minutes, je commençais à m'impatienter. En m'approchant du bureau, je remarquai une chemise cartonnée ouverte sur des feuilles manuscrites. L'en-tête attira mon attention. En fronçant les sourcils, je reconnus mon écriture ; il s'agissait de la nouvelle que j'avais adressée à la revue *Promesse*. Je compris enfin pourquoi elle n'avait pas été publiée ; quelqu'un l'avait interceptée à la poste.

— C'est donc toi le fameux Moulessehoul ? claqua une voix dans mon dos.

Un officier surgit derrière moi, énorme, la vareuse écartelée par une bedaine plantureuse. Son visage massif était ramassé autour d'un rictus sardonique qu'accentuaient deux yeux perçants qui semblaient sur le point de jaillir de leurs orbites. Il me bouscula presque, se gratta vulgairement le bas-ventre avant de se laisser tomber sur le siège. Après une petite méditation, il croisa les mains sur son ventre, étira les lèvres et planta son regard dans le mien.

— Sais-tu pourquoi je t'ai convoqué ?

— Non.

— Comme c'est touchant.

D'une main hargneuse, il écarta la chemise cartonnée, extirpa un dossier d'un tiroir et le feuilleta en grognant.

— Élève moyen, lit-il, inconstant dans certaines matières, différemment apprécié par ses professeurs ; bref, rien à voir avec les foudres de guerre. En somme, un petit crétin zélé, ajouta-t-il en me toisant. Généralement, ils sont ainsi, les barbeaux : la tête fêlée, la gueule géante.

Il poussa dans ma direction les feuillets de ma nouvelle :

— C'est toi qui as écrit ces foutaises ?

— Oui.

— Pourquoi ?

— C'est juste un texte littéraire.

— C'est toi qui le dis. Tu te prends pour qui ?

— J'essaie d'apprendre le métier de romancier.

— Où est le problème ? Quelqu'un t'a-t-il interdit d'écrire ?

— Non.

— Alors ?

Je restai sans voix.

Il dodelina de la tête, la bouche tordue. De nouveau, ses yeux globuleux me dévisagèrent. Il dit :

— Tu es un bon sportif. Titulaire dans plusieurs disciplines.

— Oui.

— Tu es animateur du ciné-club.

— Oui.

— Tu es membre de rédaction au journal de l'école.

— Oui.

— Tu diriges la troupe théâtrale de l'école.

— Oui.

— Tu ne trouves pas que c'est un peu trop pour un seul homme ?

— Non.

— C'est la raison pour laquelle tu as déclenché la grève d'hier ?

— Quoi ?

— Apparemment, tes nombreuses performances t'ont monté à la tête. Tu veux être partout, adulé, idolâtré, étonnant, n'est-ce pas ? Le journal, le théâtre, le ciné-club, les stades ne suffisent plus à ta fringale. Tu cherches à péter plus haut que ton cul et tu fous la merde.

— Je n'ai rien à voir avec ce qui s'est passé la veille.

— Ta lâcheté te va à merveille. Voilà que tu te dégonfles. C'est quoi, ton détonateur ? La foule, la promiscuité, le chaos ? C'est ça, ton élément ? Tu as besoin du bruit et de la cohue pour te sentir bien dans ta peau ? Dès que tu es seul, tu rétrécis, deviens négligeable, misérable, honteux. Où sont passés tes coups de gueule, ta verve, ta suffisance, hein ? Vas-y, montre-moi ce que tu sais faire seul, ce que tu as vraiment dans les tripes, fumier. Vas-y donc, pleurniche, mets-toi à genoux et jure sur la tête de ta mère que tu es innocent, que tu n'as rien fait, que des jaloux racontent des ragots sur toi, fils de chien.

— Ne m'insultez pas. Mon père est officier. Et je n'ai rien à voir avec le chahut d'hier. Je n'étais même pas au réfectoire.

— Ta gueule, salopard ! Nous savons que c'est toi le meneur.

— Vous vous trompez sur la personne. Je veux une confrontation avec celui qui m'accuse…

— C'est chose faite : c'est moi qui t'accuse d'être à l'origine de la mutinerie. Et je suis le patron de la Sécurité militaire, à Koléa. Donc, tu n'es pas prêt de sortir de l'auberge, fais-moi confiance. Les petites mauviettes de ton espèce, je les noie dans mon urine, moi. Si tes moniteurs n'ont pas réussi à te raisonner, je m'en vais te macérer une fois pour toutes. Je te jure que tu marcheras droit, la nuque basse et les mains collées à ton visage comme des œillères.

— Je proteste…

Son poing s'abattit sur la table :

— Encore un mot, et je te ratatine la poire si fort que ta mère ne te reconnaîtrait pas. Mon rapport est tapé, signé et envoyé. Tu l'auras sur le cul durant toute ta carrière, promis. Tu es fichu. Dans pas longtemps, tu passeras devant le conseil de discipline ; je serai là pour te charger jusqu'à ce qu'on te traduise devant le tribunal militaire pour incitation à la mutinerie, actes de vandalisme et menaces contre des officiers.

On me mit aux arrêts en attendant de me présenter devant le conseil de discipline. La prison de l'école se trouvait à l'entrée de l'établissement. On m'enleva ma ceinture et mes lacets de chaussures, on me fouilla et on m'enferma dans une cellule. Le soir, on m'apporta un gobelet d'eau, un morceau de pain et une gamelle cabossée dans laquelle se coagulait une soupe grasse à laquelle un filament de chair essayait de donner l'illusion d'un souper. Je repoussai le plateau et priai le caporal de relève de ne plus m'importuner.

Le grabat consistait en une planche vermoulue étalée sur une sorte de catafalque en béton ; la couverture sentait le moisi. Je roulai ma veste en oreiller et m'allongeai pour dormir.

L'ampoule anémique diffusait sa lumière dans un grésillement énervant, des bestioles frénétiques couraient dans tous les sens ; impossible de fermer l'œil. Les mains sous la nuque, je tentais de penser à quelque chose susceptible de me soustraire aux émanations asphyxiantes qu'exhalaient les encoignures.

Un dégoût inouï leva en moi comme une pâte.

Je me retournai vers le mur et me recroquevillai autour de mes genoux. Quelques minutes plus tard, le loquet grinça ; un officier poussa la porte et s'encadra dans l'embrasure :

— Tu n'as pas touché à ton plateau, me dit-il. Dois-je comprendre que tu entames une grève de la faim ?

Je me remis sur mon séant. L'officier était jeune, maigre et haut. Il portait des lunettes de vue qui lui bouffaient la moitié de la figure d'où pointait un nez effilé. Il avança d'un pas, inspecta la pièce et me déclara :

— C'est pas un palace, d'accord, mais ce n'est pas non plus Lambèse. Il faut manger, mon gars.

Sinon, je serais forcé de le mentionner sur mon registre de permanence.

— Je n'ai pas faim.

— Ce n'est pas un empêchement.

Il sortit une orange de la poche de son pardessus et me la tendit.

— Je t'ai vu sur scène, l'autre soir. Tu peux me croire, tu es un comédien-né. Tu as fait très bonne impression. Une révélation, et ce ne sont pas des flatteries.

— Merci.

— J'espère que je ne te dérange pas. Comme tu es le seul locataire, ici, j'ai pensé que ça te botterait d'avoir de la compagnie. D'habitude, je m'en fiche. Mais, j'avoue que tu n'es pas n'importe quel abruti. Les artistes, c'est des gens intéressants. Pour être franc, j'en ai ma claque de tous ces collègues qui te rabâchent les mêmes âneries tous les jours. J'ai pas été jusqu'à l'université, mais j'aime bien échanger des idées, parler des arts et de littérature.

Il s'assit sur le grabat en posant sa main sur mon genou.

— Ça va ?

— Ben…

— J'ai apprécié le rôle que tu as interprété dans *Le Délinquant*. On dit que c'est toi qui as écrit la pièce.

— C'est vrai.

— Chapeau ! Tu n'es pas seulement un bon acteur, mon gars. Je suis certain que tu n'es pour rien dans cette histoire de pseudo-mutinerie.

— J'étais ailleurs quand ça s'est produit.

— Je n'en doute pas une fraction de seconde.

Sa main se referma sur mon genou. Il dodelina de la tête, les yeux plissés, l'air grave. Au bout d'une longue grimace désolée, il m'assena une tape brusque sur la cuisse et me confia :

— Je crois deviner pourquoi on t'a collé cette saloperie sur le dos. Tu veux savoir pourquoi tu es aux arrêts ? C'est à cause de ton talent. Nous sommes allergiques au talent, dans notre pays, en particulier celui des écrivains. Personne ne blaire les écrivains, chez nous. Y a qu'à voir comment sont traités les Mammeri, Yacine et consorts. Même Moufdi Zakaria, le chantre de la révolution, auteur de notre hymne national, est vilipendé, persécuté et contraint à l'exil. Ça ne date pas d'hier. Nous avons ça dans le sang. Nous sommes sous-développés de la cervelle, pas seulement économiquement.

Son poing se crispa. Il expira un soupir et ajouta :

— Ce que nous infligeons à la crème de notre nation est impensable. Comment veux-tu que le bled avance si l'on jette en prison ses penseurs et ses artistes ?

— Je ne suis même pas sûr d'être publié un jour.

— Ça n'a pas d'importance. On pilonne la graine aussi. Petite idée deviendra projet, n'est-ce pas ? Autant saper le plant. Un arbre, une fois grand, devient dur à abattre, d'une part, de l'autre, il risque de blesser quelqu'un en tombant. Pourquoi prendre des risques ?

Ses yeux me déplurent subitement. Ils n'arrêtaient pas d'esquiver les miens. Quelque chose me souffla que l'officier n'était pas sincère. Je ne l'avais jamais vu auparavant. Tout en lui intriguait : ses petites tapes sur mon genou, ses soupirs, sa voix qui avait le timbre fiévreux d'un acteur ayant appris par cœur ses répliques et pressé d'aboutir au clou du spectacle. Subrepticement, une main invisible et froide me griffa le dos. L'officier perçut mon malaise et dut penser que j'adhérais à sa théorie ; il poursuivit :

— Si, dans le civil, un écrivain est suspect, qu'en serait-il dans l'armée ? Dans l'institution militaire, tu as le droit de garder la tête droite à condition qu'elle ne dépasse pas celle des autres. C'est comme au défilé : un faux pas fausse l'ensemble de la parade, exactement comme une fausse note un orchestre philharmonique... Je ne dis pas ça pour te décourager ; j'essaie de t'aider à assimiler le monde dans lequel tu t'exposes. L'armée est fondée sur la discipline. On exécute les ordres, et rien d'autre. Et les ordres, c'est comme les religions, il y a toujours un dieu derrière. C'est lui qui fait la pluie et le beau temps ; il ne tolère aucune rivalité. Et toi, en rutilant sous les feux de la rampe, tu lui fais de l'ombre.

— Avec un misérable sketch d'adolescents ?

— Avec moins que ça. Pour tes camarades, tu es une star. Les chefs ont horreur de ceux qui leur raflent la vedette. C'est comme ça dans toutes les armées du monde. Dans l'institution militaire, ce qui n'est pas à l'ordre du jour est désordre, donc à réprimer impérativement. Tu es encore jeune, tu n'as rien vu. J'ai été au bataillon, dans les centres d'instruction, dans l'administration ; je sais de quoi je parle. L'armée n'a pas besoin de ton imagination. Ta matière grise ne l'intéresse pas. C'est à peine si nos chefs sollicitent leur moelle épinière pour réfléchir. Et encore, c'est trop leur demander. Les surdoués sont *persona non grata* dans les rangs. C'est même un sacré tas d'emmerdes ; ça chiffonne la hiérarchie. Ce qu'elle exige, c'est de gros bisons qui font du bruit en passant au loin et qui foncent comme un rouleau compresseur, avec une roue en béton à la place de la gueule... Si tu veux mon avis, on ne t'a pas mis aux arrêts pour avoir fauté, mais pour avoir fait montre de présence d'esprit. C'est une procédure didactique pour te remettre à ta place. L'esprit, c'est ce que l'armée considère comme la plus grave atteinte à son équilibre et à sa longévité.

Constatant que je me taisais, il fixa ses souliers et revint à la charge :

— Je n'ai pas l'impression que tu m'aies compris, mon gars. Tu es en taule parce que ta tête émerge du lot. Les feux de la rampe, chez les bidasses, font songer illico au peloton d'exécution. Les intellos, c'est de la mauvaise herbe, des fouille-merde. Sais-tu combien il existe de petits génies dans les rangs ? De quoi remplir l'ensemble des établissements pénitentiaires du bled. S'ils ne sont pas en captivité, c'est parce qu'ils font les morts. Ils ont pigé que le Système n'a que foutre de leurs potentialités. Ce qu'il veut, c'est des types qui obéissent au doigt et à l'œil. Indépendance ou pas, la bleuite règne encore chez nous, et malheur aux suspects.

Était-ce un fou ? Des propos pareils, en ces années grises de dictature tranquille, m'effrayaient.

L'officier se leva. Avant de refermer la porte derrière lui, il dit :

— Fais gaffe à toi, mon gars. N'oublie jamais que nous sommes gouvernés par des macaques. Pour eux, les bouquins, les toiles de maître, les planches, c'est juste pour entretenir les bûchers.

Cet officier me préoccupa. Il revint me trouver le lendemain et me tint le même langage. Difficile d'adhérer à la crudité de ses diatribes à une époque où la délation et l'espionnite battaient leur plein. Prudent, je me limitais à l'écouter, sans acquiescer, sans rien laisser transparaître. Je le soupçonnais d'être un agent de la Sécurité militaire prêchant le faux pour me sonder. Ses « persécutions » finirent par m'horripiler. Un soir, dans l'espoir de mettre un terme à la mascarade, je lui rétorquai :

— L'armée dont vous me parlez, je ne la connais pas. Je suis un cadet, et l'institution militaire est ma famille. Je ne dis pas ça par hypocrisie. C'est ce que je crois. Elle est ce qu'elle est, avec ses bons et mauvais côtés, et j'ai du respect pour elle. Que ça soit clair, très clair, entre nous. J'ignore où vous voulez en venir, et je m'en contrefiche. Si vous espérez me tirer des vers du nez, autant vous avertir tout de suite : vous perdez votre salive et votre temps.

Il ne revint plus me harceler.

En 1975 – j'étais élève officier à l'académie – cinq cadets furent arrêtés et traduits devant le tribunal militaire pour intelligences avec le Parti communiste algérien, clandestin. Je n'ai aucune preuve, pourtant je suis prêt à mettre ma main au feu que cet officier, d'une manière ou d'une autre, y était pour quelque chose.

Les membres de la commission de discipline ne prêtèrent aucune attention à mes protestations. Ils n'avaient pas d'arguments valables quant à mon implication dans la « mutinerie » ; et je n'avais pas d'alibis consistants. L'événement étant sans précédent, donc gravissime, il fallait sanctionner le suspect de façon à interdire la récidive. Après délibération, je fus déclaré coupable et condamné à sept jours de privation de vacances et à un mois de privation de sortie. Je m'attendais au pire, cependant, en reprenant mes sens, je mesurai l'ampleur de l'arbitraire. C'était injuste. Le capitaine Bouchiba le reconnut, mais il était impératif que quelqu'un trinquât pour les autres, et j'étais la personne la mieux indiquée ; n'étais-je pas la coqueluche de Koléa, son poète, son dramaturge, son athlète, son humoriste, son comédien ?

Pour assujettir une communauté, on doit domestiquer ses notables.

J'étais écœuré.

Mes camarades partis en congé, l'école ressemblait à un terrain vague. J'avais tenu bon les deux premiers jours, grâce à la présence d'une poignée de « consignés » ; au troisième, totalement seul, je basculai dans l'amertume. Je ne me supportais plus. Un tête-à-tête avec moi-même m'éprouvait. J'avais beau écouter ma radio de poche, soliloquer dans la chambrée déserte, errer tel un spectre au milieu des immeubles silencieux, pas moyen de distancer le déplaisir. Il m'attendait au détour des pavillons, me lâchait du lest pour me rattraper sur la cour scolaire, me traquait, me tourmentait ; je me sentais devenir fou. Je n'arrivais pas à manger, dormais mal ; tout me repoussait. Au quatrième jour, je me retranchai au fond de la forêt, du matin à la nuit tombée. Je me surprenais à courir dans les taillis, à me dresser au haut des talus, les mains en entonnoir autour de la bouche pour hurler à tue-tête : oui, je suis écrivain. C'est quoi votre problème ? Savez-vous seulement ce qu'est un écrivain ? Je suis le roi des mages ; l'exergue est ma couronne, la métaphore mon panache ; je fais d'un laideron une beauté, d'une page blanche une houri. Sous ma plume, les crapauds deviennent princes et les gueux sultans. Je suis le seul à pouvoir inventer l'amour à partir d'une virgule. Et vous n'y pouvez rien. C'est quoi au juste votre problème ? Qu'est-ce que vous me voulez ? Écrivain je suis, écrivain je reste, et à mort la bêtise !…

Joignant le geste à la parole, je fis de la forêt mon royaume, des clairières mes jardins, des arbres mes tours, des fourrés mes remparts, et me mis à donner des noms de poètes aux rochers, et des noms que j'aime aux sentiers... Et pourtant, et pourtant, alors que je régnais sans partage sur les herbes et leurs bruissements, Dieu savait, à l'instant même où je me proclamais seigneur des absences et des solitudes, que j'aurais renoncé à mon trône et à l'ensemble de mes privilèges pour la plus banale des compagnies.

11.

— Songez un peu à me ménager, monsieur Moulessehoul, dit Mme Lucette Jarosz, une brave Polonaise qui nous enseignait la langue de Molière. Il n'y a pas que votre copie. Il y a aussi celles de vos vingt-trois camarades de classe, et les vingt-cinq de la 1re L1, et les vingt-huit de la 3e A1 ; des dizaines et des dizaines de travaux que je dois apprécier, corriger et noter. Malheureusement, la vôtre me prend plus de temps. J'en ai ma claque de chercher après chaque mot dans le dictionnaire. Vous devriez vous calmer, mettre un peu d'eau dans votre vin, je vous assure. Votre texte suffoque, monsieur Moulessehoul. Vous êtes en train de l'ensevelir sous un regrettable éboulis de vocables superflus, souvent, soit dit en passant, impropres. La redondance ne tape pas dans l'œil, elle le crève. À la longue, elle tape sur le système.

Elle était navrée de m'apostropher de la sorte, mais elle ne pouvait réagir autrement à mes excentricités. Quelques mois plus tôt, mes dissertations l'éblouissaient. Elle croyait avoir déniché l'oiseau rare et était fière de compter, parmi ses élèves, une lumière. Elle n'arrêtait pas de me vanter auprès de ses collègues si bien que certains venaient vérifier, par eux-mêmes, la teneur de mes prédispositions littéraires. Mais, au fil de mes extravagances, l'engouement de Mme Jarosz s'exténua. Au fur et à mesure que je récidivais, elle devint complaisante, puis franchement vannée.

— Trop, monsieur Moulessehoul ; vous en faites trop. Je vous ai donné un 13... par pitié.

Elle posa ma double feuille sur ma table, oublia sa main dessus, médita un moment avant de libérer un soupir qui en disait long sur son ras-le-bol.

— Savez-vous comment on appelle les gens dans votre cas, monsieur Moulessehoul ? Mé-ga-lo-ma-nes. Et la mégalomanie est un sérieux problème pathologique. Je vous conseille de vous rapprocher d'un psychologue, et le plus tôt sera le mieux. Si vous persistez à vous confiner dans la superfétation intenable qui commence à vous caractériser, je cesserai de vous lire. Ce sera invariablement un 13... par pitié.

Tapis dans leur coin, Kaddouri et Smaïl ricanaient ostensiblement. Ils étaient mes rivaux, et cela ne les ennuyait pas de me voir enfin rivé à mon clou.

— Elle a raison, Mme Jarosz, m'affirma Ghalmi dans la cour scolaire.

Il était au courant de ma déconvenue et tenait à me remettre sur les rails. J'avoue que depuis que la revue de l'école avait publié mon poème *La*

Vipère – un libelle à l'adresse des marâtres qui m'avait valu une certaine notoriété auprès des lycéens de la région –, je ne me retenais plus. Je me prenais pour le magicien du verbe.

— Ce n'est pas que tu divagues, s'empressa-t-il d'ajouter. Tu as de l'imagination, c'est incontestable. Tu as du vocabulaire, personne n'en trouverait à redire. Mais tu as un défaut grave et tu dois t'en débarrasser : tu cherches à intimider. Un écrivain n'intimide pas ; il impressionne. Il ne s'impose pas ; il séduit ou convainc. Sa grandeur, c'est sa générosité et son humilité, pas sa complexité. Or tu fais tout pour paraître difficile. Tes mots sont ampoulés, excessifs ; tu crois ton français châtié alors qu'il est pindarique et creux. Tu deviens farfelu en voulant être savant ; c'est une grosse maladresse. Regarde Brassens. Tu l'aimes bien, Brassens. C'est un grand poète. Pourtant ses paroles sont claires comme une eau de roche. Et Giono ? Tu as énormément aimé son *Regain*. Pourquoi ? Parce qu'il écrit avec du cœur, pas avec des mots vaniteux. La grandiloquence, c'est le faste des carnavaliers. Un romancier n'a que faire du faste, et que faire des mascarades. Il a un bouquin à soumettre au lecteur. Son souci est de faire œuvre utile. Les feux d'artifice, ce n'est pas dans ses cordes. Tu dois accepter les critiques et t'inspirer des observations qui te semblent désobligeantes et qui pourraient te servir de repères probants. Je voulais t'en parler dès le début de l'année ; ton irascibilité m'a découragé. Ce que tu fais est mal. Reviens à ton style d'avant, coloré, imagé, superbe de retenue. C'est là ta force, c'est là ta vraie nature.

— Tu penses que j'en rajoute ?

— Franchement, oui. Un poète, c'est magique. Mais ce n'est pas un illusionniste. Ses tournures de phrases ne sont pas des tours de passe-passe ; ce sont des étoiles filantes qui traversent la nuit des esprits pour les interpeller. L'autre jour, j'ai relu *Des souris et des hommes* de John Steinbeck. Ce n'est pas un livre, Mohammed, c'est un sablier enchanté. Il est fluide et beau, simple et instructif ; il est une révolution. Moi, c'est comme ça que j'aimerais te voir : un sablier transparent qui égrène sa muse, qui raconte le monde comme le temps fait l'histoire. Combien de fois faut-il te répéter que tu en es capable ? Maintenant à toi d'en être convaincu. Car, plus tu braconnes dans le dictionnaire, et plus tu déprécies ta propre richesse, celle qui pèse sur tes tripes et qui ne demande qu'à jaillir de ton cerveau pour nous épater.

J'étais fou de rage. On ne me comprenait pas. Ils ignoraient que j'avais tout perdu, qu'il ne me restait que la littérature pour échapper à l'engrenage qui me broyait, aux hideurs qui s'escrimaient à me faire admettre qu'en dehors des avatars je n'étais bon à rien. Je m'interdisais d'être laid, de ressembler à ma vie. C'est vrai que physiquement j'étais loin de répondre à cette ambition, mais j'étais persuadé de me rattraper grâce à mon talent. Entre les déceptions et moi, la guerre était déclarée. Sans merci. Sans concessions. Plus le destin me flouait, et plus j'en bavais de lui rendre la monnaie de sa pièce. Pour moi, chaque poème que j'écrivais, chaque nouvelle, chaque texte étaient des ripostes, des pieds de nez que je lui adressais. Je voulais que ma métaphore soit aussi imparable que mon refus de céder, ma tournure de phrase capable de supplanter les mauvais tours que m'infligeait la fatalité... Je voulais séduire et plaire, intéresser autrement que par mes déboires, surmonter mes peines à la manière des alchimistes certains d'extraire de l'or de la gadoue dans laquelle ils pataugeaient. C'était mon défi, ma raison d'être. Attendrir est aveu de faiblesse, une reddition diaprée. Il n'a jamais été question, pour moi, de baisser les bras. Je me disais que si Dieu avait jalonné mon itinéraire d'embûches, ce n'était pas pour le plaisir de m'éprouver – qui étais-je, pour que le Ciel s'acharnât sur moi ? – mais, au contraire, pour me montrer que j'étais capable de les surmonter. La souffrance n'est douleur que chez les patients ; auprès des troubadours, c'est une source d'énergie et une motivation supplémentaires pour transcender. Je n'aimais pas le garçon que j'étais, contraint de braver stupidement les moniteurs, de contrarier les officiers, de faire l'intéressant dans les rangs pour se retrouver, en fin de semaine et en fin de compte, consigné et seul face à ses aigreurs ; je n'aimais pas cette poisse qui me collait aux trousses comme si elle craignait de me voir m'envoler ; je n'aimais pas cette rage qui me consumait de l'intérieur sans m'immoler une fois pour toutes ; je n'aimais pas passer pour un charmeur de serpents lorsque j'essayais seulement de jouer de la flûte. Je n'étais pas un fanfaron. J'avais une revanche à prendre, sur moi-même d'abord, ensuite sur ceux qui s'étaient dépêchés à me jeter au rebut. Et cette revanche, c'était d'être, un jour, ce que j'idéalisais le plus : un écrivain ! c'est-à-dire quelqu'un qui, comme Baudelaire, aura plané par-dessus la bassesse et les abjections auxquelles ses semblables l'avaient voué et triomphé de sa petitesse de mortel en méritant sa part de postérité. Ma vie était si lamentable, si saugrenue que seul mon nom sur un livre pouvait m'en consoler. Mme Jarosz ne comprenait pas que je me tuais à ressembler à mes maîtres, à vouloir luire dans ma nuit ; elle ne comprenait pas que les lucioles brûlent quand on les croit rutiler, que ma séduction consistait à m'affrioler moi en premier, que je n'étais pas un phraseur imbu mais une âme qui se cherchait quitte à remuer le fond des abysses. Les ténèbres ne me terrifiaient plus. Je marchais à tâtons en plein jour exprès. J'avais foi en moi en dépit de mon infortune. Ainsi avancent les hommes sûrs de leur lucidité. Je n'avais pas peur de me perdre. Mon idée fixe était mon étoile polaire ; ma vocation viscérale me servait de boussole. *J'étais né poète comme l'oiseau naît musicien*, et ni les cages ni les rets des oiseleurs ne sauraient falsifier mes solfèges.

— Tozz ! s'écria le directeur de sa voix nasillarde. Monsieur se prend pour je ne sais qui. Il arrive à peine à écrire son nom et se croit déjà arrivé. Je vais te confier ce que je pense des crétins de ton acabit : *festi !* baratin, poudre aux yeux, fuite en avant. Tu appelles ça une dissertation, ajouta-t-il en agitant dédaigneusement ma copie du bout des doigts. Ça ne mérite même pas le 13 qui est dessus. La vérité est ailleurs, monsieur Moulessehoul : c'est parce que Mme Jarosz est une *femme* que tu roules des mécaniques devant elle, c'est parce qu'elle est gentille que tu te découvres des crocs de loup pour la croquer. Avec un homme, tu te serais conduit en chérubin. Tu oserais chasser une mouche sur ton visage en présence d'un Karaghel ou d'un Mokrane ? Ils te casseraient la gueule pour moins que ça, eux. Si tu penses que la nature ne t'a pas suffisamment arrangé le portrait, face de singe, tu n'as qu'à me solliciter. Et je ne vais pas me gêner, promis. Non, mais tu t'es regardé ? Ici, tu n'es pas à la Sorbonne, bonhomme. Nous n'avons pas assez de buvards pour éponger tes rédactions dysentériques. Tu es un soldat. Tu as une tête pour porter le casque, pas pour faire de l'esprit. L'armée n'a pas besoin de prosateurs ; elle compte sur nous pour lui fournir des officiers intègres, consciencieux, intelligents et compétents. Ce n'est pas en solfiant qu'on a des chances de garantir l'intégrité de notre territoire, monsieur Moulessehoul. Les chars qui t'attendent veulent en découdre, et non être bercés par les mièvreries de tes états d'âme. Les troupes que tu auras à commander exigeront de toi de l'autorité, rien que de l'autorité. Elles ne croient pas aux griots, et il n'y pas de place, sur les cartes d'état-major, pour les capucinades.

— Je n'ai pas besoin de chars, ni d'avions, ni de bataillons chevronnés, monsieur le directeur. Donnez-moi une machine à écrire, une rame de papier et je conquerrai le monde.

Un uppercut ne l'aurait pas secoué aussi fort.

Lentement, il recouvra ses esprits, retroussa ses lèvres sur une grimace méprisante. Il était amusé et en rogne à la fois. Ses doigts froissèrent un coin de ma copie, renoncèrent à la déchiqueter.

Le silence, dans le bureau, avait une chape de plomb.

Après un rire inaudible, il releva la tête et me dit :

— C'est la plus belle connerie que j'aie entendue depuis que ma femme a dit oui à ma demande en mariage. Mme Jarosz a raison. Tu vas sur-le-champ consulter le psychologue. En attendant son rapport, j'ai le plaisir de t'informer, cher monsieur Mauriac de mes deux, que tu es privé de sortie pour quatre semaines d'affilée et que, si le cœur t'en dit, j'ai effectivement une rame de papier au cas où il t'arrive encore de te torcher le cul.

La sévérité des sanctions ne me scandalisa pas. De toutes les façons, mes insubordinations ne me rendaient la liberté qu'un week-end sur deux ; mes boules à zéro empêchaient régulièrement mes cheveux de repousser. Souvent, quand on ne mettait pas le grappin sur un vandale insaisissable, les soupçons se rabattaient inévitablement sur moi. J'en payais les frais sans susciter le moindre doute.

À l'usure, je n'éprouvais plus la nécessité de rouspéter. Les moniteurs m'avaient collé une étiquette indélébile, clamer mon innocence n'aurait réussi qu'à consolider davantage les accusations spontanées des caporaux. « Tu jurerais sur le Coran que tu ne me ferais pas changer d'avis, grondait le capitaine Bouchiba. Il n'y a que toi pour foutre la pagaïe dans le secteur. Qui veux-tu que ça soit, hein ? Moi ? Je ne suis pas somnambule. Un esprit frappeur ? Il est moins déraisonnable. Donc, ça ne peut être que toi, espèce de chiot enragé. Toi, et personne d'autre... » Je n'insistais pas. J'avais plus de chances de convaincre une sorcière de l'innocuité de ses sortilèges qu'un officier de la véracité de mes dires.

J'étais triste à l'idée de perdre l'estime de Mme Jarosz. Son enthousiasme m'exaltait. J'avais besoin de sa chaleur ; elle était mon alliée naturelle ; je ne supportais pas qu'elle me boudât à cause d'un misérable malentendu. Maintenant qu'elle me tournait le dos, mes rares éclaircies s'entoilaient dans son ombre ; son indifférence me néantisait.

Je connaissais mes limites ; il devenait impératif, pour moi, de me réconcilier avec elle.

Décidé à me racheter coûte que coûte, je suppliai l'incontournable Ghalmi de m'aider à me redorer le blason. Il se dit disposé et me demanda si, moi, je l'étais. Pour lui prouver ma détermination, je brûlai sous ses yeux ma plus belle dissertation. Il n'apprécia pas l'initiative et me suggéra simplement de me défaire du dictionnaire. Ensuite, il m'emmena dans la bibliothèque et recensa les ouvrages que je devais lire et méditer : *La Grande Vallée*, *La Perle*, *Tendre Jeudi*, de John Steinbeck, *Jours de Kabylie*, de Mouloud Feraoun, *Le quai aux fleurs ne répond plus*, de Malek Haddad, *Succession ouverte*, de Driss Chraïbi, *Le Destin d'un homme*, de Cholokhov, et un recueil de poèmes de Jacques Prévert.

Mon mois de privation de sortie tombait à pic. Il m'offrait l'occasion de me ressaisir.

Les fins de semaine, l'école évoquait un village fantôme. Pas âme qui vive. On entendait les battants des fenêtres sortir de leurs gonds, le chuintement des arbres et le grésillement des cigales. La cour déserte se perdait dans la brume des absences ; les dortoirs clos faisaient la tête aux réfectoires ; les rares consignés s'étiolaient dans les pénombres. Je m'enfermais dans ma classe et plongeais dans mes livres.

Sacrifiant volontiers ses moments de détente, Ghalmi venait, de temps à autre, voir où j'en étais. Il s'asseyait à califourchon sur une chaise et m'instruisait. Vers la fin de l'après-midi, revenant de la ville, Sebbouh m'apportait des pâtisseries. Il ne restait pas longtemps avec nous pour ne pas perturber notre conciliabule. Ghalmi lisait mes notes de lecture, soulignait les phrases qu'il jugeait correctes, cernait d'un coup de crayon les mots racoleurs, délimitait les paragraphes superflus. La densité de ses ratures m'irritait. Il ne se laissait pas intimider par mes protestations, me démontrait de façon magistrale les lourdeurs et les redites,

248

l'inutilité d'un grand nombre d'épithètes et, pour me monter le bourrichon, lisait à voix haute, sur un ton enjoué, les passages bien négociés.

Au fil des semaines, les remarques de mon instituteur bénévole diminuèrent ; je pouvais enfin présenter un texte correct à la grande satisfaction de Sebbouh.

Mme Jarosz ne me lira pas.

Il faisait nuit, ou peut-être faisait-il encore jour. Dans le ciel goitreux, Vulcain revendiquait son Olympe, des tonnerres monstrueux en guise de tambours. Soudain, pris de frénésie, il s'empara de ses éclairs et entreprit d'éventrer les nuages qui recouvraient la plaine de vastes nuées de corbeaux. Le vent soufflait rageusement ; les arbres se prenaient la tête en se contorsionnant. Mme Jarosz conduisait d'une main et essuyait de l'autre la buée sur son pare-brise tandis que sa Renault 4 tanguait sous les ondées. Elle ne voyait pas l'oued Mazafran déborder ses talus, ni la crue en train de l'attendre au croisement des destins. Son corps sera retrouvé, trois jours plus tard, envasé sur une berge.

Le hasard, souvent – pour prouver qu'il n'est pas le parent pauvre des destinées et qu'il a, lui aussi, voix au chapitre –, emprunte au sort son ironie ; ensuite, devant l'ampleur des dégâts, il s'empresse de rejeter ses malheureuses initiatives sur la Fatalité. Et c'est quoi la Fatalité, en dehors du bon dos qu'elle offre aux aberrations, sinon ce qui reste lorsqu'on a tout tenté.

Lucette Jarosz était une dame très appréciée à l'ENCR Koléa. Fiancée à un psychiatre algérien, elle préparait son trousseau pour convoler en justes noces, ce qui conférait à sa disparition tragique une ignoble absurdité. Entre-temps, elle venait d'achever un livre[1] sur la vieillesse en Algérie, ouvrage qui ne sera publié que dix ans après sa mort. Les cadets avaient un respect religieux pour leurs professeurs ; avec Mme Jarosz, il s'agissait d'affection ; je n'arrêtais pas de dessiner son profil sur des feuilles volantes. Je n'étais pas amoureux d'elle ; je l'*aimais*. Elle était prévenante, complaisante, à la limite de la complicité, et défendait ses élèves mieux qu'une louve ses petits. J'étais son chouchou, raison pour laquelle bon nombre d'entre nous qualifièrent mon attitude d'ingrate et d'inexcusable. On me le reprocha au début. Une mort subite, inopportune et scélérate laisse des séquelles profondes. Pour la conjurer, il faut lui trouver un sens. Quand elle vient à en manquer, on cherche un coupable. J'étais tout désigné pour ce rôle. Les profs de français – les Algériens – firent un point d'honneur de me serrer la vis. Parmi eux, un officier du contingent qui s'acquittait de son service militaire dans le corps des enseignants. C'était un jeune homme passionné, amateur de Borges et fanatique de Boris Vian, capable de déceler la configuration d'un sexe féminin dans un simple texte décrivant benoîtement les méandres d'une rivière. Il préférait les puzzles hallucinogènes de

1. *Le Vieillissement en Algérie*, OPU, Alger, 1983.

William Burroughs à la simplicité déconcertante de Camus, et avait pour la poésie cybernétique autant d'enchantement que pour une figurine ratée signée Salvador Dalí. Pour lui, le cubisme n'était pas un art, mais un standing ; il ne rehaussait pas le prestige de son artisan, mais de celui qui savait l'apprécier. Son snobisme n'avait d'égal que la stupéfaction qu'il suscitait. Ce fut donc en force qu'il prit les commandes de notre classe. Il nous avertit d'emblée que ses meilleures notes n'excédaient point le 12 et que, pour espérer flirter avec le 10, il nous en faudrait... On comprit que son zèle me visait directement, moi dont la tension chutait dangereusement dès qu'un 13 endeuillait ma copie. Presser de me rabattre le caquet, il nous soumit dare-dare à l'épreuve : devoir surveillé ! Il corrigea nos travaux en une nuit ; le lendemain, il nous les rendit, le geste altier, la moue réductrice... Moulessehoul : 9 sur 20. Il guetta ma réaction. Elle ne se manifesta pas. La provocation était flagrante, ridicule. Déçu par ma résignation, il misa sur la prochaine fois. Sans succès. J'ai toujours vénéré mes profs, femmes et hommes, méchants ou gentils, chrétiens et musulmans, intégristes ou communistes, sans distinction de mœurs ou d'humeurs. Les cadets étaient ainsi : rebelles avec les moniteurs, absolument dociles avec les enseignants. Il n'y eut qu'un seul et unique cas d'insolence grave à Koléa. Le récalcitrant fut immédiatement orienté sur une école d'hommes de troupe ; il n'eut jamais le temps de réaliser ce qu'il lui arrivait...

J'avais très mal accepté d'être dans le collimateur des profs. Pour moi, ce n'était pas leur vocation de jouer au *sniper* fébrile, tapi derrière une moucharabieh, guettant un illustre inconnu pour le foudroyer sans sommation sur le trottoir, au retour d'un marché ou au sortir d'un immeuble. Cette situation m'accablait d'autant plus que je culpabilisais d'avoir amené des détenteurs du savoir à se conduire d'une façon aussi triviale et stupide.

Au bout de quelques mois, l'officier de réserve revint à des sentiments raisonnables. À l'examen de fin d'année, il me gratifia d'un retentissant 17,5 qui me valut le prix de français, lequel consistait en deux romans : *Manhattan Transfert* de Dos Passos et *La Voie royale* d'André Malraux. Je n'ai jamais su exactement si c'était pour s'excuser ou parce que je le méritais.

Parallèlement, je continuais d'écrire. Hichem Bencheikh, dit Timothée – un adorable *crooner* sans apparat, gigolo bredouille et impénitent, fort en gueule comme un canasson mais gentil comme une peluche –, me convainquit de la nécessité, pour moi, de disposer d'un éditeur et m'attesta qu'il avait les qualités requises pour mener à bien cette tâche. Je n'avais aucune raison d'en douter. Hichem était algérois, fréquentait les hautes sphères, savait jouer d'une guitare électrique et mentir avec des arguments imparables. Il était « l'aristocrate » de l'école, c'est-à-dire un garçon à la page, aux idées bien mûries et aux investissements pertinents. À Koléa, nous avions créé notre monde et le consolidions en fonction de nos besoins et de nos aspirations. Nous avions nos « doctours », nos « cheikhs », nos « Che », nos « progressistes », nos « politiciens », nos « inventeurs » ; une communauté saine et équilibrée. J'étais « l'écrivain ». Tout le monde m'appelait ainsi. La logique voulait qu'un tel titre ne restât pas lettre morte, que je sois distribué et lu. Hichem avait le sens des affaires et le flair des opportunités lucratives. Il commença par récupérer l'ensemble de mes nouvelles, les répertoria selon les sujets qu'elles abordaient, les regroupa en « collections ». Puis il déploya une vaste opération promotionnelle pour élargir mon lectorat et parvint à intéresser les arabisants, ce qui relevait du domaine de l'inconcevable. Ses exploits m'amusaient et me stimulaient à la fois. Grâce à lui, je vivais un rêve, *le* rêve, *mon* rêve. Grisé par le succès, je lui obéissais au doigt et à l'œil. Il était un excellent agent pluridisciplinaire. Aussi, lorsqu'il me conseilla de m'essayer aux textes érotiques, je n'y vis pas d'inconvénients. À l'époque, la littérature licencieuse circulait sous le manteau ; sa clandestinité lui insufflait de la vaillance, ce qui la rendait sympathique et hautement conquérante. Mon premier essai fut concluant. Les cadets exigèrent séance tenante d'autres épisodes. Hichem sautait au plafond. Hélas ! comme tout éditeur qui se respecte, il me cachait l'essentiel et empochait la totalité des dividendes avec une touchante discrétion. Il devint « riche », et moi « célèbre ». Entre la gloire et la fortune, l'illuminé opte généralement pour le clinquant illusoire, et c'est bien fait pour lui.

— Je suis désespéré, m'avoua Ammar. J'ai frappé à toutes les portes, essayé toutes les recettes – j'ai même sollicité un éminent marabout ; rien à faire : ma fiancée refuse de me pardonner. Je me sens devenir fou. Tu es poète, tu dois comprendre ce que la tendresse représente pour une tête brûlée dans mon genre. Regarde, j'ai maigri, n'ai plus goût à rien, ne dors que d'un œil, ne trouve de paix nulle part. J'ai les nerfs en boule, et mes amis ne me supportent plus.

Il était à deux hoquets de fondre en larmes. Sa voix cafouillait dans sa gorge que j'imaginais meurtrie par une pomme d'Adam débridée, ses mains se trituraient à s'écorcher, de la bave pétillait aux commissures de sa bouche ; sa détresse m'effrayait.

Nous n'étions pas très copains, Ammar et moi. Envahissant, chicaneur et têtu, ses humeurs étaient incompatibles avec mes états d'âme. Issu d'une famille de notables influents à Khenchela, il en avait hérité une certaine arrogance et cette férule insatiable qui faisait de lui un chef d'équipe sur le terrain et un chef de bande ailleurs. La première fois que j'avais vu une liasse de billets de banque, elle sortait de sa poche. Je ne savais pas pourquoi il avait une dent contre moi ; lui-même l'ignorait ; ma mine ne lui revenait pas, c'était ainsi et il fallait faire avec. À chaque fois que j'étais titularisé dans l'équipe de foot de l'école, il s'arrangeait pour m'en faire éjecter. Lorsqu'un match nous opposait, j'étais sûr de recevoir ses crampons sur le genou avant la mi-temps. Était-ce par jalousie ?

Ammar était, lui aussi, une coqueluche aux yeux de ses innombrables amis ; cela devait lui déplaire de m'avoir régulièrement dans les pattes et il considérait ma relative renommée comme une façon exaspérante de lui couper l'herbe sous les pieds.

Ce soir-là, en profanant mon « ascèse » sous le préau, il était méconnaissable ; sa figure violacée avait du mal à contenir ses yeux éperdus. Lui, le *Viking*, le dur à cuire, l'indomptable Chaoui affichait profil bas ; il était malheureux.

— Qu'attends-tu de moi ?

Ses doigts s'agrippèrent à mon poignet, suppliants :

— Tu as la main heureuse. Écris-lui, explique-lui, dis-lui combien je tiens à elle.

— Tu penses que j'ai une chance de la raisonner ?

— Tu es l'ultime bouée de sauvetage qui me reste. Je suis certain que tu sauras trouver les mots qui feront mouche. Écris-lui une lettre, mets-y du cœur et ton talent de poète. Pour l'amour du ciel, rends-moi ma belle.

— D'accord, acquiesçai-je, juste pour atténuer son émoi.

— Si tu me la rends, me promit-il en me froissant le poignet, je te serai redevable jusqu'à la fin des temps.

Quelques semaines plus tard, un Ammar revigoré, aux yeux chavirants, me sauta au cou et saliva abondamment sur mes joues ; sa belle lui pardonnait. Il me montra la lettre étoilée de lar-

mes, m'embrassa sur le front, loua mon art de per-
suasion ; son bonheur était tel qu'il en devenait
loufoque. Il m'offrit, en guise de reconnaissance,
un somptueux sandwich aux merguez chez Sah-
noun et une place tribune au stade de Blida où
mon club favori, l'ASM d'Oran, administra une
superbe raclée footballistique à l'équipe locale.

L'histoire de « la main heureuse » se propagea
à travers l'école. Petit à petit, convaincus que mon
écriture recelait des pouvoirs talismaniques, des
cadets se mirent à défiler à ma table, certains pour
des lettres d'amour à l'attention d'égéries le plus
souvent imaginaires, d'autres pour des demandes
de logement ou des réclamations – il y eut même
quelqu'un qui me fit écrire des missives enflam-
mées pour, finalement, feindre de les recevoir de
sa petite amie ; il s'isolait alors pour mieux se faire
remarquer et les lisait avec un plaisir et une fébrilité qui me laissèrent perplexe.

Je devins l'écrivain public de Koléa.

À mon tour, époustouflé par l'engouement
affectif de mes « clients », je songeai à me dégotter un brin de fille pour la chanter et, pourquoi
pas, l'émerveiller. Depuis cousine K, je n'avais
plus renoué avec le bonheur d'aimer. J'avoue
n'avoir pas eu beaucoup de succès auprès des
demoiselles. Pour être franc, je n'en avais aucun.
D'abord à cause de mes boules à zéro répétitives
qui conféraient à mon regard quelque chose de
démoniaque, ensuite parce que je n'étais pas de
taille à rivaliser avec mon compagnon Ikhlef dont
la beauté et l'entrain reléguaient cruellement mes

performances, en matière de séduction, au rang de la figuration. Quand nous allions draguer les filles aux alentours du lycée, Ikhlef n'avait qu'à ébaucher un sourire pour fasciner celle qu'il voulait, chose qui, malheureusement, malgré mon air affecté et mes lunettes cerclées d'intellectuel, ne me réussissait guère. « Bof ! me consolait Ikhlef, toi, tu es beau de l'intérieur. Il suffit à une fille de mieux te connaître pour s'éprendre de toi. Ta classe, c'est ton intelligence et ta culture. » J'en déduisis qu'il me fallait convaincre pour séduire. Un soir, la radio francophone Chaîne III diffusa les coordonnées de jeunes gens désireux de correspondre avec des filles ou des garçons de leur âge. Je notai hâtivement les nom et adresse d'une prénommée Leïla, dix-huit ans, habitant Oran et aimant la littérature, Jean Ferrat et la musique classique. Au bout de la troisième lettre, nous nous tutoyions ; à partir de la cinquième, nous étions follement amoureux l'un de l'autre. Leïla adorait mon style ; elle souhaitait me lire dix fois par jour, me disait que je n'avais rien à envier à Verlaine. Je lui répondais que j'étais écrivain, et qu'un jour mes livres joncheraient les étals des librairies. Elle me déclarait qu'elle n'en doutait pas une seconde et qu'elle serait ravie d'en serrer un contre sa poitrine. Je lui promis que mon premier roman lui serait dédié. Notre correspondance s'embrasa ; je recevais d'elle trois lettres par semaine et lui en envoyais une tous les jours. Notre amour platonique se surpassait. Pour moi, Leïla était une sublimation. Pour elle, j'étais le prince des contes de fées. Elle me décrivait l'émotion qui s'emparait d'elle lorsqu'elle reconnaissait mon écriture sur l'enveloppe du pli, son cœur battant la chamade au gré de mes envolées lyriques, son supplice exquis de devoir patienter vingt-quatre heures, soit mille quatre cent quarante interminables minutes à guetter le facteur. À la question de savoir le genre de femme que je souhaiterais épouser, je lui répondis par un long poème qui finissait ainsi :

La femme que j'aimerai
Me donnera sa vie entière
Pour une poignée de blé
Et arrachera ses chairs
Pour en panser mes plaies
Je veux qu'elle soit forte
À détourner le destin
Et sur les années mortes
Retracera mon chemin

Leïla m'assura que cette femme existait et me demanda ce que je comptais lui offrir en contrepartie ; je lui certifiais que j'étais en mesure de lui construire un mausolée sur les nuages, de cueillir pour elle les étoiles de la nuit. Elle trouva ma générosité excessive, mais concéda que l'attention valait bien d'engagements.

Notre fièvre dura des mois, nous enivrait chaque jour un peu plus et nous ne dessoûlions point.

Et ce qui devait arriver arriva : elle accepta de me rencontrer à Oran, pendant les vacances d'été, et me fixa rendez-vous devant la grande poste, à treize heures, un lundi de juillet.

Ce lundi de juillet, à dix heures, j'étais à Oran. J'avais enfilé ma plus belle chemise, mon pantalon le moins abîmé et mon ceinturon en cuir, vidé un flacon de parfum sur le corps et n'arrêtais pas de me passer en revue à la devanture des magasins. À midi, je pris place dans un café, en face de la grande poste, et attendis. À treize heures pile, une jeune demoiselle rousse, un tantinet potelée, admirablement moulée dans un tailleur impeccable, se pointa à l'endroit indiqué. Nous n'avions pas échangé nos photos – elle par pudeur, moi par prudence –, mais je l'avais reconnue.

— Bonjour, lui dis-je.

Elle sursauta, visiblement agacée par mon sans-gêne.

— Excusez-moi, j'attends quelqu'un…

— C'est moi que vous attendez. Je suis Mohammed, de Koléa.

Le ciel lui tomba sur la tête.

— Quoi !…

Elle m'avait toisé de long en large, la figure ramassée autour d'une grimace outrée.

Sa déception m'avait consterné.

Pris au dépourvu, j'étais resté planté comme un épouvantail, incapable de réaliser ce qu'il m'arrivait.

— Ça alors ! maugréa-t-elle en pivotant sur elle-même.

Je n'avais pas essayé de la rattraper.

C'était inutile.

Dans une dernière lettre, d'une brièveté sevrante, elle s'était excusée pour son comportement, et m'avait avoué qu'elle avait été choquée par la banalité de mon physique qui contrastait violemment avec la beauté de mes textes ; qu'en me lisant, elle m'imaginait beau et grand comme une majuscule, etc., etc.

J'étais navré pour elle, et navré pour mes vacances. Je pensais, grâce à elle, avoir une histoire à raconter à mes camarades au retour de perm'. J'avais mis quelques sous de côté pour lui offrir des orangeades à la terrasse d'une crémerie ; je l'imaginais me donnant le bras en riant, s'extasier devant les poèmes que j'avais écrits pour elle... Pfuit ! Le rêve s'éteignit avant de bourgeonner.

Quel gâchis !

Je retournai à Valmy dans un état second.

Le village ne m'adoptait pas ; ses rues étuvées m'éreintaient, ses trottoirs s'écartaient sur mon passage, ses façades m'occultaient ; c'était la déréliction à perte de vue. Impossible de créer mon monde. J'essayais de cohabiter avec mon ombre qui me collait au train telle une hantise. Je n'avais rien. Je n'étais rien. Et Valmy faisait comme si je n'étais pas là. Le jour, je guettais l'hypothétique fraîcheur du soir ; la nuit, insomniaque et déprimé, j'épiais l'aube ; l'aube bredouille des mal barrés.

Nous n'avions, ma famille et moi, pour unique compagnie, qu'une vieille radio tuberculeuse qui crachotait sans arrêt au salon ; sans elle, nous nous serions crus dans un mouroir. Nous manquions de tout. La pension alimentaire étant aléatoire, les boutiquiers nous rangèrent parmi les mauvais payeurs. Ma mère improvisait des recettes abracadabrantes juste pour mettre quelque chose sur le feu. À la longue, ses plats dérisoires manquèrent de suite dans les idées. Devant le garde-manger vide, l'imagination la plus entreprenante donnait sa langue au chat. Nous nous contentions de thé le matin, de thé à midi et de thé au souper.

Ma mère me suppliait d'aller trouver mon père pour lui rendre compte de l'indigence dans laquelle nous nous enlisions inexorablement.

Je refusais.

Catégoriquement.

D'abord parce que le microcosme où il se la coulait douce était aux antipodes de notre enclos ; le confort et le bien-être de sa nouvelle famille me scandalisaient et me laminaient à la fois. Ensuite, parce que nos retrouvailles se terminaient en queue de poisson ; j'en sortais d'ailleurs plus éprouvé que lui.

Les mots, que je ressassais dans le bus, se désintégraient dès qu'il levait les yeux sur moi. Hormis ses admonestations hasardeuses, nous n'avions pas grand-chose à nous dire. Il percevait ma gêne et l'attisait en lui opposant un mutisme assassin. J'avais l'air ridicule, regrettais amèrement d'être venu. Une nuit, au paroxysme du désespoir, j'avais pris mon courage à deux mains pour lui rappeler que la marmaille qui languissait de sa silhouette, à Valmy, était *sa* famille aussi, qu'elle méritait un minimum d'égards. « Ce ne sont pas mes enfants ! » m'avait-il crié. Si la terre s'était ouverte, ce soir-là, je n'aurais pas hésité une seconde à m'y précipiter. Depuis, je m'étais juré de ne plus amener un homme à me parler sur ce ton, un père à débiter de pareilles horreurs. Je n'admettais pas d'avoir un monstre pour géniteur. Raison pour laquelle je l'évitais, espérant ainsi lui éviter des abjurations aussi ineptes et cruelles.

Pour survivre à la honte que son reniement me causait, je m'ingéniais à prendre les choses avec philosophie. Toute chose n'est qu'une question de connivence. Les hommes ont appris à se complaire dans ce qui les arrange. La vérité, le mensonge, la rancune, le pardon relèvent plus d'une propension conjoncturelle que d'une conviction ; cela s'appelle convention, parfois justification, souvent excuse. Le faible pardonne ce qu'il ne peut châtier. Le tyran exécute au lieu de gracier ; il y va de sa longévité. À l'usure, l'entêtement érode l'entendement. Même le renoncement est un parti pris. Chacun s'évertue à rentabiliser ses motivations d'une manière ou d'une autre. Ce qui importe est d'être bien dans sa peau à défaut d'être bien avec ses semblables. C'est précisément pour préserver cet équilibre que l'on a inventé les grands mots, les valeurs, les convenances. Dans ma vie, je n'ai rencontré de grandeur, la *vraie*, que dans le gravissime. Grandeur, pour moi, a une résonance tragique, sinon fallacieuse. Car tout est drame ou hypocrisie. Le monde repose sur le premier et survit grâce au second. Aimer est drame lorsqu'il n'est pas partagé ou hypocrisie quand il prétend se donner en entier. L'arrogance est hypocrisie quand elle n'est que devanture et drame lorsqu'on n'en a cure ; le coq a beau se pavaner sur ses ergots et rabattre son cimier sur le bec avec désinvolture, il enviera le corbeau chaque fois que ce dernier prendra son envol. Haïr est drame quand il se légitime et hypocrisie lorsqu'il rejette sur autrui le peu d'estime que l'on a pour soi. De deux maux, on choisit le moindre. J'ai choisi l'hypocrisie ; et de toutes les hypocrisies, celle qui me paraît la moins abjecte : me regarder dans une glace sans rougir. Le miroir est complaisant si l'on daigne se prêter à ses facéties. Mon histoire avec mon père est une histoire de miroir. Sans tain. Puisqu'il faut assurer un fond à l'histoire. Je me regardais en lui. Il me dévisageait de derrière mon reflet. L'un de nous deux n'était pas correct, et je m'interdisais de le montrer du doigt.

Aujourd'hui encore, malgré les affronts et les turpitudes, je vais le voir tous les vendredis. Et tous les vendredis, solitaire et vieillissant, il m'attend, les yeux rivés sur l'horloge murale comme un enfant ébloui par un aquarium. En reconnaissant mes pas dans la cour – il les reconnaîtrait entre mille – il ressuscite.

Je n'ai rien oublié ; j'ai tout pardonné. À aucun moment je n'ai jugé utile de lui rappeler le mal qu'il nous avait fait. Je pense que je n'ai jamais réussi à lui en vouloir *vraiment*. C'est mieux ainsi, et c'est merveilleux. Mon bonheur et ma fierté viennent de là. Pour vivre heureux, il faut vivre sans rancune.

12.

Deux nouvelles nous accueillirent sur le seuil
de la terminale. La bonne : l'école consentait enfin
à octroyer une bourse universitaire à tout lauréat
ayant obtenu son bac avec, au minimum, la mention… *très bien*. La moins stimulante : les lettres
francisantes étaient abrogées ; on arabisait notre
branche, des mathématiques à la philosophie ; le
français, sur lequel je comptais pour arrondir ma
moyenne générale, voyait son coefficient dégringoler en flèche. À l'ENCR Koléa, l'arabisation
outrancière et sans préavis ne posait pas de problème majeur. Les cadets étaient bilingues et jouis-
saient d'une capacité d'adaptation extraordinaire ;
ce n'était pas par flatterie ou moquerie qu'on les
surnommait *les 100 %*, allusion à notre taux de
réussite aux épreuves du baccalauréat (maintenant
que j'y pense, je reste sidéré devant la manière
avec laquelle ils ont été marginalisés, désavantagés
et contraints, progressivement, à renoncer à une
carrière d'officiers qui avait toutes les chances

265

d'être exceptionnelle… Mais, comme dirait Brahim Llob, c'est bien d'avoir le plus beau pays du monde – encore faut-il le mériter) ; cependant, si nous affichions une mine grisâtre, c'était à cause du peu de temps qu'on nous laissait pour nous familiariser avec la terminologie, les théorèmes et les nomenclatures en langue arabe. Nous avions seulement neuf mois devant nous, avant les examens, et ce n'était pas si facile ; nombre d'entre nous voyaient leurs chances de poursuivre leurs études sérieusement compromises et les portes de l'académie militaire incontournables. J'étais parmi ceux-là. La majorité s'y résigna ; une minorité s'insurgea contre cette mesure ; et Medjaoui, dit Nono le Pélican, jura que, s'il venait à ne pas décrocher la mention en question, il romprait avec l'armée et s'inscrirait *ès*-droits pour devenir magistrat dans le civil.

L'année passa à toute allure. Nous nous étions scindés par petits groupes pour réviser nos cours qui se prolongeaient tard dans la nuit ; souvent, les yeux bouffis et la tête crépitante, nous dormions en classe. Nous nous étions imposé un rythme infernal et une discipline de fer car nous voulions tous aller à l'université. Rêvant d'étudier la littérature et la sociologie, je remuais ciel et terre pour me rattraper en arabe, mais mes notes vacillantes me tarabustaient. J'avais peur de rater le coche, et la panique me gagnait inexorablement au fil des trimestres. Ce fut lessivé par des efforts extrêmes que je me présentai au lycée de Blida pour affronter les épreuves. Les sujets étaient prenables ; j'ai manqué de concentration et failli écoper la note éliminatoire en mathématiques où l'on nous soumit un poème à résoudre. À la fin des examens, j'étais certain d'avoir mon bac, et ne me faisais pas d'illusion quant à la mention exigée ; je n'irai pas à l'université.

Dans le train qui nous emmenait à Oran pour les vacances de fin d'année, les cadets ne manifestaient ni joie ni inquiétude. Ils regardaient défiler le paysage, le regard absent. Souriceau parlait de la corniche, des plages où il irait bivouaquer avec son frère et ses cousins. Yahiaoui, dont les flaccidités devenaient préoccupantes, jurait de se consacrer au sport pour perdre un maximum de kilos. Guerriche Z'yeux-bleus hésitait entre un séjour à la campagne et un voyage à Khenchela où Ammar l'avait invité. Ikhlef songeait à sa petite amie qui l'attendait à Palikao. Pour la première fois, il se tenait tranquille au fond du compartiment. Lui qui, d'habitude, ne se lassait pas d'arpenter les wagons en quête de jeunes filles à charmer, il s'enfonçait dans son coin, le front contre la vitre, et contemplait les plaines blondes qui déroulaient leurs récoltes jusqu'au pied de l'horizon. Depuis quelque temps, l'idée de prendre femme lui trottait dans la tête. Il avait hâte de fonder une famille ; ses vingt ans d'orphelin pesaient sur son célibat ; il voulait refaire sa vie, concevoir l'amour qui lui manquait, disposer d'un chez-soi où il ferait bon vivre. Puis, sans crier gare, quelqu'un demanda si nous avions pris un aller simple ou si nous avions l'intention de rejoindre l'académie. Medjaoui déclara qu'il venait de cocher d'une croix indélébile la carrière militaire :

— Finie la galère, dit-il. Ça ne me dit rien de me pavaner, le jour, avec des galons dorés et de passer mes nuits à attendre qu'un ennemi vienne faire de moi un héros, comme le Zengra de Jacques Brel. Il n'y a pas que ça dans la vie. J'ai envie de me balader, voir du pays, changer de décor et de compagnie. Bien sûr, les cadets resteront mes amis de toujours, mais il n'y a pas de mal à se faire d'autres amis.

— C'est vrai, approuva son voisin tenté lui aussi par la vie civile, il n'y a pas de honte à rendre le tablier. On n'a plus besoin de tuteur. On est assez grands pour se débrouiller. Je suis intéressé par la médecine. Mon oncle m'aidera à ouvrir un cabinet. Je serai mon propre patron et n'aurai de comptes à rendre qu'à mes patients.

— Et toi ? demandai-je à Ikhlef.

— Moi, j'ai été cadet depuis que j'ai appris à tenir sur mes jambes. La société, elle s'est faite sans moi ; je n'y ai aucun repère. Déjà, pendant les perm', j'ai le sentiment d'évoluer dans un monde parallèle. Je suis sûr de m'y perdre. Donc, je continue mon chemin de soldat. Après tout, officier est un rang convenable, un métier comme les autres, sauf que j'y suis moins dépaysé.

— Tu n'as pas l'intention de poursuivre tes études ?

— Je trouve que j'ai suffisamment usé le fond de ma culotte derrière les pupitres. Je sais lire et écrire, ça me suffit. J'ai hâte de montrer ce que je sais faire, de prendre le taureau par les cornes.

— Tout à fait d'accord avec toi, renchérit Yahiaoui. Il est temps de mériter un salaire et d'aider nos familles à joindre les deux bouts. Université ou l'académie, c'est en fonction des moyens dont on dispose. Moi, je n'ai pas le choix. J'irai faire officier, puis je verrai.

— Ce sera trop tard.

— Il n'est jamais trop tard. De toutes les façons, il n'y a pas de honte à être militaire, non plus. Ce n'est pas à portée de toutes les bourses.

Ghalmi se retourna vers moi :

— Qu'as-tu décidé ?

— Attendons d'abord le résultat des examens.

— Arrête, tu vas l'avoir, ton bac. Admettons que tu n'aies pas la mention souhaitée, que vas-tu faire ?

— Je ne sais pas.

— Tu ne sais pas ce que tu veux devenir ? Ton hésitation m'étonne. Les perspectives sont claires pourtant : ou tu choisis d'être écrivain, et là tu rends le treillis et le paquetage qui va avec ; ou tu gardes l'uniforme, et là tu ranges irrémédiablement ta plume et ton encrier.

— Je suis dans le cirage. Mon père...

— C'est de ta vie qu'il est question. Ce que veut ton père ne compte pas. Où était-il pendant que tu te démerdais à l'ENCR ? Tu as remonté la pente à la force de ton poignet. Aujourd'hui, c'est à toi seul de décider de ton avenir. Moi, j'ai choisi ma voie. Je rejoindrai Slimane Benaïssa à Alger.

J'ai envie de réaliser un vieux rêve : rencontrer Kateb Yacine et me frayer une place parmi les artistes. C'est le seul univers qui m'emballe. Tu m'imagines prolonger mon internement de vingt-cinq années, toi ? J'en ai ma claque des hauts murs, des bottes cirées et des pas cadencés. Je veux voler de mes propres ailes. S'il se trouve que j'aie du talent, je saisirai ma chance ; si je ne suis qu'un phalène captivé par les feux de la rampe, eh bien qu'à cela ne tienne, j'aurai au moins virevolté autour de mon rêve. La vie, c'est un quitte ou double. L'armée ne t'autorise qu'à un seul essai ; ça passe ou ça casse. Dans le civil, tu as l'occasion de redresser la barre, de frapper à d'autres portes ; tu auras, au moins, la consolation de composer avec ton sursis. Et puis, honnêtement, ta place n'est pas à la caserne. L'institution militaire est absolument inconciliable avec la vocation d'écrire.

— Saint-Exupéry était soldat.

— Il est mort en soldat. Il n'était pas militaire de carrière. Sa patrie était en danger, il s'est porté à son secours. Il n'ambitionnait pas de devenir général, lui.

— L'an dernier, les cadets qui avaient opté pour le civil ont été déclarés déserteurs et traduits devant le tribunal militaire, lui rappela Yahiaoui.

— C'est du bluff. On essaye de nous intimider pour nous garder dans le peloton. Personnellement, je m'en fiche. Non seulement je ne rembourserai pas un sou à l'ENCR, en plus je refuserai de me présenter devant la cour. Mon père est mort pour que son pays et ses gosses recouvrent leur liberté. Je n'ai pas connu mon père. Je ne suis même pas certain si la silhouette qui chavire dans mes souvenirs est la sienne ou bien le fruit de mon imagination. Une chose est sûre : il est mort pour me garantir une vie moins avilissante que la sienne, pour que je jouisse d'un statut autre que celui d'un cireur de savates ou d'un palefrenier. Aujourd'hui je suis un homme lettré, un jeune homme armé pour affronter les lendemains. De cette façon, mon pays compense le sacrifice de ses martyrs. Ce n'est pas parce que j'ai été cadet que je dois obligatoirement poursuivre une carrière de chair à canon. Mon institution adoptive se doit de me reconnaître le droit de lui tirer ma révérence sans casse ni procès, que j'aille de mon côté la tête haute, que je vive pleinement ma vie jusqu'à ce que mort s'ensuive. Je ne suis pas un ingrat. Je reconnais que l'armée m'a élevé et donné une solide éducation. Ça n'a pas été la vie de château mais, je me souviens, lorsque je rentrais chez moi durant les vacances, je faisais des jaloux dans le quartier. De tous les mômes du voisinage, j'étais celui qui présentait la mine la moins triste, portait les vêtements les moins usés et respirait le mieux la santé. En nous séquestrant, l'ENCR nous a mis à l'abri de la misère de milliers d'orphelins livrés à eux-mêmes. Ça, je le reconnais. Seulement aujourd'hui, je suis majeur, apte à assumer mes responsabilités : je veux être libre, je veux être *moi*.

— Mon père est vivant, Abdelhafid. Il veut que

je devienne officier comme lui. C'est là toute la différence.

— Pourquoi n'essaies-tu pas de te rappeler ce que Slimane Benaïssa te disait, que ta place n'était pas au mess, mais là où aucun casque ne fasse de l'ombre à ton esprit ? Je n'ai pas oublié ce jour où, après la quille, il était revenu exprès pour toi à Koléa pour te demander de sauter sur la banquette arrière de sa voiture et de filer au plus vite loin des places d'armes. Il ne suçait pas son pouce, M. Benaïssa. C'est l'un des plus grands dramaturges du continent. Je ne cherche pas à te forcer la main, Moh. Le dernier mot te revient. Je tente seulement de t'éveiller à toi-même. L'armée, chez nous ou ailleurs, est le cimetière des arts et des lettres. On ne peut pas écrire avec l'épée de Damoclès suspendue sur la nuque.

— Pourquoi veux-tu qu'il lâche ce qu'il tient entre les mains pour courir après une chimère ? lui dit Ikhlef. Jusqu'à présent, il n'a rien publié, et rien ne prouve qu'il sera un romancier demain. À mon avis, il ne faut pas le bercer d'illusions. Mohammed a un rêve, et ce n'est rien d'autre qu'un rêve. D'ailleurs, le métier d'écrivain ne nourrit pas son homme.

Mon père vint me voir à Valmy. Il était aux anges et agitait un journal au bout de son bras.

— Je savais que je pouvais compter sur toi.

À ma mère, qui finissait sa lessive dans la cour, il lui annonça :

— Dans la poche ! Notre grand a eu son bac.

Son nom figure sur la liste des lauréats. Tiens, regarde là où c'est souligné.

Ma mère essuya ses mains dans son tablier et se pencha sur le journal. Dans leur empressement, ils oubliaient tous les deux qu'elle ne savait pas lire.

— Où c'est ?

— Là, juste sous mon ongle.

Ma mère renversa la tête dans un youyou fulgurant. Ses yeux s'écarquillèrent de fierté. Elle bouscula mon père et me sauta au cou. Mon père attendit qu'elle lui cédât la place pour le laisser m'enlacer à son tour ; comme elle s'oubliait en sanglotant dans mes cheveux, il la saisit par le coude et l'arracha à mon étreinte. Ses bras m'entourèrent avec force ; il faillit m'étouffer contre lui.

— Je suis fier de toi, mon grand, et je te bénis. Je savais que tu ne me décevrais pas. C'est le plus beau jour de ma vie. Tu es le premier bachelier des Moulessehoul et je te suis reconnaissant pour l'honneur que tu me fais là. Lorsque mon secrétaire m'a montré le journal, j'ai mis un certain temps pour réaliser ce que je lisais. Mon fils est bachelier ! Dis-moi ce que tu veux, et je te l'offrirai sur un plateau en moins de deux. Quel bonheur ! Je n'en reviens pas.

Ce n'est qu'après s'être essoufflé qu'il remarqua ma pâleur :

— On dirait que tu vas t'évanouir. Est-ce l'émotion ?

— Je crois que je suis souffrant.

— Il est comme ça depuis qu'il est arrivé, confirma ma mère.

Mon père m'embarqua dans sa voiture et m'emmena dans sa caserne consulter un médecin. Ce dernier diagnostiqua une légère hypoglycémie due à une dépression d'épuisement et me prescrivit un traitement. Pendant des semaines, tous les jours mon père transitait d'abord par Valmy avant de rentrer à Choupot. Parfois, au comble de sa joie, il daignait rester dîner avec nous, à la grande jubilation de ma mère et de mes frères et sœurs.

Au cours d'une soirée, je lui fis part de mes projets littéraires.

— Qu'à cela ne tienne, s'écria-t-il. Notre armée est jeune et a besoin du génie de ses officiers. Ta vocation de romancier va te propulser au summum de la hiérarchie, fais-moi confiance.

— L'armée est incompatible avec la vocation d'écrire, *hadarath*[1].

Il fronça les sourcils :

— C'est-à-dire ?

— Un écrivain a besoin d'espace pour s'épanouir.

— Tu trouves qu'il n'y en pas assez dans notre institution ?

— Ce sont deux univers diamétralement opposés.

— Qui t'a raconté ces sornettes ?

Je n'eus pas le courage ni la force de m'étendre sur le sujet. Mon père nous quitta aussitôt, l'hu-

1. Monsieur, chez les militaires.

meur massacrante. Le lendemain, il revint, chargé d'une vieille machine à écrire.

— Tape dessus jusqu'à ce que tes doigts te rentrent dans le poignet, fiston. Elle a appartenu au père de Chérifa ; il était quelqu'un de bien, honnête et cultivé.

Devant mon hésitation, il ajouta :

— J'ai parlé avec mon ami Abdelkader, le commandant de la gendarmerie. C'est un intellectuel de premier ordre. Il a lu des centaines de livres. Il m'a certifié que la vocation littéraire n'est pas incompatible avec la fonction d'officier. Notre armée grouille d'ingénieurs, de chercheurs et d'artistes. Un poète, dans ses rangs, est un privilège que l'état-major saura rentabiliser. Il m'a conseillé de t'orienter sur le commissariat politique. Je veillerai personnellement à ce que tu bénéficies de tous les égards. J'ai des relations solides en haut lieu ; elles t'enverront suivre des stages à l'étranger, peut-être qu'elles te muteront dans une ambassade en qualité d'attaché culturel. Ton avenir s'annonce radieux, je te le garantis. Tu pourras écrire, voyager dans le monde, rencontrer des personnalités, des diplomates et nouer des relations avec eux. Je te vois déjà colonel ou, pourquoi pas ? ministre de la Défense. Celui qui t'a raconté le contraire est jaloux de ta chance.

Je n'avais jamais réussi à soutenir son regard. Le menton dans le cou, j'attendais qu'il se tût pour placer un mot ; sa fébrilité m'en dissuada. Je craignais de le contrarier ; il était si heureux et fier, et tellement imprévisible. Sa main me meurtrissait l'épaule tandis que, de l'autre, il tentait de me relever la tête. Je sentais ses tremblements vibrer le long de mon bras, se ramifier à travers mon ventre où un malaise indicible venait de déposer sa lie. Ma mère nous surveillait de la cuisine ; son visage tourmenté se faisait et se défaisait au gré des promesses de mon père et en fonction de mes tergiversations. Elle avait peur qu'une grosse déception faussât l'hypothétique gaieté que nous procuraient les récentes visites de mon père que mes sœurs avaient appris à guetter chaque matin ; elle devinait que s'il n'obtenait pas satisfaction, il ne reviendrait plus à Valmy.

— Alors ? me pressa-t-il.

— Je ne sais pas.

— Eh bien, moi je sais : l'avenir t'appartient. Tu seras un grand officier, mon garçon. Ton nom rayonnera sur ta carrière.

Brusquement, son teint s'assombrit et sa respiration cafouilla. Il recula d'un pas et me somma de le regarder dans les yeux :

— Que signifie cette moue sur tes lèvres ? Dois-je comprendre que tu refuses de m'écouter ?

Il essuya du pouce les coins de sa bouche et ôta ses lunettes.

— Tu cherches à m'être désagréable ou quoi ?

— Non.

— Si, c'est justement ce que tu veux. Tu essaies de me faire du mal. Tu penses que je t'offre enfin l'occasion de me faire payer le fait que je vous ai abandonnés pour une autre femme. C'est ça, n'est-ce pas ? Tu veux te venger. Maintenant que mon bonheur est entre tes mains, tu te réjouis de le réduire en pièces. Mon Dieu ! quel monstre m'as-tu donné là...

Son doigt se tendit vers moi, aussi rigide qu'un glaive.

— C'est ta mère qui t'a remonté contre moi. C'est elle qui retourne le couteau dans la plaie...

— C'est faux.

— C'est la vérité.

— Ça n'a rien à voir.

— Mon œil ! Tu cherches à m'humilier... Je ne vous ai pas abandonnés. C'est ta chipie de mère qui m'avait poussé à bout. Elle était jalouse, obtuse, têtue comme une mule. C'est elle qui a bousillé son foyer. Petit, tu ne pouvais pas mesurer le mal qu'elle me faisait. Si je suis parti, c'est parce qu'elle n'a rien tenté pour me retenir.

Ma mère laissa tomber sa vaisselle et s'enfuit dans la chambre pleurer. Mon père était hors de lui ; de l'écume clapotait aux commissures de ses lèvres ; ses yeux tout à coup rougis brasillaient dans son visage exsangue.

— Je vais te dire une chose, Mohammed. J'ai fait des folies, dans ma vie, mais je ne crois pas mériter que mon fils aîné me traîne dans la boue ; je ne surmonterais pas cet affront. Si tu estimes que je ne suis qu'un vulgaire salaud, libre à toi de me fouler aux pieds ; seulement dis-toi que je ne te le pardonnerai jamais, jamais, jamais. La balle est dans ton camp. Demain s'achève ton congé. Ou tu rejoins l'académie, ou je te renierai. Absolument. Tu cesseras d'exister pour moi. Ce sera la pire mutilation que mes ennemis puissent me souhaiter et je l'assumerai jusqu'au bout. La vie n'a pas été tendre avec moi ; ce ne sera jamais qu'une misère de plus à mon palmarès de maudit...

La gorge nouée, il pivota sur ses talons et se dépêcha de regagner sa voiture.

J'étais resté pétrifié dans la cour.

Ma mère temporisa avant de me rejoindre. Les larmes ruisselaient sur ses joues. Elle me prit les mains et les serra contre sa poitrine. Sa voix psalmodiante me fit fléchir :

— Ton père a raison, mon fils. Il ne faut pas le décevoir. Il t'aime tellement.

Je ne savais quoi dire.

Elle baisa tendrement mes poignets et ajouta :

— Il faut avoir foi en la Dame de Meknès, mon garçon. C'est écrit que tu deviendras quelqu'un, un grand officier. Je n'ai survécu que pour voir les étoiles du firmament consteller tes épaulettes, ma manne céleste à moi. Je t'en supplie, écoute-moi. Je suis ta mère, je sens ce que tu ressens et je sais ce que tu ignores. Notre bonheur est à portée de ta main ; tends ton bras et tu percevras son pouls. Ne lui tourne pas le dos, va droit devant toi puisque ma baraka t'est acquise. N'aie aucune crainte. S'il t'arrivait malheur, je m'arracherais les yeux... Ne permets pas à ceux qui se sont gaussés de notre déconfiture de continuer de nous narguer et de se moquer de nous. Ne rebrousse pas chemin maintenant que la source que tu cherchais depuis que tu étais petit est là, juste à tes pieds.

— Maman...

Elle me posa la main sur la bouche. Ses yeux n'étaient que larmes ; sa voix éplorée m'engourdissait.

— Si tu tiens à me prouver que ma souffrance n'est qu'un lointain mauvais rêve, que mes sacrifices n'étaient pas vains, va de l'avant. Sois brave et confiant. Tu es *ma* chance, mon garçon. Ma seule et unique chance. Ne m'abandonne pas. Si tu m'aimes, si tu tiens à ta mère, ne renonce pas à nos espérances car j'en mourrais.

Je n'arrivais pas à fermer l'œil. Je suffoquais sur mon lit, étreignant mon oreiller comme un naufragé son épave. Dans l'obscurité de ma chambre, je me sentais fondre. Houari parlait dans son sommeil, invectivait les ogres de son cauchemar. Ses délires, contractés suite à l'accident de l'autocar au cours duquel il avait reçu un jet de flammes à la figure, m'avaient toujours épouvanté. Je me mis sur mon séant, ruisselant de transpiration, la tête ceinte dans un étau ardent. J'avais mal au crâne, et mal au ventre. Je m'imaginais avec une plume dans une main, et dans l'autre un fusil ; je ne voyais pas comment amortir une quelconque chute avec les deux mains prises dans deux vocations ennemies. J'essayais de libérer un bras ; c'était comme si je le coupais. Avais-je réellement l'habileté de composer l'une avec l'autre, le pouvoir de privilégier l'une au détriment de l'autre ? Ma vie durant, j'ai clopiné derrière une carotte accrochée au milieu de mes œillères, non pour la cueillir un jour, mais juste pour ne pas me faire botter le postérieur à chaque fois que j'observais une halte. Venu au monde pour le subir, je ne me souviens pas d'avoir cherché à l'apprivoiser. Longtemps, je m'étais fait à l'idée qu'une damnation avait jeté son dévolu sur mon travers. Pour m'en convaincre, je farfouillais dans mon passé en quête d'une hypothétique preuve que je me trompais ; je n'en trouvais aucune. Je trimbalais ma croix au milieu des vicissitudes qui daignaient m'escorter : à deux ans, je languissais de mon père parti trop vite en guerre ; son absence m'estropiait. Qu'un homme passât dans la rue, je me précipitais vers le bruit de ses pas, certain que c'était lui. Lorsqu'il y avait du monde, à la maison, je le cherchais parmi les convives, ensuite j'allais m'effondrer sur une pierre dans le patio et fixer le portail des heures durant. « Tu dépérissais à vue d'œil, me racontera ma mère. Ton chagrin te faisait fondre comme un lumignon sa bougie… » À six ans, je le retrouvai dans une caserne marocaine, béquillard et convalescent, une balle dans le genou ; le temps de le croire à moi restitué, il me jette dans sa voiture pour me céder à une école qui sera ma mère, ma tribu, mon ghetto et ma destinée. À la croisée des chemins, je perdais le nord. Je regardais à droite, à gauche, et c'est le poids que je traînais qui me poussait de l'avant. Je me rendais compte de mon incapacité à choisir ma voie, à me fier à mon intuition ; j'étais un engin téléguidé, une bête conditionnée ; la condition humaine réunie en une seule personne reconnaissable à un numéro matricule sur un organigramme aussi scellé qu'un fatum. On ne m'a jamais appris à être *moi*. Mon statut de cadet primait mon individualité, l'annulait. En dehors du cantonnement, du réfectoire, du dortoir, du rassemblement ; en dehors de l'appel, du peloton, du brouhaha et de la promiscuité, je n'étais rien. Je prenais conscience de mon insignifiance à chaque fois qu'une nuit blanche me piégeait quelque part dans la chambrée. Une angoisse inexprimable me ligotait dans ses mailles, me molestait discrètement dans un coin de pénombre, puis un ronflement, un balbutiement ou le froufrou d'un drap me dévoilaient les corps assoupis autour de moi et, de nouveau, je réintégrais le dispositif, devenais pierre parmi les pierres de l'édifice ; tout rentrait dans l'ordre. J'étais les *autres*, dépendais des autres, faisais partie intégrante d'une confrérie à l'extérieur de laquelle, me semblait-il, je me désintégrerais sur-le-champ. J'avais peur de m'isoler, de faire bande à part, de m'égarer à l'instar de cette goutte d'eau qui ne déborderait la flaque que pour s'évaporer. C'était cela la vérité qu'on m'inculquait, intangible et immuable, sacrée et sulfureuse à la fois comme les prophéties. Le reste se substituait à un arrangement. Écrire, pour moi, relevait d'une diversion salutaire, sinon comment expliquer la fièvre lyrique qui me happait sitôt que le fardeau de la soumission commençait à me peser ? En écrivant des textes différents de ceux réglementant ma position de pion sur un échiquier, je boudais faussement le fait accompli, fermais les yeux sur ce que je n'osais pas regarder en face ; l'hypocrisie d'un gamin qui ne s'assumera jamais.

D'autres avaient pris leurs responsabilités ; ils ignoraient probablement où ils allaient, mais ils eurent le mérite de savoir ce qu'ils ne voulaient pas. Moi aussi, je savais ce que je ne voulais pas, sauf que j'ignorais ce que je voulais. Enfance évincée, adolescence confisquée, jeunesse compromise, ainsi se mettait en place le jalonnement idéal pour un renoncement annoncé. En perdant foi en la vie, je sacrifiais celle que j'étais censé avoir en moi. Cette dépréciation de moi-même, que je me tuais à conjurer à travers mes écritures, me rattrapait dès que je rangeais ma plume. D'un coup, j'étais face à deux énergumènes ; l'un ébloui, exhibant son verbe comme un trophée ou un slogan, n'ayant cure d'être sous réserve ; l'autre assujetti, complexe et complexé, incapable de se défaire des hardes avilissantes dans lesquelles le momifiaient le désistement du père et la capitulation de la mère, le naufrage d'une famille et l'inhospitalité d'un rivage aussi dénué d'espoir que les horizons maudits. Qui étais-je au juste ? Un poète en herbe ou une herbe folle, un galopin merveilleux ou un illuminé ébloui par les flammes de sa crémation ? Ni l'un ni l'autre. J'étais le fruit vénéneux d'un dilemme, d'un croisement contre nature, l'éclosion embarrassée d'une inconcevable alchimie. Je portais la honte sur une épaule, sur l'autre j'improvisais un sursaut d'orgueil ; je me mentais ferme pour ne pas sombrer du côté où le bât blesse.

De la pièce d'à côté, ma mère me demanda si j'allais bien. Je lui répondis que j'avais soif, que la chaleur m'empêchait de dormir. Elle n'insista pas et se recoucha. J'ouvris la fenêtre, malgré la voracité des moustiques et les émanations fétides du marais. Dehors, au pied d'un réverbère rachitique, un groupe de jeunes insomniaques égrenait son désœuvrement à coups de dominos, un poste-cassette braillard sur le trottoir. Guerrouabi chantait « Hier seulement, j'avais vingt ans ». Sa voix écorchée saignait dans le silence, suintait sur les façades, se diluait dans sa propre complainte. Pourquoi faut-il, au crépuscule d'une jeunesse, emprunter à celui du jour ses incendies, puis son deuil ; pourquoi la nostalgie doit-elle avoir un arrière-goût de cendre ? Et moi, qu'allais-je faire de mes vingt ans ? Déserter ou rentrer dans les rangs ? D'entre ces deux maux, lequel était le moindre ? Je donnais ma langue au chat. Et puis, pourquoi se poser les questions qui indisposeraient les réponses, que les vœux les plus pieux refuseraient de cautionner et auxquelles aucune certitude ne prêterait vie ; pourquoi chercher à se familiariser aujourd'hui avec ce qu'on n'est pas sûr d'admettre vingt ans après ? Ai-je seulement, rien qu'une fois, ne serait-ce qu'un instant, négocié un tournant ou un détour sur le chemin de la vie ? J'ignore encore pourquoi je suis venu au monde, pourquoi je devais suivre un parcours où ne convergeraient point mes aspirations. Je suis issu d'une blessure, d'un chagrin, peut-être d'un simple malentendu, et j'ai grandi au milieu d'une plaie ouverte comme pousse le nénuphar sur les eaux moisissantes de la mare. Je n'avais même pas besoin de prier le soir pour dormir ; je mourais toutes les nuits, et toutes les aubes je ressuscitais pour tenter vainement de me dépêtrer de mes sommeils. Un clair-obscur s'interposait entre l'éveil imprudent et la somnolence, cisaillait mon équilibre, fracturait mes volontés, falsifiait mes choix. Mon existence n'aura été qu'un chapelet d'avortements, tantôt processus fœtal défaillant, tantôt rêve éconduit ; dans les deux cas de figure, le clone de mon incomplétude. Au commencement, il y eut une voiture qui slalomait sur les routes de Tlemcen. C'est ce jour-là que je suis né. Ma vraie vie avait démarré avec la Peugeot qui me conduisait au Mechouar. Je n'étais pas au volant. J'étais effondré sur le siège du mort, à regarder en silence mon père m'éloigner de son bonheur. Pensait-il à mal, soupçonnait-il la gravité de son initiative ? J'en doute. Le propre de l'enfer est d'être pavé de bonnes intentions. Si Dieu sanctionnait, gravement, une bienveillance qui aurait mal tourné, quelle marge de manœuvre laisserait-il aux hommes ? Ne disposant ni d'enfer ni de paradis, ne sachant où finit le hasard et où commence la fatalité, je suis enclin à pardonner, persuadé que la motivation d'une chose échappe aux aléas de son aboutissement, que l'échec du geste n'implique, en aucune manière, la justesse de son bien-fondé... Que de fois m'a-t-on causé de la peine en pensant à mon bien ; je me suis scrupuleusement gardé de geindre aux morsures des caresses, de décevoir mes flagellateurs dans leur exercice d'exorcistes. Plus tard, beaucoup se diront navrés de n'avoir pas décelé ma gêne derrière mon sourire « consentant » ; ceux-là savent qu'entre ma peine et celle d'un camarade qui réalise le tort qu'il m'inflige, à son insu, je préfère la mienne. La vie étant ce qu'elle est, on ne choisit pas sa mère, pas même ses amis. On croit créer son monde alors que l'on s'en accommode. On n'est jamais que l'instrument de sa propre chimère. Que l'on subisse ou que l'on se réjouisse, le dénuement affligeant de l'hiver n'empêchera pas le printemps de pavoiser. Le sage négocie les volte-face des saisons avec philosophie. Le moins sage n'y pourra rien changer. Il faut un peu de tout pour faire un monde, et beaucoup de courage pour s'y creuser un trou. C'est peut-être pour cette raison que je me terrais dans mon coin, en ce matin d'automne 1964, tandis que la Peugeot grasseyait à me fissurer les tempes...

Demain, à la première heure, j'aurais pris une décision.

Pour l'instant, je ne tenais pas à deviner de quoi serait fait demain.

Il fallait laisser faire *le temps* :

Le temps !...

« Avec le temps va, tout s'en va », constatait Léo Ferré... Tout, absolument *tout* s'en va ; les hommes, les civilisations, les astres s'écaillent, s'effritent, deviennent poussière dans la poussière cosmique. Seule la vie d'un homme finit là où elle a commencé : dans la douleur... Le temps, lui, reste. Il est toujours là, sans la moindre égratignure. Il tourne sur lui-même telle une vis sans fin, mais n'avance ni ne recule ; ses spirales façonnent puis chiffonnent l'univers et les saisons, les âges et les ères ; brassent les existences et les lumières, les cataclysmes et les ténèbres en les ignorant superbement. Il n'a rien sur la conscience, le temps, et rien sur les mains. Il était là avant la nuit, il sera là quand tout sera fini. En attendant, il tourne, tourne ; il pivote à l'infini. Le *temps*, pour lui, de boucler la boucle, et le voilà reparti. Inlassable. Inépuisable. Imperturbable. Sans une ride et sans un regret. Tandis que les comètes, gravitant à sa périphérie, s'affolent et prient.

Je sortis dans le patio. Il était minuit passé. J'ai fumé cigarette sur cigarette, assis sur un muret. Il faisait bon, et la brise fourrageait furtivement sous ma chemise. Le village dormait ; les chiens se taisaient. J'étais seul face à mes responsabilités. Par-dessus ma tête et mes pensées, les étoiles se mouchaient dans les nuages ; souvent elles s'enflammaient les unes pour les autres au large de la Voie lactée ; c'étaient des instants de grande fantasmagorie, mais le cœur n'y était pas... Plus tard, beaucoup plus tard, quelque part au fond du Ténéré – le plus grand désert du monde –, émerveillé par les splendeurs des silences et de la nudité, je regarderai longuement le ciel de toutes les absences et, capitaine imbu de sa singularité, traquant les météorites à coups de vœux insensés, jamais, parmi les constellations sémillantes, je ne retrouverai la trace de mes étoiles d'enfant.

Le matin, à la première heure, je pris le train pour rattraper mon destin.

Faites de nouvelles découvertes sur
www.pocket.fr

Cet ouvrage a été imprimé en France par

C P I
Bussière

à Saint-Amand-Montrond (Cher)
en mars 2009

POCKET - 12, avenue d'Italie - 75627 Paris Cedex 13

— N° d'imp. : 90295. —
Dépôt légal : janvier 2003.
Suite du premier tirage : mars 2009.